석학
人文
강좌
37

문학은 끝나는가?
— 반시대적 문학 옹호

석학人文강좌 37

문학은 끝나는가?
― 반시대적 문학 옹호

초판 1쇄 인쇄 2015년 3월 2일
초판 1쇄 발행 2015년 3월 10일
지은이 유종호
펴낸이 이방원
편 집 강윤경 · 김명희 · 안효희 · 김민균
디자인 박선옥 · 손경화
마케팅 최성수
펴낸곳 세창출판사
출판신고 1990년 10월 8일 제300-1990-63호
주소 120-050 서울시 서대문구 경기대로 88 냉천빌딩 4층
전화 723-8660
팩스 720-4579
이메일 sc1992@empal.com
홈페이지 http://www.sechangpub.co.kr

ISBN 978-89-8411-512-5 04800
　　　978-89-8411-350-3(세트)

이 도서의 국립중앙도서관 출판시도서목록(CIP)은 서지정보유통지원시스템 홈페이지(http://seoji.nl.go.kr)와
국가자료공동목록시스템(http://www.nl.go.kr/kolisnet)에서 이용하실 수 있습니다. (CIP제어번호: CIP2015005818)

석학
人文
강좌
37

문학은 끝나는가?
- 반시대적 문학 옹호

유종호 지음

세창출판사

　근자에 문학의 위기니 문학의 죽음이니 하는 소리가 끊임없이 들려오고 있다. 바다 멀리 저쪽에서 울려 퍼지는 소리는 조만간 쳐들어오게 마련이지만 이번엔 별반 시차도 없이 들어와서 세차게 번져가고 있는 것 같다. 그저 그러다 마는 일시적 현상은 아닌 것 같아 자못 위협적인 전조로 보인다. 문학뿐 아니라 인문학 자체가 존재론적 불안을 앓고 있다고 해도 과언이 아니다.

　그러는 한편으로 다양한 이론 폭발과 함께 당연시되던 문학의 여러 전제가 송두리째 도전받고 있는 것 같다. 문학의 죽음은 성급한 진단이겠지만 이왕의 문학연구가 위기로 몰리고 있는 것은 분명하다. 문학작품이 문학으로 읽히는 것은 희귀현상이 되어가고 대체로 특정 쟁점을 위한 자료가 돼가고 있는 것으로 보인다. 문학 향수를 삶이 주는 낙의 하나라고 믿으며 살아왔고 그렇게 말해온 입장에선 매운 곤혹스러운 처지가 돼버린 셈이다. 낙이라 하더라도 문학 향수가 단순 오락이라 생각하지는 않기 때문이다.

　문학의 위상 하락을 부추기는 여러 도전에 대해서 승산을 가지고 있다고는 생각하지 않는다. 그러나 문학을 생업으로 해온 사람이 이에 대해서 잠자코 있는 것도 도리는 아닌 것 같다. 자기 입장은 분명히 해야 하지 않을까 하는 생각이 든다. 문학의 죽음을 당연한 것으로 받아들이면서 계속 글쓰기와 문학을 가르치는 일에 종사한다면 그것도 문제라고 생각한다.

문학이 곤경에 처한 시대에 그래도 문학을 변호해야 한다면 어떻게 될 것인가? 마침 역사박물관에서 공개 강의를 할 기회를 얻어 그 문제를 생각하고 정리해 보기로 했다. 그 결과가 이 책이다. 무거운 과제여서 미진한 구석이 한두 가지 아니지만 교실에서 가르치고 비평행위를 하면서 굳히고 의존했던 생각들이기도 하다.

음악 없는 삶은 하나의 과오라고 니체는 말했다. 조금 넓혀서 예술 없는 삶은 하나의 오류라고 말하고 싶다. 추상적인 언설이 아니라 20세기 중반의 전쟁 통에 절실하게 통감한 명제이기도 하다. 문학은 어디까지나 언어예술이요 그러기 때문에 다른 예술에 비해 성찰적 비판적 기능이 강하다고 생각한다. 인간은 언어동물이고 말의 힘은 막강하다. 그러니 문학의 존속에 의문의 여지는 없다. 그러나 서사시가 사라지고 소설이 생겨났듯이 자체 내의 조정은 불가피하리라고 여겨진다.

2011년도에 공개강의 기회를 주신 서지문 교수께 각별한 사의를 표하고 싶다. 그 기회가 없었다면 이런 문제를 정공법으로 다루지 못했을 것이다. 그동안 사사로운 사정으로 원고를 제때에 끝내지 못한 점을 송구스럽게 생각한다. 또 질의 토론에서 본문과 약간의 중복이 있는 점에 대해 독자들의 양해를 구하고 싶다. 생생한 현장성을 살리기 위해 굳이 변경을 가하지 않았다. 질의 토론에 흔쾌히 참여하고 그 내용의 수록에 동의해주신 오생근 교수, 신경숙 교수, 유성호 교수, 그리고 사회를 맡아주신 김미현 교수께도 심심한 사의를 표한다.

2015년 1월
柳宗鎬

제 1 장

—

문화와 그 불만

1. 어떤 휴머니스트

히틀러가 정권을 잡을 무렵 뮌헨에 살고 있던 장난감 공장주인 유대인 칼 뢰비는 인간성과 질 좋은 시가와 민주주의를 믿는 천성의 낙관론자다. 이민 가자는 유대인들의 충고를 마다하고 여차하면 1차 대전 때의 전우들에게 도움을 청할 것이라고 장담한다. 사태가 악화되어 소유공장 접근 금지의 통고를 받자 그도 불안해졌다. 여기저기 옛 전우들은 전화를 받지 않았다. 그는 서재로 들어가 벽을 메운 책들을 바라보았다. 플라톤, 몽테뉴, 에라스무스, 데카르트, 하이네 등등. 이들은 하나 같이 인간 편에 서서 용기를 잃지 말라고 뢰비 씨에게 격려하였다. 관용과 정의와 이성은 승리할 것이며 시간이 좀 걸릴 따름이라는 것이다. 그에겐 십오 년간 일해 온 충직한 하인 부부가 있었다. 여자는 가정부, 남편 슈츠는 운전사와 집사의 역할을 맡았다.

슈츠는 일과 후 주인이 빌려준 책을 읽었고 그를 좇아서 괴테, 실러, 하이네, 에라스무스를 좋아했다. 주인 뢰비 씨는 가끔 하인 슈츠를 불러 영혼의 불멸, 신의 존재, 휴머니즘, 자유, 그리고 책 속에 있는 모든 아름다운 것에 관해 대화를 나누었다. 뢰비 씨는 지하실에 새 통로를 터 은신처를 만들고 음식은 하루에 두 번 슈츠 부인이 나르도록 조처했다. 재산 몰수를 피해 공장과 집을 슈츠 부부에게 매매한 것처럼 꾸미고 은신처에서 칩거한 그는 기가 죽는다는 이유로 신문 읽기도 거부하고 슈츠가 전하는 정보에만 의존하고 살았다.

독일 항복 후 귀국한 친구가 찾아왔지만 뢰비 씨의 행방이 묘연하다는 얘기만 듣게 된다. 히틀러의 영국 점령 소식은 충격이었으나 뢰비 씨는 낙망하지 않고 슈츠를 위로했다. 햇빛을 못 보는 칩거 생활로 건강은 악화됐지만 하인 부부의 극진한 봉사를 받으며 자기의 신념이 옳았다는 만족감 속에서 죽을 것이라는 지문으로 작품은 끝난다.

로맹 가리의 단편집 『새들은 페루에 가서 죽다』에 수록된 단편 「어떤 휴머니스트」의 요약이다. 짤막하나 집약적이며 예사로우면서도 심도 있고 초현실적이면서도 현실적인 이 단편은 플롯면에서도 허튼 구석 없이 꽉 짜인 고전적 단편이다. 그러면서 아마도 우리가 알고 있는 서구 인문주의에 대한 가장 신랄한 고발이자 비판의 하나가 되어 있다. 뢰비 씨는 천성이 호인이어서 늘 사람 좋은 웃음을 짓고 있다. 현실에서 유대인 박해가 심해지지만 칩거 중인 그는 신념과 희망을 잃지 않는다.

그는 살집 있는 몸매에 분홍빛 안색, 장난스러운 안경, 입에서 나온

선한 말들이 주위에 남아 있는 듯한 얇은 입술의 소유자였다. 그는 조언이라도 구할 태세로 자신의 책들과 시가 상자, 질 좋은 술, 익숙한 물건들을 오래도록 응시했다. 그의 눈빛에 차츰 활기가 어리기 시작했고, 얼굴에는 재기발랄한 사람 좋은 미소가 떠올랐다. 자신의 변함없는 믿음으로 그들을 안심시키려는 듯 그는 서재의 수많은 책들을 향해 브랜디 잔을 들어올렸다.[01]

길지 않은 지문을 통해 뢰비 씨의 초상이 뚜렷이 조형되어 있음을 보게 된다. 불필요한 말이 없는 대신 필요한 말을 갖추어서 간결하게 작중인물을 조형하는 솜씨가 놀랍다. 그것은 하인이자 집사인 슈츠의 경우에도 여실하게 드러난다.

하루 두 차례, 정오와 일곱 시에 슈츠가 양탄자를 들어 올리고 사각형의 나무를 빼내면, 그의 아내는 맛있는 요리와 좋은 포도주 한 병을 들고 지하실로 내려갔다. 슈츠는 매일 저녁 그곳에 와서 친구이자 고용주인 그와 더불어 인간의 권리, 관용, 영혼의 영속성, 독서와 교육의 미덕 같은 고상한 주제로 대화를 나누었는데 그럴 때면 고결하고 관대한 그런 견해들로 인해 그 작은 지하실이 환하게 빛나는 것 같았다.[02]

01 로맹 가리, 김남주 옮김, 『새들은 페루에 가서 죽다』(문학동네, 2007), 71쪽.
02 앞의 책, 73-74쪽.

만일의 경우에 대비해서 뢰비 씨는 공장과 집을 슈츠 부부에게 매매한 것처럼 꾸민다. 용의주도한 이러한 조처가 자승자박의 결과를 빚는 것은 작품의 기막힌 아이러니다. 슈츠는 때가 되면 적법한 소유자에게 재산의 소유권을 돌려줄 수 있도록 필요한 서류들과 공식 증서의 규정사항을 무효화하는 "반대 증서"를 작성해야 한다고 고집한다. 그것이 충직함을 가장해서 주인의 신임을 얻기 위한 것인지 혹은 충심에서 나온 것인지에 대해서 작자는 말이 없다. 독일이 항복해서 전쟁이 끝났는데도 슈츠는 히틀러가 영국을 점령했다고 허위보고를 하고 주인의 옛친구가 찾아와도 행방을 알 길이 없다고 거짓말을 한다. 당초 필요에 의해서 선택한 유폐생활에 함몰된 뢰비 씨에게 외부세계에 대한 유일한 창구는 이제 자기를 속이는 슈츠가 있을 뿐이다. 그리하여 지하실 생활로 건강이 악화되어 가는 뢰비 씨에게 남아 있는 것은 죽음을 기다리는 것뿐이다. 이 작품의 아이러니의 압권은 병세의 악화에도 불구하고 뢰비 씨가 슈츠의 안전을 위해 의사를 찾지 않는다는 점이다. 혹은 그렇게 생각한다는 것이다.

이제 몸이 몹시 약해진 칼은 정맥염으로 고생하고 있다. 게다가 심장도 나빠지고 있다. 의사에게 보여야 하지만 그로서는 슈츠 부부에게 그런 위험을 무릅쓰게 할 수는 없다. 그들이 여러 해 동안 휴머니스트 유태인을 지하실에 숨겨왔다는 사실이 알려지면 살아남지 못할 게 아닌가. 인내심을 갖고 의심을 떨쳐야 한다. 본래의 관용과 이성과 정의가 곧 회복되리라. 무엇보다도 낙담하지 말아야한다. 많이 꺾이긴 했지만 칼은 자신의 낙관론을 고스란히 간직하고 있고, 인간에 대한 믿음도 여전하다. 날마다 슈츠가 나쁜 소식—히틀러가 영국을 점령했다는 소식은 특히 큰 충격이었다— 을 가지고 지하실로 내려올 때마다 칼은 그를 격려하고 좋은 말로 위로한다. 벽을 덮은 책들을 가리키며, 언제나 인간성은 결국 승리한다고, 그런 신념과 믿음 속에서 위대한 걸작들이 태어날 수 있었다는사실을 환기시킨다. 슈츠는 언제나 한결 밝아진 모습으로 지하실에나온다.[03]

칼 뢰비가 철저하게 슈츠를 믿는 것은 그의 사람 좋은 호인 됨에서 오는 것이 사실이다. 그러나 중요한 것은 인간에 대한 믿음과 신뢰가 주로 그의 독서체험에 의해서 형성되고 굳혀졌다는 점이다. 사실 절망을 모르는 그의 인간 신뢰는 현실에서의 경험보다는 플라톤을 위시해서 괴테, 실러, 하이네, 에라스무스와 같은 서구의 인문주의적 지적 전통에 경도된 독서경험의 소산이다. 휴머니즘의 지적전통이 칼 뢰비의 맹목적 신뢰와 불행을 야기한 데 반해서 슈츠는그 인문주의의 취약점을 디디고 주인의 재산을 횡령하여 공장 규모

---

03 앞의 책, 75-76쪽.

를 늘리고 번창하게 된다. 칼 뢰비 씨가 집에 살고 있지 않으며 행방이 묘연하다고 찾아온 옛 친구에게 거짓말을 하는 슈츠의 손에 괴테가 들려 있었다는 것은 매우 상징적이다. 작품의 아이러니의 압권이다.

이 작품에서 서구 인문주의는 두 겹으로 역기능을 한다. 칼 뢰비의 경우에 보이듯이 다분히 책에서 영향 받은 관념적, 비현실적 현실파악으로 현실진행에서 아무런 저지력도 발휘하지 못하고 결국은 현실악의 발호와 득세를 사실상 방조한다. 그것은 현실악의 작동과 그 반인간성을 간파하지 못하는 사람 좋은 미숙한 관점으로 드러난다. 한편 그것은 슈츠와 같은 현실추수의 무리들에게 아무런 양심의 가책도 없이 현실악에 가담하게 한다. 슈츠가 능동적·적극적으로 현실악의 편에 서서 행동하는 것은 아니다. 그는 허위매매계약을 꾸밀 당시 때가 되면 적법한 소유자에게 재산이 돌아갈 수 있도록 "반대 증서"를 작성하자고 주장할 정도로 표면상으로는 충직하다. 그러나 그는 자기에게 돌아오는 정당치 못한 이익이나 횡재를 태연하게 수령하고 아무런 가책도 느끼지 못하는 것으로 보인다. 히틀러의 몰락 후 그는 마땅히 그 소식을 주인에게 알리고 그를 지하실의 연옥에서 해방시켰어야 할 것이다. 이것이 인간으로서의 최소한 도리요 동양의 어법으로 말하면 의리다. 그러나 그는 주인에게 허위보고를 함으로써 사실상 그의 근접해 오는 죽음을 방조하고 있다. 인간 신뢰를 역설하는 인문주의에 세례를 받은 슈츠는 자기가 한 평범한 인간으로서 인간본성에 충실하게 거동하고 있다는 자기기만에 빠져 있다. 주인의 죽음 방치도 아마 안락사를 도와주는 것이라고 자기합리화의 기제를 발동했을 공산이 크다. 성선설에 입각한 정치이론은 사실상 성립할 수 없다는 말도 있지만 현실을 움직이는 힘, 특히 정치적 힘은 인간 신뢰의 낙관론을 조롱한다. 그런 맥락에서 인간 신뢰의 인문주의는 객관적 현실 파악을 저해하고 모든 현실악의 수행자에게 인간본성에 따라 행동하고 있다는 자기기만에 빠뜨리게 한다. 슈츠는 한나 아렌트가 말하는 악의 진부성과 평범성을 얘기할 때 다시 한 번 좋은 사례를 제공해 줄 것이다.

물론 짤막한 단편을 통한 서구 인문주의 비판에 그 한계성이 없는 것은 아니다. 우화적 성격을 띤 초현실적 단편이 부각시키고 있는 것은 인문주의의 한 국면일 뿐이며 그것으로 인문주의의 이모저모가 탕진되는 것은 아니다. 짤막한 우화적 단편은 성격상 극도의 단순화를 도모하고 또 야기한다. 과도한 단순화는 또 복합적이고 다양한 대상의 부분적 왜곡을 불가피하게 야기한다. 「어떤 휴머니스트」도 지극한 단순화의 소산이다. 작품의 강렬한 충격성도 거기서 온다. 스탈린주의 비판으로 널리 알려져 있으며 20세기의 문학적 수확이자 베스트셀러이기도 한 조지 오웰의 『동물농장』에 대해서 밀란 쿤데라는 다음과 같이 말하고 있다.

오웰 소설의 유해한 영향은 현실의 정치적 차원만으로의 집요한 환원, 그것도 정치적 차원의 모범적으로 부정적인 차원으로의 환원에 놓여 있다. 나는 전체주의에 대한 투쟁에서 선전으로서 유용하다는 이유로 이 환원을 용서하는 것을 거부한다. 왜냐하면 전체주의의 악은 바로 삶을 정치로 환원하고 정치를 선전으로 환원하는 것이기 때문이다. 따라서 그 의도에도 불구하고 오웰 소설은 전체주의 정신, 선전의 정신에 가담한다. 그것은 미움 받는 사회의 삶을 범죄의 일람표로 환원하고 또 타인들이 환원하도록 가르친다.[04]

소설을 통해 20세기 전체주의에 대한 가장 신랄한 비판을 감행한 작가의 말이니만큼 더욱 설득력이 있어 보인다. 프랑스에서 공산당의 집권을 방지한 것은 세 권의 슈퍼 베스트셀러 덕분이라는 취지의 글을 읽은 기억이 있다. 어떤 서평지에서인데 그 세 권은 아서 케스틀러의 『한낮의 어둠』, 조지 오웰의 『동물농장』, 그리고 논픽션인 『나는 자유를 선택하였다』이다. 분량이 짤막해서 더욱 많이 읽힌 오웰 소설은 그만큼 막강한 영향력을 발휘하였다. 그러니 반전체주의 투쟁에서는 보물 같은 선전물인 것이 사실일 것이다. 쿤데라의 문학적 항변은 거역하기 힘든 설득력을 가지고 있다. 쿤데라가 오웰 소설에 한 말은 그대로 로맹 가리의 「어떤 휴머니스트」

---

04 Milan Kundera, *Testament Betrayed*, Linda Asher (trans.) (London : Faber & Faber, 1995), p.255.

에도 해당될 것이다. 인문주의자의 입장에서는 인문주의의 희화화에 분노하고 그 일면성과 과도한 단순화에 반발하면서 그런 태도나 방법 자체가 히틀러의 야만성과 친근성을 공유하고 있다고 반격할 수 있을 것이다.

주인인 칼 뢰비 씨가 행방불명이라고 거짓말을 하는 슈츠의 손에 괴테가 들려 있다고 작자가 서술하고 있는 것은 주목할 만하다. 그러면 칼 뢰비 씨나 슈츠는 과연 괴테를 제대로 이해하고 있는가 하는 질문이 자연스럽게 나올 수 있다. 그리고 이러한 질문에 대답하기는 쉽지 않다. 우선 괴테 자신이 지적, 문학적, 시민적 거인이요 쉽게 요약할 수 있는 인물이 아니다. 괴테란 그릇 큰 인물 그리고 수많은 그의 작품이 감상적(感傷的) 휴머니즘과는 너무 거리가 먼 원숙한 정신의 소산이라는 것에 대해서는 비평적 동의가 쉽게 이루어질 것이다. 괴테의 『파우스트』 제2부 제2막에는 다음과 대사가 보인다. 메피스토펠레스가 젊은이들을 향해 던지는 말이다.

악마는 나이를 많이 먹었다.
그러니 나이 먹어야 자네들도 악마의 말을 이해하게 되리.[05]

칼 레비 씨는 꽤 나이를 먹었고 악마의 말을 이해하지 못한 것은

---

05   Goethe, *Faust*, Walter Arndt (trans.) (New York : Norton, 1976), p.171.

아닐 것이다. 다만 인문주의의 교화로 과도한 인간신뢰 때문에 난경을 자초한다. 궁극적으로 그의 신념은 옳았고 시간은 그의 편이 되어 주었지만 그러는 순간 믿었던 충직한 하인 집사의 배신으로 파멸하게 된다. 슈츠는 충직한 얼굴을 한 메피스토펠레스일지도 모른다. 이렇게 생각하면 그의 손에 괴테가 들려 있었다는 장면의 의미는 중층적으로 읽힌다. 그러나 이것은 과도한 "읽어넣기"이리라. 이렇게 되면 작품은 해석의 무한 순환 속에서 회전하게 될 것이다.

여기서 중요한 것은 괴테가 인문주의의 상징 혹은 속기(速記) 기호의 구실을 할 뿐이라는 점이다. 인문주의의 안이한 현실이해와 인문적 교양의 수용이 결코 현실악에 대한 저항으로 이어지지 않는다는 명제가 작품의 모티프로 되어 있음은 분명하다. 그리고 이러한 인문주의 비판은 로맹 가리 고유의 것이 아니고 2차 대전 이후 전체주의적 야만에 대한 성찰에서 되풀이되어 논의된 사안이기도 하다.

2. 문명 한복판의 야만

야만을 원시적인 미개함과 동일시하는 것은 부지불식간에 널리 퍼져 있는 막연한 통념이다. 그러나 20세기의 역사 체험은 이러한 검증되지 않은 통념이 잘못된 것임을 실감시켜 준다. 그것은 차가운 공기를 깨끗한 공기로 잘못 감지하고 수용하는 것과 같이 잘못된 생각이다. 널리 알려져 있다시피 18세기 유럽의 계몽주의는 단순히 18세기 고유의 사유 소산이 아니다. 그것은 고대, 중세, 르네상스 시대의 사상을 흡수했고 거기에 데카르트의 합리주의와 로크의 경험론을 부분적으로 수용하면서 백과전서파의 현실적 사고가 융합된 것이다. 그리고 18세기의 계몽주의 사상가들의 생각이 반드시 동일한 것은 아니다. 그러기에 계몽주의 시대는 의견일치의 시대가 아니라 토론의 시대란 생각이 굳어진 것이다. 그러나 이렇게 다양하고 개인적인 요소가 종합된 것임에도 불구하고 계몽주의는 정치적·윤리적 진보에 대한 믿음에서는 합의를 가지고 있었다. 고문이 사라진 세계에 대한 볼테르의 희망적 예측은 당대인이 공유한 것이었다. 과학의 발달이 인간의 합리성을 증대시킬 것이란 희망의 원리 또한 그러하였다.

계몽주의의 낙관적 전망에도 불구하고 20세기의 야만이 이른바 문명의 한복판에서 회오리쳤다는 것은 누구도 부인하지 못한다. 계몽주의 기획의 전면에서 도전하고 부정하는 전체주의와 획일주의의 광풍은 역사상 일찍이 없었던 치밀하게 사전 계획된 비인간적 대량학살이나 집단 수용을 낳았다. 양심은 유태인의 발명품일 뿐이라며 계몽주의는커녕 전통적 휴머니즘에 대해 정면으로 야유를 일삼았던 히틀러의 나치즘이 자행한 유태인과 집시의 학살을 모르는 사람은 없다. 계몽주의 기획과 희망을 폭력의 방법적 사용으로 실현하려던 러시아 혁명 또한 무수한 인명 희생과 수용소 군도의 제도적 운영이라는 오명의 기록과 함께 실패한 혁명으로 기록되게 되었다. 희망적 관측일 뿐이라는 진단을 받고 웃음거리가 된 소수의 망명 지식인을 제외하고는 소련의 붕괴를 예상한 사람은 별로 없었다. 소련 및 동구권 붕괴는 선견지명을 믿어 의심치 않고 첨단적 지식인임을 자처한 세계 유수의 지식인들을 망연자실하게 하고 정신적 공황에 빠트린 20세기 최대의 역사적 사건으로 기록될 것이다. 20세기 말에 중국이 지상의 유일한 공산주의 국가로 남아 있을 것이라고 말한 저널리스트를 상기하면서 자기는 전혀 예상하지 못한 사태라고 자괴감을 토로한 에릭 홉스봄의 고백은 역사의 불가측성과 모호성을 다시 한 번 우리에게 절감케 한다. 자의적 역사 예측은 오이디푸스와 같은 휴브리스에 내리는 응보를 받게 된다는 사실의 목도는 우리를 숙연케 하고 겸허의 미덕을 종용한다.

20세기의 강제수용소는 기독교에서 설파한 지옥이나 불교의 무간지옥이 지상에서 현실화한 것이라는 감개를 안겨준다. 도시 빈민굴이 사회적 지옥이라면 죽음의 수용소는 정치적 지옥인 셈이다. 일단 상상된 것은 언젠가 실현되게 마련이라는 생각을 금할 수 없다. 2차 대전 종료 이후 당연히 제기된 것은 이러한 야만이 어째서 문명의 한복판에서 일어났느냐 하는 의문이요 자성이다. 특히 괴테의 문학과 칸트의 철학과 베토벤의 음악을 낳은 문화 선진국 독일에서 정치적 야만이 회오리친 것에 대한 경악과 자성은 여러 가지 형태로 개진되었다. 이러한 물음을 본격적으로 제기하면서 서구 문화에 내재하는 문제점을 심도 있게 검토한 것의 하나로 조지 슈타이너의 『푸른 수염쟁이의 성에서: 문화의 재정의를 위한 노트』를 들 수 있을 것이다. (「어떤 휴머니스트」에 나오는 칼 뢰비는 피란 가자는 유태인 친구의 권유를 물리치고 옛 전우를 믿으며 잔류한다. 슈타이너 집안은 일찌감치 반유태인주의의 기풍이 있는 오스트리아를 떠나 프랑스로 이주했고 다시 미국으로 건너가 화를 면하였다. 선견지명이 있었던 조지 슈타이너의 부친은 친척이나 지인들에게 망명과 이주를 권고했으나 듣지 않는 이가 많았다. 그는 처음 영국 이주를 생각했으나 신경통환자에게는 좋지 않은 기후조건 때문에 지역을 바꾸었다고 한다.) T.S. 엘리엇의 『문화의 정의를 위한 노트』를 밑그림으로 한 이 책에서 유럽의 유대계 지식인인 슈타이너는 통렬하게 지적한다.

우리가 경험한 저 야만행위는 그러한 행위를 야기한 문명 그리고 스스로 그 신성을 모독하기 시작한 문명을 많은 점에서 정밀하게 반영하고 있다. 대학살이나 죽음의 수용소와 거리상으로나 시간상으로나 극히 근접한 곳에서 예술, 지적 탐구, 자연과학의 발전이 그리고 가지가지 분야의 학문이 번창하고 있었다. 우리가 직시하지 않으면 안 될 것은 이 근접성의 구조이고 그 의미이다. 어째서 인문주의 전통도 행동의 모범도 정치적 야만성 앞에서 저처럼 취약한 방책(防柵)밖에 되지 못한 것일까? 아니 그것은 방책이 되기나 했던 것일까? 그보다는 인문주의적 문화 속에는 권위주의적 지배나 잔

혹성을 유인하는 각별한 것이 있다고 알아차리는 게 현실적인 것일까?[06]

죽음의 수용소에서 잔혹한 소임을 다한 위인이 릴케나 괴테를 읽고 자기 딸아이에게는 인간미 넘치는 자상한 편지를 써 보냈다는 등속의 얘기는 널리 퍼져 있다. 그것은 로맹 가리의 「어떤 휴머니스트」에서 거짓으로 주인의 실종을 말하는 슈츠가 손에 괴테를 들고 있었다는 삽화와 조응한다. 『푸른 수염쟁이의 성에서』가 나오기 이전에도 슈타이너는 동일한 문제를 보다 비근하고 직접적인 어사로 표명한 바 있다. 괴테를 알거나 릴케의 시를 즐기는 것이 사사로운 혹은 제도화된 사디즘에 대한 장애가 되지 않았다는 것이다.[07] 아니 죽음의 수용소와 대량학살이라는 정치적 야만과 인문주의적 문화 사이에는 사실상 은밀한 공모(共謀)나 암묵적 결탁관계가 있는 것이 아니냐는 의혹 표명은 유럽에서는 지속적인 것이었다. 이러한 자성은 상당히 줄기찬 것이라 할 수 있는데 그 대표적인 경우는 뭐니 뭐니 해도 나중에 『파우스트 박사』를 쓴 토마스 만일 것이다. 나치 독일이 무조건 항복을 하고 유럽에서 2차 대전이 끝난 1945년 5월 29일 미국의 국회도서관 강당에서 영어로 행한 강연 「독일과 독

---

06 George Steiner, *In Bluebeard's Castle: Some Notes Towards the Re-definition of Culture* (London: Faber & Faber, 1971), p.31.
07 George Steiner, *Language and Silence* (Harmondsworth: Penguin books, 1969), p.23.

일인」은 그런 의미에서 획기적이고 또 귀중한 역사적 문서가 되어 있다.

독일인으로 태어난 처지에 독일을 변호하고 변명하는 것은 적정한 일은 아니나 그렇다고 독일국민이 불러일으킨 측량할 길 없는 증오에 영합해서 재판관의 역할을 떠맡아 독일을 매도하고 저주하는 것, 자기는 사악한 독일, 죄 많은 독일과는 정반대로서 그와는 무관계한 "착한 독일"이라 스스로를 추켜세우는 것도 적정하지 못하다고 토마스 만은 말한다. 독일인으로 태어난 이상 독일의 운명 및 독일의 죄과와 관계가 있다면서 미국 시민권을 얻은 지 얼마 되지 않은 70세의 노작가는 자기 조국과 동포에 대해 비판적 거리를 유지하면서 제1언어가 아닌 영어로 심도 있는 성찰을 보여주고 있다. 이 강연에서 토마스 만은 그의 많은 작품의 모티프가 되었던 주제들을 간략하게 집대성한다. 지성의 오만이 정신의 고대적 편협과 어우러져 악마가 태어나는데 그 악마는 루터의 악마나 파우스트의 악마나 독일적인 모습으로 비친다고 말한다. 마르틴 루터에 보이는 정신적 자유와 정치적 자유의 분리라는 이원론, 괴테에 보이는 문화와 야만의 대립적 파악, 그리고 독일인의 내면성의 발로로서의 독일 낭만파에 대한 언급은 짤막하면서도 핵심을 찌르고 있다. 뿐만 아니라 인간에 관한 지식을 병의 측면에서 심도 있게 접근해서 검토한 정신분석이 사실은 낭만파의 계보에 속한다는 통찰은 아마 선구적인 발언이라 생각된다. 그러한 통찰이 그 후 아놀트 하우저나 라이어넬 트릴링 같은 예술사가나 문화비평가의 부연설명을 얻게 되는 것은 우리에게 익숙한 사실이다. 그러나 가장 중요한 것은 독일인의 내면성을 말하면서 그 특성을 규정하고 있는 대목일 것이다.

혹은 독일인의 아마도 가장 유명한 특질, 번역하기가 매우 어려운 "내면성(內面性, inwardness)"이란 말로 호칭되는 특질을 생각해 봅시다. 섬세한 감정의 깊이, 비세속적인 것에 대한 몰입, 자연에 대한 경건성, 사상과 양심의 더할 나위 없이 순수한 진정성, 요컨대 고도의 서정시가 지니고 있는 본질적 특색이 이 가운데 섞여 있습니다. 그리고 세계가 이 독일의 내면성에 빚지고 있는 것을 세계는 잊을 수가 없습니다. 독일의 형이상학, 독일음악, 특히 독일 가곡(Lied)의 기적, 다른 민족에게선 유례가 없는 것, 견줄 수 없는 것, 이것이 그 열매입니다. 독일인의 내면성의 위대한 역사적 사업은 루터의 종교개혁입니다.[08]

토마스 만에 있어서 독일인의 정신적 특징은 그 음악성이고 내면성이다. 음악성과 내면성은 거의 동의어처럼 쓰이기도 한다. 그래서 전설이나 문학작품이 파우스트를 음악과 연결시키지 않은 것

---

08 Thomas Mann, "Germany and the Germans," *Thomas Mann's Addresses Delivered at the Library of Congress 1942-1947* (Washington: Library Congress, 1963), pp.60-61.

은 커다란 오류라 생각했고 파우스트는 음악적이어야 하고 음악가여야 한다고 말한다. 그의 만년의 대작인 『파우스트 박사』의 주인공이 음악가라는 것은 따라서 당연한 일이다. 독일정신의 심오함이 그 내면성과 음악성, 즉 "인간의 에너지가 사변적 요소와 사회적·정치적 요소로 분열되고 사변적 요소가 사회적·정치적 요소에 대해 완전한 우위를 점하는 데 있다"[09]는 그의 자기성찰은 사실 만년이라는 특정 시기 고유의 사유 소산이 아니다. 음악이 정치적으로 수상쩍다는 생각은 이미 『마의 산』에서 인문주의적 자유주의자 세템브리니의 입을 통해서 전개되어 있다.

> 예술이 우리를 둔감하게 하고 우리를 잠들게 하고 행동과 진보의 장애가 된다면 어쩔 것입니까? 음악은 바로 또한 이런 일을 할 수 있는 것이요, 음악은 노련한 아편 사용자요, 그러한 아편은 악마의 선물입니다. 그것은 나태, 무기력, 비굴한 무위, 침체를 야기합니다. 음악이 정치적으로 수상쩍다고 해도 지나친 말은 아닐 것이오.[10]

그리고 그 내면성이 결국 사회적, 정치적 요소의 억압으로 이어진다는 것을 지적하고 있었다.

---

09 *Ibid.*, pp.51-52.
10 Thomas Mann, *The Magic Mountain*, H.T. Lowe-Porter (trans.) (New York: Vintage Books, 1992), p.114.

"바그너는 독일 시민계급의 길을 갔습니다. 혁명에서 환멸로의 길, 페시미즘으로의 길, 체념한 그리고 권력에 비호된 내면성으로의 길을 갔습니다."[11] 토마스 만은 이러한 내면성의 또 하나의 발로인 낭만주의의 병균과 죽음의 씨앗이 존속하였고 패전의 고뇌와 굴욕이 거기 자양분을 부여해서 히틀러 같은 사내의 수준으로까지 타락한 것이라고 진단한다. 독일의 낭만주의는 히스테리성 만행이 되었고 오만과 범죄와의 도취로 폭발했다는 것이다. 그리하여 우리는 토마스 만, 조지 슈타이너, 혹은 로맹 가리에게서 내면성과 정치적 야만 사이에 어떤 유대와 연계가 있다는 의혹의 자의식을 감지한다. 그것은 한마디로 문화와 그 불만이라고 요약하고 정의할 수 있는 성질의 것이다.

여기서 우리의 주목을 끄는 것은 1915년에 상자한 『독일철학과 정치』에서 존 듀이가 칸트의 두 영역 이론, 즉 물리적이고 필요한 외적 영역과 이상적이고 자유로운 내적인 영역 중 언제나 내적 영역에 우위를 두는 성향이야말로 독일 국민생활을 이해하는 데 가장 중요하다고 지적하고 있다는 점이다. 그 후 2차 대전 중에 나온 2쇄에서 책의 내용을 변경함이 없이 히틀러의 교의와 독일의 고전적 철학 전통을 연결하는 잠복된 성향을 얘기하고 있는 것은 주목에 값한다.[12] 타자의 눈이 핵심을 찌르는 경우의 한 사례로서 외재

---

11 Thomas Mann, *Essays*, H.T. Lowe-Porter (trans.) (New York: Vintage Books, 1957), p.247.
12 Wolf Lepentes, *The Seduction of Culture in German History* (Princeton: Princeton University

성(exotopy)이 이해의 도구가 된다는 것을 확인한다.

　이렇듯 미묘한 사실상의 연계와 결탁의 문제를 단지 독일인의 정신적 특질이라는 특수성에서 찾는 것은 적정한 것일까? 그것은 독일 역사의 특수성에서 찾아야 할 성질의 것은 아닐까? 문화를 과대평가하고 숭상하는 "문화"를 독일 역사 속에서 찾고 있는 관점도 하나의 해답이 될 것이라 생각한다. 그것은 보족(補足)적 설명으로서의 의미를 갖고 있다.

3. 정치의 고상한 대용품

　문화가 정치의 고상한 대용품 구실을 했으며 그것이 정치적 무관심을 합리화하기도 하고 정치적으로 의회민주주의의 장애가 되기도 했음을 역사적 맥락에서 추적하고 검토한 것이 『독일역사에서의 문화의 유혹』이다. 특정적 독일 이데올로기라 할 수 있는 것이 있다면 그것은 계몽주의에 대해 낭만주의, 근대세계에 대해 중세, 문명에 대해 문화, 이익사회에 대해 공동사회를 내세워 반목시키는 것이라고 하고 나서 저자는 말한다.

Press, 2006), p.12에서 재인용.

문화적 열망과 업적에 기초해서 독일이 특수한 길을 가고 있다는 것은 시인과 사상가의 나라에서는 언제나 하나의 긍지였다. 독일 관념론, 바이마르의 고전주의문학, 음악에서의 고전파 양식과 낭만적 양식에 의해서 확립된 내면성의 영역은 정치적 국가의 건국보다 100년을 앞선 것이었다. 그러므로 개인이 정치에서 문화와 사생활로 철수하는 것은 각별한 위엄을 얻게 되었다. 문화는 정치의 고상한 대용품으로 여겨졌다.[13]

정치로부터 문화와 사생활로의 개인의 철수와 자폐(自閉)는 문화적 탁월성에 부여한 높은 평가와 바이마르 고전주의 이후 떨치게 된 고루한 엘리트주의 때문이었다는 것이 저자의 설명이다. 문화는 절대의 장이요 타협 없는 영역이었다. 그 높은 위상은 문화가 권력의 대용품이 될 수 있고 따라서 정치의 대용품이 될 수 있다는 환상 혹은 환각을 조장했으며 그 결과 정치와 공적 영역이 상당히 위축되었다고도 말한다.[14] 이어서 그는 역사가 마이네케의 사실파악과 해석을 소개하고 있는데 결과론적인 그의 관점은 시사하는 바가 많다.

마이네케에 따르면 문화와 정치의 분리는 독일의 국민성과 전혀 무관하며 그것은 외부로부터 독일인들에게 가해진 것이다. 1805년

13 *Ibid.*, p.9.
14 *Ibid.*, p.16.

의 신성로마제국의 붕괴와 1806년의 나폴레옹에 의한 프로시아의 패배 이후와 이전의 현격한 정치적 조건의 차이를 설명하면서 나폴레옹 전쟁 이전의 프러시아의 교육받은 계층들이 국가의 간섭을 받지 않는 전적으로 새로운 영역에서 살고 있었다고 말한다. 거기서 개인은 정치적, 사회적 외투를 벗어버리고 인간이 모든 가치의 기원이고 척도이자 목적으로 자신을 드러냈다는 것이다. 프러시아 국가는 문화 공급자에게 아주 어울리는 의무의 분업을 유지시켰고 그들이 생각하고 발표한 것은 정치영역에서는 별 문제가 되지 않았다. 그 보답으로 그들은 외부세계의 간섭을 전혀 받지 않았다는 것이다.

일찌감치 문화와 정치를 분리한 것에서 마이네케는 깊은 역사적 지혜를 간취(看取)한다. 독일의 교육받은 계급이 당시에 보통의 정치적 생활로부터 거리를 두지 못했다면 그들은 문학과 예술, 그리고 음악과 철학을 나라를 위해 희생하지 않을 수 없었을 것이다. 1795년에서 1805년에 이르는 고전주의의 10년간은 전혀 존재하지 못했을 것이다. 18세기의 군사국가가 개혁의 시대인 19세기의 문화국가가 된 것은 오랜 잠복기가 필요했던 것이다. 그리하여 정치의식 발전에서의 지체는 철학, 문학, 예술의 개화의 전제조건으로 비쳐진다. 독일 고전주의의 비정치적인 성격이 반드시 대(對)세계 권태감이나 편협한 태도로 귀착되는 것은 아니다. "세계문학"이란 이념은 런던이나 파리 같은 대도시가 아니라 바이마르 같은 소도시

에서 구상된 것은 우연이 아니라는 것이다.[15]

정치와 문화의 분리라는 동일 현상을 놓고 그것이 나치스의 등장이라는 비극적 결과의 배경이 되어 있다고 지적하는 한편으로 마이네케는 그러한 분리가 있었기 때문에 독일고전주의의 위대한 문화적, 예술적 성취가 가능했다는 점을 강조한다. 그러나 현실에서는 문화적 성취의 위대함보다는 정치적 파국과 비극의 무참한 파괴력이 가시적인 효과를 압도적으로 드러낸다. 많은 사람들이 공개된 홀로코스트의 실상이 주는 충격에서 벗어나지 못했을 때 정치적 야만과 인문주의 문화 사이의 은밀한 연계라는 주제는 각별한 호소력을 갖게 되었던 게 사실이다. 그러나 그 후 역사의 진행은 계몽주의의 장밋빛 기획이 얼마쯤 허황한 것이 아닌가 하는 의혹을 안겨주게 되었다. 프랑스 혁명에 이어 계몽주의의 적자(嫡子)이자 자유, 평등, 우애의 동시적 실현을 표방하고 자임했던 러시아 혁명의 실패는 다시 새로운 충격을 주었다. 세계는 새로운 문제점과 씨름하게 되었다.

한번 수면위로 올라온 문제는 그 충격성이 가신 뒤에도 계속 그 나름의 파문을 이어가게 마련이다. 일단 수면 아래로 내려갔다가도 기회만 되면 다시 수면위로 올라와 성찰을 요청한다. 20세기 중반 이후 이른바 고급문화의 탈신비화와 지위격하는 여러 형태로 전개

15 *Ibid.*, p.24.

되었다. 그 배경에는 정치와 문화의 분리라는 독일적 현상의 비판적 평가와 의혹 논의도 적지 않게 작용한 것으로 보인다. 그 후 20세기 마지막 연대에 성행한 문학의 죽음이나 문학의 위기라는 이름의 언설도 사실은 문화의 탈신비화나 지위 격하의 일환이라는 측면이 강하다. 앞으로 얘기하게 될 문학의 위상 하강에도 로맹 가리나 슈타이너가 진단하는 문화와 그 불만이 작용하고 있다고 말할 수 있다.

이러한 현상의 직접적인 원인으로서는 이론 혁명의 여파로 이른바 고급문화나 고급문학의 평판이 크게 낮아졌다든가 급진적 평등주의가 "엘리트주의"의 탈신비화에 크게 기여했다는 것 등을 지적할 수 있다. 또 가령 "예술품의 세 겹 효과는 계급 정의, 계급 분리, 계급 구성원의 명시인데 이것야야말로 예술품의 본질적인 존재이유였고 그 사회적 기능의 가장 중요하고 또 표명된 목적은 아닐지라도 아마 숨겨진 목적"[16]이라고 주장하는 것 같은 사회학적 관점이 득세한 것도 중요한 이유가 될 것이다. 예술보다는 의상이나 주택이나 패션의 정의에 더 어울릴 것 같은 이러한 사회학적 고찰이 영향력을 발휘할수록 예술이나 문학의 위상 전락은 지속될 공산이 크다.

---

16 Zygmunt Bauman, *Culture in a Liquid Modern World*, Lydia Bauman (trans.) (Cambridge: Polity, 2011), p.3.

제 2 장

—

문학 옹호의 계보

1. 그 여러 얼굴

영문학사는『시의 변호』란 글이 두 번에 걸쳐 쓰였음을 말해 주고
있다. 뜻은 동일하고 번역으로 하면 다같이『시의 변호』란 표제가
되는 이 두 개의 글은 원문에서는 표제가 조금 다르다. 영문학 교실
에서 흔히 교과서로 쓰는 방대한『노튼영문학사화집』에 두 편이 모
두 부분 수록되어 있어 전문을 읽어보지 않은 독자들도 내용에 대
해선 대체로 친숙한 편이다. 시드니 경(Sir Philip Sidney)의『시의 변호』
가 출판된 것은 1595년으로 필자 사후(死後)에 나온 것이다. 그런데
2종의 판본이 같은 해에 나왔는데 하나는 The Defence of Poesy로
되어 있고 다른 하나는 An Apologie for Poetrie로 되어 있다.

영국 르네상스기의 대표적 비평으로 공인되고 있는 이 글은 몇
항목으로 나누어 요약해 볼 수 있다. 우선 인간 역사로 눈을 돌려
시가 원시인의 첫 교사이자 마음의 양식 구실을 함으로써 그들을
보다 개명된 상태로 계도하고 모든 종류의 지식에 대해 섬세한 수
용을 가능하게 했다는 것이다. 이러한 역사적 개관에 보다 철학적
인 논의를 통해 시란 가르치며 즐겁게 하기 혹은 즐거운 가르침을
목적으로 하며 자유로운 상상력으로 마련된 "말하는 그림"이라고

설파한다. 철학은 가르치기는 하지만 즐겁게 하지는 못하고 역사는 구체적 실례를 보여주지만 이상(理想)을 보여주지는 못한다. 이에 반해서 시는 그 달콤함을 통해 사람의 마음을 사로잡고 덕성의 이상적인 모습을 보여주어 사람의 마음을 움직이는 힘을 가지고 있다고 말한다. 요컨대 인간정신의 형성력이 시의 정신적 가치라는 명제가 이 글의 궁극적 전언이다.

이렇게 요약하면 사뭇 무미건조한 이론적 전개에 지나지 않는 듯한 선입견을 안겨주기가 첩경이다. 그러나 원문은 해박한 고전에 대한 식견을 토대로 구체적인 사례를 들어 논지를 펴고 있어 매우 진진한 국면이 있다. 아무데서 인용해 보더라도 당대의 비유나 지식과 사고의 지평을 엿보게 하고 있어 흥미가 있다.

여기서 가엾은 시인에게 가해진 가장 중요한 비난을 들어보면 내가 아는 한 그것들은 다음과 같다.

첫째, 다른 실속 있는 지식이 많이 있기 때문에 거기에 시간을 보내는 편이 시에 보내는 것보다는 더 나을 것이다.

둘째, 그것은 거짓말의 어머니라는 것이다.

셋째, 그것은 악폐의 보모로서 많은 유해한 욕망을 우리에게 전염시키며 사이렌의 달콤함으로 우리의 마음을 죄 많은 망상이란 뱀 꼬리로 유혹한다는 것이다. 그리고 이 점에 있어서는 초서가 말듯이 희극에 많은 문제가 있다는 것이다. 우리나라에서나 외국에서나 시인들이 우리를 문약(文弱)으로 빠트리기 전에는 우리는 용기로 차 있어 남자다운 자유 활달한 정신의 지주인 무술 훈련에 몰두하고 그늘진 곳에서 나태하게 잠을 자지는 않았다는 것이다.

마지막으로 가장 중요한 것은 마치 로빈 후드를 활로 이겨내기나 한 것처럼 플라톤이 그의 공화국에서 시인들을 추방했다고 크게 고함을 치고 있다. 거기에 중대한 진리가 있다면 그것은 중대한 일이다.[01]

시가 거짓말의 어머니라는 것은 아직도 완전히 불식되지 않은 통념상의 오해이다. 허구의 반(反)개념은 사실이고 허위의 반개념이 진실이라는 것을 확연히 구분하지 못하는 범주상의 오류가 특히 당시에 광범위하게 퍼져 있었음을 예증한다. 또 플라톤의 시인 추방론이 시 부정론자에게 유력한 이론적 근거가 되어 있음도 확인하게 된다. 사실 문학이나 예술 부정론은 시대마다 형태를 달리해서 되풀이되어 왔는데 그 기원이 플라톤이라는 것은 역시 반어적이다. 왜냐하면 대화형식을 빌린 그의 철학이 뛰어난 극작가의 능력을 통해서 전개되었다는 주장은 매우 설득력이 있기 때문이다

서구의 전통적 문학관의 주류를 따라 즐거움을 주는 것이 문학이라는 것을 강조한 이 『시의 변호』는 사실상 청교도의 문학 공격에

---

01 Sir Philip Sidney, "An Apologie for Poetrie" in *The Great Critics: An Anthology of Literary Criticism*, ed. by J. H. Smith & E. W. Parks (New York: W. W. Norton & Company, 1951), p.215.

대한 반론으로 쓰였다는 것이 영문학사의 통설이다. 1579년에 스티븐 고슨(Stephen Gosson)이 『악습 학교』란 책을 내고 그것이 시드니에게 보내져 반론 쓰기를 촉발했다는 것이다.[02] 후세에 전해지지 않은 극작이 있었다는 고슨은 청교도로 전신(轉身)하면서 청교도의 입장에서 시인과 작가 공격을 감행하였다. 특히 런던의 상설극장을 가리켜 영국국민의 근검 착실한 기풍을 해이시키고 나태와 방탕의 폐풍을 가르치고 있는 최악의 학교라고 지탄하였고 시는 음험한 거짓말에 지나지 않는다고 확대 공격했다. 원리주의적 성향의 종교가 문학을 비롯한 예술에 대해서 적대적인 태도를 취하는 것은 어느 시대에나 곳곳에서 발견되는 현상이다. 청교도 혁명 이후 런던의 극장을 폐쇄하여 셰익스피어조차 금지시켰다는 것은 그 현저한 사례인데 『악습 학교』는 그 예고편이라 할 수 있다. 요컨대 시드니의 『시의 변호』는 과도하게 도덕적 순수를 자임하는 종교적 관점에 내재하는 문학예술에 대한 경원(敬遠) 내지는 적의를 향해서 문학 쪽에서 제기한 반론이다. [독자들의 기억에 각인되도록 하기 위해 얼마 전에 고인이 된 비평가가 저서에서 거론한 사례를 첨가해 둔다. 싸움터에서 부상을 입고 다 죽어가던 군인이 냉수를 건네주자 "그대의 필요가 나의 필요보다 더 크다"며 바로 옆에서 신음하는 병사에게 양보했다는 일화가 옛 중학교 영어 교과서에 흔히 나와 있

---

02 *The Norton Anthology of English Literature*, ed. by M.H. Abrams *et al.* (New York : W. W. Norton & Company,1979), p.480. 영문학사에서 공인되어 있는 사실에 대한 언급에는 이하에서 일일이 주를 달지 않음.

었다. 본시 *Fifty Famous Stories*에 실려 있던 삽화다. 여기 나오는 미담의 주인공이 시인이자 학자요 군인이자 조신(朝臣)인 시드니. 그가 네덜란드의 주트펜에서 전사(戰死)했을 때 서른두 살이었고 영국민 모두가 애도하였다. 그런데 위의 삽화가 언급된 것은 시인의 전사 후 25년이 되던 해에 친구가 쓴 전기에서이고 그 전기는 다시 40년 후에 간행되었다. 친구가 쓴 전기 이외에는 그것을 뒷받침해줄 현장 목격자가 없었다고 프랭크 커모드는 적고 있다. 그래서 시인의 친구는 푸르타크의 『알렉산더의 생애』에 나오는 대목을 "기억"했던 것 같다고 말하는 이도 있다. 의미와 진실을 너무 엄격하게 구별하면 역사 얘기는 우리에게 재미없어질 것이라는 게 커모드의 생각이다.[03] 시가 "음험한 거짓말"이라는 편견에 반론을 펴낸 시인 자신이 "아름다운 거짓말"일 공산이 큰 유명한 역사적 미담의 주인공이 되었다는 것은 극히 반어적(反語的)이라 하지 않을 수 없다.]

　두 번째로 나온 시인 셸리의 『시의 변호』는 1821년에 집필한 것이나 발표된 것은 역시 시인 사후인 1840년의 일이다. 셸리의 친구인 토마스 피코크는 『시의 네 시대』란 반어(反語)적인 에세이를 발표하였다. 거기서 작가는 시가 언어의 원시적 사용으로서 미개한 사회에서는 그 나름의 기능을 가지고 있었으나 과학과 기술 공학의 시대에 와서는 시대착오적인 것이 되었다고 말한다. 셸리는 시인이자 당대 유수의 풍자가인 친구의 말이 반은 농담이란 것을 알고 있었다. 그러나 거기 표명된 입장이 당대의 공리주의 철학자를 위시

03　Frank Kermode, *The Genesis of Secrecy* (Cambridge : Harvard University Press,1979), p.114.

해서 많은 사람들이 공유한 것임을 간파한 셸리는 과학과 기술 시대의 일반적 편견을 타파하기 위해 『시의 변호』를 집필한 것이다. 애초 3부로 구상했으나 1부만이 완성되었고 그것은 "시인은 공인되지 않은 세계의 입법자다"라는 유명한 말로 끝나고 있다. 시에 대한 확신에 찬 믿음과 이성과 대비되는 상상력에 대한 강력한 믿음에 기초한 열의에 찬 이 글에서 셸리는 "시가 세계에서 친숙함의 베일을 벗겨버린다"[04]고 말함으로써 20세기 러시아 형식주의에서 말하는 '낯설게 하기'를 앞당겨 보여주었다. 또한 셸리는 시인을 단순히 문인뿐 아니라 예술가, 예언자, 새로운 사회조직의 창시자 등 당대의 한계를 뛰어넘는 모든 창조적 정신을 포괄해서 지칭하고 있다. 20세기 들어서 이른바 신비평의 텍스트 언어분석이 대두하기 전까지는 얼마 안 되는 고전적 에세이란 평가를 받아왔다. 시인의 지위가 의문시되어 가던 시기에 나온 시인 측의 과잉보상(報償)이란 비판도 없지 않았으나 시편 「서풍부(西風賦)」를 자연스레 떠올리게 하는 호쾌한 시인의 권리선언이라고 해야 할 것이다.

직접적으로 「시의 변호」란 표제를 달지 않았으나 사실상 시를 변호하고 그 가치를 강조하는 문학론은 이후에도 면면히 이어지고 있다. 종교가 위세와 권위를 잃어가고 있는 시대에 종교의 대용품 되기를 간구한 매슈 아널드의 인문주의적 지향은 그의 『교양과 무질

---

04 Percy Bysshe Shelley, "A Defense of Poetry" in *The Great Critics: An Anthology of Literary Criticism*, ed. by J. H. Smith & E. W. Parks (New York: W. W. Norton & Company, 1951), p.580.

서」를 위시한 많은 비평 속에서 열정적으로 토로되어 있다.

　20세기에 들어와서도 소규모의 「시의 변호」는 끊이지 않고 표명되어 왔다. 톨스토이의 『예술이란 무엇인가』를 두고 "도덕적 편견을 가치판단의 영역에 도입하는 잘못된 방법을 보여준 가장 좋은 사례"라며 혹평하는 I. A. 리처즈가 "예술은 전달 행위 가운데 최고 형태"라면서 전개하는 비평 이론의 모색은 20세기판(版) 「시의 변호」라고 요약한다 해도 무리가 아니다.[05] 그로부터 부분적으로 유래한 신비평(The New Criticism)은 협의의 "시" 분석에 열의를 보여준 허점은 있으나 시가 지적인 것과 감정적인 것의 강력한 결합이라며 최선의 문학이 인간 경험에 대한 전면적 진실을 제공해준다고 강조한 것은 과학적, 실증적, 실용적인 것이 우선시되는 시대에 나온 또 하나의 강력한 시 변호임은 물론이다. 그러한 국면은 입문서이면서 신비평의 문학적 선언서라고도 볼 수 있는 『시의 이해』 서론 부분에 명징한 표현을 얻고 있다. "시는 삶으로부터 분리되어 있는 것이 아니며 기본적으로 삶과 관여되어 있다. 즉 세계의 충실한 삶 경험과 연관되어 있다. 시는 상상력을 통해서 우리의 한정된 경험을 넓혀준다. 상상력을 통해 한편으로는 물리적 세계에 대한 우리의 감각을 예민하게 하고 다른 한편으로는 인간 상황과 인간 행동의 감정적, 지적 도덕적 함의에 대한 우리의 감각을 심화시켜 준다."[06]

05　I. A. Richards, *Principles of literary Criticism* (London: Routledge & Kegan Paul, 1924), pp.63-66.
06　Cleanth Brooks & Robert Penn Warren, *Understanding of Poetry* (New York: Holt, Rinehart &

그러나 유럽에서 폭발하여 퍼져나간 60년대 이후의 "이론혁명"이나 "의심의 해석학"의 지적 풍토 그리고 오늘 우리 안전에서 전개되고 있는 문학 상황은 새로운 형태의 「시의 변호」를 요구한다는 생각을 갖게 한다. 문학에 대한 새로운 공격과 압력과 회의적 시각이 증대해 왔고 이에 따라 문학의 지위 격하가 야기되고 있는 것은 부정할 수 없다. 우리 사회에서도 "문학의 죽음", "인문학의 쇠퇴" 혹은 "근대문학의 종언" 같은 어사가 퍼지고 있으며 그것이 수입된 번역어의 성격을 갖고 있다 하더라도 일정 부분 진행되고 있는 현실 사태를 반영하고 있는 것으로 생각된다.

그러나 모든 것에도 불구하고 문학은 고유의 가치와 직능을 가지고 있으며 그것은 옹호되어야 한다고 생각한다. 또 문학 연구가 인문과학에서 핵심적인 역할을 해왔고 또 그 역할은 계속돼야 한다고 생각한다. 그런 관점에서 현재의 상황을 검토하고 생각을 피력해 보자는 것인데 당대의 일반적 추세에 거슬러서 시도하는 것이기 때문에 감히 반시대적(反時代的)이란 관형사를 붙여보았다. 이러한 노력은 개인의 힘으로 감당할 수 있는 것이 아니고 좁게는 해석 공동체, 넓게는 문학 공동체의 집단적 유대를 필요로 한다. 그러나 개개인이 얼마 안 되는 벽돌을 쌓음으로써 큰 건축적 성취가 이루어진다는 점에서 개별적인 모색과 노력은 유용하다. 모든 것이 관리와

Winston, 1976), p.9.

조작(操作)의 대상이 되어 있는 오늘날 문학을 위시한 예술의 향수(享受)는 우리에게 남아 있는 얼마 안 되는 자율과 선택의 주체적 영역이다. 그런 의미에서 시 즉 문학의 변호는 인간 자유와 자율성의 옹호이면서 동시에 그 자유와 자율성에의 호소이기도 하다.

2. 표층적 변화와 심층적 변화

새로운 기계나 기술 공학적인 발명이 인간 사고나 생활에 미치는 영향은 막중하다. 기술적 발명이 있다고 해서 그것이 곧 보급되고 활용되는 것은 아니다. 젊은 세대에게는 아마도 실물보다 이효석과 나도향과 슈베르트를 통해서 익숙해지는 물레방아가 발명된 것은 서양에서는 기원전 1세기라고 한다.[07] 그러나 이 실용적인 기계가 널리 사용된 것은 자그마치 5백년 후의 일이다. 로마시대에는 노예 노동을 얼마든지 활용할 수 있었기 때문에 굳이 새 기구를 도입하지 않았다. 노예제도가 쇠하면서 물레방아 제조가 수지 타산이 맞게 되고 이에 따라 물레방아가 보급된 것이다. 그래서 물레방아는 봉건제와 깊이 연결되어 있다.

이와 반대로 19세기에는 증기 동력이 제분(製粉)을 용이하게 하였

---

07 Lynn White, Jr., *Medieval Technology and Social Change* (Oxford : Oxford Univ. Press, 1964), p.80.

지만 지방 영주들이 수익을 올리기 위해 주민들에게 물레방아 사용을 강요해서 오랫동안 문명의 이기를 활용하지 못했다. 편리한 기술적 발명도 사회적 조건에 따라 그 활용이 지체되기도 하며 새 발명이 곧 사회적 활용으로 이어지는 것은 아니다. 새 발명품을 활용할 수 있는 물질적 조건이 완숙해야 비로소 그것이 가능해진다. 새 테크놀로지가 인간 생활에 미치는 영향과 변화에도 직접적, 가시적(可視的)인 것이 있고 쉽게 눈에 뜨이지 않되 막강한 것도 있다. 우리는 편의상 그것을 표층적인 것과 심층적인 것으로 나누어서 말해도 좋을 것이다.

1890년대에 몽고족의 특성 조사를 위해 한국을 네 차례 방문하고 여행기를 책으로 낸 영국인 이자벨라 L. 비숍은 서울의 제일 인상을 말하는 대목에서 한국 여성은 세탁의 노예라고 말하고 있다. 사람들이 흰옷을 입고 있는 한 세탁은 한국 여성에 있어 자명한 운명이라는 것이다.[08] 가전제품 세탁기가 보급된 오늘, 그것은 완전한 옛이야기가 되었다. 또 흰옷 위주의 의상에서 탈피해 가면서 그 이전에 사태는 많이 달라졌다. 이런 것은 지극히 가시적인 변화이지만 이와 반대로 표면적으로 가시적인 것은 아니면서 변화의 양상이 극히 심대한 경우가 있다. 널리 알려져 있다시피 시계는 12세기 내지는 13세기에 베네딕트 수도원에 기원을 두고 있다. 하루 일곱 번의

---

08 서울시 시사편찬위원회, 『경성부사 제1권』, 2012년, 615쪽. 이 책에는 *Korea and Her Neighbours* 중에서 일부를 "First Impressions of the Capital"란 제목으로 싣고 있다.

기도를 요하는 수도원의 일과에 규칙적인 정시성(定時性)을 부여하기 위해서였다. 정시성이란 필요가 기계로서의 시계 발명의 어머니이자 계기가 된 것이다. 수도원에서는 기도 시간을 알리기 위해 종을 울렸는데 시계는 정확한 정시성을 부여하는 기술 제품이었던 셈이다. 영어의 clock의 어원은 그래서 종을 뜻하는 라틴 말에 어원을 두고 있다. 기계제품이며 자동기계의 원형인 현재의 시계가 발명되기 이전에는 물시계나 모래시계를 활용해서 종지기가 종을 쳤다.

당초의 시계는 이러한 일차적 소임을 충실히 이행했지만 급기야는 인간 행동을 동일한 시각에 맞추도록 하고 또 통제하는 수단이 된다는 결과를 야기했다. 수도원의 시간표는 곧 세속 사회로 퍼져나가 "리듬을 설정하고 특정 과업을 부과하고 반복의 주기(週期)를 조종한다는 세 가지 방법은 곧 학교, 공장, 병원에서 볼 수 있게 되었다."[09]

장소만 보면 누가 있는지 단박에 알 수 있는 공간 배치와 시간표를 이용한 철저한 통제, 또 자동적 조건반사 작용이 생겨나도록 하는 반복 훈련 등을 행사하는 군대, 학교, 병원, 정신병자 요양원, 구빈원(救貧院), 공장 등 근대의 규율적 권력을 행사하는 모든 기관이 사실은 시계 발명의 후속적 결과이다. 시계 발명이 없었다면 근대 자본주의는 물론 근대 전체주의 국가의 위세도 불가능했을 것이라

---

09 Michel Foucault, *Discipline and Punish: the Birth of the Prison*, Alan sheridan (trans.) (Harmondswoth: Penguin Books, 1977), p.149.

는 추정은 당돌한 것도 과장된 것도 아니다.

누구나 알다시피 미국은 신앙의 자유를 찾아 대서양을 건너간 청교도들이 세운 나라다. 청교도 사회의 성윤리나 규범의 비정한 엄격성은 가령 19세기 미국 작가 너대니얼 호손의 『주홍 글씨』에도 잘 드러나 있다. 그런 미국이 20세기 들어와서 가장 선진적인 성적 기강 해이 사회가 되었다. 1900년대부터 본격적으로 시작된 자동차의 보급의 결과라는 것이 『미들타운(The Middletown)』의 저자에서 시작해서 다니엘 벨에 이르는 이들의 일반적인 관측이다. 자가용 자동차가 타인의 시선을 차단하는 프라이버시 공간의 기동화(機動化)를 야기했고 그것은 자연스레 성적 모험의 증대와 함께 성적 기강 해이를 야기하였다. 그것은 결코 대도시에 한정된 현상이 아니었다. 자동차가 소도시의 닫혀 있는 금기의 성역(聖域)도 깨뜨려 버렸기 때문이다. 19세기적인 도덕의 강제력은 범법 행위자가 범행 장소에서 도망가지 못하고 인과응보의 벌을 받는다는 사실에서 왔다. 그러나 1920년대 중반엔 젊은이들이 20마일을 드라이브해서 댄스를 즐기고 오는 것이 자연스럽게 되었다. 멀리 떨어진 장소에서는 이웃의 시선을 피할 수 있고 그것은 성적 기강 해이에 이르게 마련이다.[10]

한편 욕망과 백일몽의 투사(投射)인 영화의 영향력도 크다는 것은

10 Daniel Bell, *The Cultural Contradictions of Capitalism* (New York : Basic Books, 1976), p.67.

누구나 인정하는 터이다. 자연이 예술을 모방한다지만 관객의 영화 장면 모방은 헤어스타일이나 의상에서 연애에 이르기까지 대폭적이었다. 게다가 1950년대에 등장한 경구(經口)피임약(the pill)은 임신 공포에서 오는 성적 절제를 불필요하고 시대착오적인 것으로 만들어버렸다. 물론 이러한 기술적 새 발명으로 원인 설명이 탕진되는 것은 아니다. 뒤이어 불어닥친 젊은이들의 대항문화(counter-culture) 운동이나 반전(反戰)운동은 성의 자유를 표방하면서 성윤리나 성문화에 혁명적인 변화를 일으켰다. "Make love, not wars"란 당시의 구호는 그 사정을 간결직절하게 말해주고 있다. 1915년경부터 시작된 퓨리터니즘에 대한 다양한 공격, 1차 대전 이후 성적 욕망의 억압에서 각종 신경증의 계기를 보는 프로이트 심리학의 보급과 그로 인한 중산층 사회 에토스의 변화 또한 사태 변화의 배경이 되었음은 말할 것도 없다.

3. 문학과 테크놀로지: 쓰기

문학과 관련하여 문학에 커다란 변화를 가져온 테크놀로지를 든다면 글자 및 쓰기의 발명과 인쇄술의 발명일 것이다. 현재 일어나고 있는 문학의 위상 변화나 젊은 세대의 의식 변화는 크게 말해서 인쇄 문화에서 전자(電子) 문화로의 전환 과정에서 비롯되는 것이다. 따라서 현재 진행되고 있는 문화 · 문학에서의 변화를 이해하기 위해서 "쓰기"의 발명부터 시작하는 것이 적정할 것이다. 우리는 여기서 어떤 단일한 발명보다도 "쓰기"가 인간 의식을 획기적으로 변형시켰다는 사실을 재확인하고 유념해야 할 것이다.

언어가 본시 입으로 말하는 구술(口述) 혹은 구두(口頭)적이라는 것은 인류 역사에 있어 왔던 수천 혹은 수만 개의 언어 가운데서 106개 정도의 언어만이 문학을 마련해 내기에 넉넉할 정도로 글자로 씌어졌다는 사실이 웅변으로 말해주고 있다. 현존하는 약 3천 개의 언어 가운데서 쓰인 문학을 가지고 있는 언어는 78개에 지나지 않는다.[11]

쓰기가 대두하기 이전에 사라진 언어가 얼마인지 우리는 전혀 알지 못하며 또 다른 언어로 변화 흡수된 언어가 얼마나 되는지도 알지 못한다. 구술 표현은 쓰기 없이도 존재할 수 있고 또 존재해 왔지만 구술 없이 쓰기는 존립할 수 없다. 구어를 익히고 나서 곧 쓰기로 들어가는 문자 사회에서 성장한 우리들은 쓰기에 대한 지식이 없을 뿐만 아니라 쓰기의 가능성을 생각지도 못한 구술문화가 어떤 것인지를 상상하기는 쉽지 않다. 쓰기 없는 문화에서 낱말은 그것이 뜻하는 대상은 보일지 모르지만 시각적 현존성(現存性)을 갖지 못한다. 낱말은 소리일 뿐이다. 그리고 소리인 한에서는 사건이다. 마

---

11 Walter J. Ong, *Orality and Literacy: The Technologizing of the Word* (London: Methuen, 1982), p.7.

치 천둥소리가 하나의 사건인 것과 같다. 소리는 곧 사라지고 또 본질적으로 순간적이요 찰나적인 것이다. 히브라이 말에서 dabar란 말은 "단어"이자 "사건"의 뜻을 가지고 있는데 이 사실은 구술문화에서 발음되는 낱말의 성격을 잘 드러내고 있다고 할 수 있다.[12] 구술문화권 사람들이 낱말이 큰 힘을 가지고 있다고 생각하는 것도 이 같은 이유에서다. 낱말이 사건이기 때문에 구술문화에서는 살아있는 유기체에서 나오는 소리 특히 말하기는 어떤 역동성을 갖게 마련이다. 그런 맥락에서 "소리를 공간으로 위탁"하는 "쓰기"는 그런 역동성을 갖지 못한다. 시인 김수영은 「국립도서관」이란 시에서 "오 죽어 있는 방대한 서책들"이라고 적고 있다. 물론 도서관에 저장한 책을 말하는 것이지만 역동적인 소리요 사건이던 낱말이 공간 속에 위임되고 유폐되는 "쓰기"는 상대적으로 역동성을 잃고 죽어 있는 것이라 할 수 있다.

우리들은 쓰기를 완전히 내면화했기 때문에 인쇄나 컴퓨터처럼 쓰기도 기술이란 사실을 인지하기가 매우 어렵다. 그러나 해블록 (Havelock)이나 월터 옹이 강조하듯이 쓰기는 엄연한 기술이다.[13] 그것은 붓이나 철필이나 연필 같은 도구를 필요로 하며 종이나 양피지(羊皮紙) 같은 편편하게 준비된 표면을 가진 기구를 필요로 한다. 쓰기는 인쇄나 컴퓨터보다 어느 모로는 더 철저한 기술이다. 쓰기

12 *Ibid.*, p.32.
13 *Ibid.*, p.81.

는 역동적인 소리를 조용한 공간으로 돌려놓고 낱말을 살아 있는 현재로부터 분리시키는데 이것은 인쇄나 컴퓨터가 물려받은 요소이기도 하다. 서양의 경우 그리스말의 알파벳이 발전하여 급속히 퍼진 것은 기원전 720년에서 700년 사이로 알려져 있다. 쓰기라는 테크놀로지의 보급에 대해서 플라톤이 가지고 있던 유보감 내지는 반론은 『파이드루스』에 잘 나타나 있다.

> 쓰기를 획득한 사람들은 기억력을 구사하기를 그치고 잊게 되기 쉽게 될 것이다. 그들은 사물을 기억하기 위해 자신의 내면의 방책에 의존하는 대신에 외적인 기호에 의해서 쓰기에 의존할 것이다. 그대가 발견하는 것은 기억(memory)이 아니라 억지회상(recollection)일 뿐이다.[14]

소크라테스의 발언이 이집트의 신과 왕이 나눈 대화 형식으로 적혀 있는 이 대목과 『제7편지』를 참조하여 신부(神父) 학자 월터 옹(Walter J. Ong)은 플라톤의 유보감 내지는 반론을 4항목으로 요약하고 있다. ① 쓰기는 비인간적이다. 그것은 제조물이다. ② 쓰기는 기억력을 파괴하고 마음을 약체화한다. ③ 말하는 사람과 달리 쓰인 텍스트는 반응이 없다. ④ 씌어진 말은 자기변호를 하지 못한다.

---

14 Plato, *Phaedrus & Letters VII and VIII*, Walter Hamilton (trans.) (Harmodsworth: Penguin Books, 1973), p.96.

쓰기는 수동적이다.[15]

그의 생각을 우리 나름으로 부연 검토해 보면 다음과 같이 될 것이다. ① 쓰기가 비인간적이라는 것은 육성으로 드러나는 구어와는 달리 인간 육체의 직접성이 보이지 않는 사정을 말한 것이다. 인간이 만들어낸 글자로 적는다는 점에서 쓰기가 제조물이라는 것이다. 가령 그리스 비극 『오이디푸스 왕』을 책으로 보기만 해가지고는 예언자와 오이디푸스 왕의 위상이 잘 드러나지 않는다. 그러나 비디오로 보거나 연극으로 보면 그 생생한 어조나 억양 때문에 양자 사이의 차이가 잘 드러난다. 그것은 연출자에 따라 약간 다르지만 필자가 들어본 카세트로는 예언자 테이레시아스가 오이디푸스보다 한결 위엄 있게 들리는데 그것은 그가 고령이라는 사실에서만 오는 것은 아닌 것 같다. ② 쓰기가 기억력을 파괴한다는 것은 간편한 계산기가 사람의 암산(暗算) 능력을 약하게 한다는 현대인의 우려와 상통하는 것이다. 허약해진 기억력의 저장 능력 역시 저하될 것이니 많은 것을 기억에 의존하던 구술문화에서 그것은 정신의 약체화로 인식되는 것이 자연스럽고 당연하다. ③과 ④의 항목은 사실상 동일한 상황의 양면을 말한 것이다. 삶의 현장에서 말은 특수한 경우가 아니면 대화의 형태로 전개되게 마련이다. 잘못 알아듣거나 이해하지 못할 경우엔 질문을 하면 된다. 그러나 텍스트를 향해서

15 Ong, op.cit., p.79.

는 되물을 수도 질문을 할 수도 없다. 반면 한번 쓰인 텍스트는 말을 하지 않아 자기변호를 못한다는 것이다. 질문과 답변을 통해서 지식을 추구하는 방법인 변증법이 텍스트에서는 즉시적으로는 불가능하기 때문에 제기한 우려인 것이다. 게다가 플라톤에게 지식과 덕성은 밀접히 연관된 것이기 때문에 텍스트의 이러한 국면은 심각한 것이었다.

플라톤의 입장이 구술문화 특유의 불가지론적 경향을 보이는 것도 사실이지만 새 기술적 발명에 대한 보수적 태도이며 그 잠재성에 대한 과소평가가 보이는 것은 그가 처해 있던 어쩔 수 없는 시대적 한계라 할 것이다. 쓰기가 의식을 고양시키며 인간 정신을 풍부하게 하고 내면생활을 강화한다는 것은 너무나 자명하다. 방대한 지식 정보를 축적할 수 있는 기록이 없다면 세대마다 새로운 기억술적(記憶術的) 지식 갱신이 필요할 것이다. 그런 맥락에서 쓰기 도입이 인간 문명에 공헌한 기여도는 심대하고 막강하다. 글자가 인간 발명품 중에서 최고의 것이라는 주장도 과장은 아니다. 불의 발명, 비밀의 발견 못지않게 획기적인 것이었을 것이다.

4. 문학과 테크놀로지: 인쇄술

쓰기에 이은 획기적인 발명은 말할 것도 없이 15세기의 인쇄술의 발명이다. 구텐베르크는 성서를 유럽 가정의 식탁에 올려놓게 함으로써 모든 기독교인이 자기 자신의 사제(司祭)가 되도록 허용하였다. 신앙의 단일성과 다양성 사이의 싸움에서 다양성이 기세를 올리는 데 인쇄술이 크게 기여하였음은 우리에게 익숙한 사실이다. 그러나 문학에 국한시켜 생각한다 하더라도 인쇄술 발명이 끼친 영향도 한두 가지가 아니다. 가령 시 읽기가 음독에서 묵독으로 옮겨 갔다는 것은 쉽게 상상할 수 있다. 아우구스티누스가 그의 스승인 암브로시우스의 묵독을 이상하게 받아들였다는 『고백』의 대목은 유명한 일화지만 9세기 내지는 10세기까지에는 문자가 모두 대문자였으며 구두점도 없었고 띄어쓰기를 하지 않았기 때문에 대체로 책 읽기가 음독이었으리라고 추정되고 있다.

인쇄술의 발명과 값싼 책의 보급은 구비시(口碑詩)조차도 활자로 정착시킴으로써 묵독의 보편화에 기여하였으리라 추정된다. 인쇄된 글이 생생한 목소리를 대신하게 됨에 따라 구비시[혹은 구연시(口演詩)]와 청중의 관계는 시인과 시독자의 관계로 분화되었다. 그리고 시 읽기가 개개인의 의식적인 선택 행위로 변질되었다. 책 읽기는 여가와 프라이버시와 고요를 요구하며 또 다분히 단독자의 고독한 행위이다. 그런 만큼 인쇄술의 발명은 구비 내지는 구연시의 공간을 축소시킴으로써 문맹자를 시와 절연하게 만드는 국면도 있었다. 인쇄술의 번창은 그것이 신기한 새것이기 때문이기도 하지만 주로 종교와의 연관성 때문이었다. 인쇄된 활자에 대한 경의는 구비시의 구연이 규격화된 인쇄본 때문에 축출되는 현상을 빚었다. 인쇄된 정본(定本)이 구전시의 생명을 고갈시켜 보다 열등한 작품이 구비시를 대체하게 되었다. 시인과 청중 사이의 협동이 끝나고 구비시의 의미의 일부를 이루고 있던 소리와 몸짓의 효과는 상실되고 말았다. 물론 재독과 되풀이 읽기를 가능하게 함으로써 시의 흡수가 철저해지고 또 후속 세대에게 이월된다는 소득도 없는 것은 아니나 문학적 상실도 소홀치 않았다.[16]

읽기·쓰기는 시를 목소리의 세계에서 시각의 세계로 옮겨 놓았고 이에 따라 언어는 신화나 속담이 누렸던 중층적(重層的) 차원의 울림을 잃게 된다. "한 인간의 전존재가 듣고 느끼고 경험하는 3차원적 파악의 문제이기를 그치고 시 읽기는 선적(線的) 연쇄 따라가기의 훈련"이 되어버렸다.[17] 보통의 묵독에서는 읽기 주체의 전신적 참여가 아니라 일부만이 참여하는 것이기 때문이다. 시간 또한 현재의 순간이 일정한 속도로 끊임없이 뻗쳐 있는 선로를 따라 움직이는 기차같이 느껴지기 시작한다. 현재 우리가 가지고 있는 역사 감각도 인쇄술과 함께 발전해 왔다. 전문자(前文字) 사회의 담시(譚詩) 노래꾼 혹은 구연자는 담시 속에 담겨진 사건이 수백 수천 년 전의 것이라 하더라도 한두 세대 전에 십 리나 이십 리 밖에서 벌어졌다고 말할 수 있었다. 우리와는 다른 역사 감각을 가지고 있었기

16 Denys Thomson, *The Use of Poetry* (Cambridge: Cambridge Univ. Press, 1978), p.174.
17 *Ibid.*, 175.

때문이다. 책 문화는 또 우리 마음속에 추상적인 것과 추상적인 것의 대중적 표현인 상투 어구에 대한 선호를 불러 일으켰으며 그것은 점증하는 추세에 있다.

영국의 경우 16세기 말의 인쇄 문화의 발전과 문자 해독자의 증가는 시 분야에서 중요한 변화의 계기가 되었다. 민요와 구비시가 쇠퇴하면서 속요 인쇄물(broadsheet)이 독자층을 획득하게 되었다. 이것은 당대의 화젯거리를 노래로 만드는 한편 인쇄물로 만들어 속요 가수가 길모퉁이에서 노래 부르며 팔았던 것인데 16세기와 17세기에 크게 유행하였다. 한편 수준 높은 개인 시의 성장을 가능하게 하였다. 전(前)문자 사회에서 시는 노동요나 춤 노래에서 백성들의 목소리를 들려주는 것이 보통이었다. 단지 말과 동작이 능란한 사람이 시인 노릇을 했을 뿐이다. 그러나 이제 시는 공적(公的)이고 즉흥적(卽興的)이기를 그치고 유동적인 감정이나 사사로운 마음 상태를 포착하는 데 전념하기 시작한다. 서정시가 이러한 소재에 적합한 분야가 되었으며 시가 점점 어려워지는 방향으로 나갔다. 이전에 시인과 청중의 공유 재산이었던 상징과 비유를 제공해주던 종교적 뼈대를 놓쳐 버렸기 때문이다.[18] 한편 책 문화 속의 시는 중심적 위치에 있는 시인에게 관심을 집중시키는 반면 수많은 주변적 시인을 무명과 소외와 고독으로 내몰게 된다. 음악 복제 기술의 발달이

---

18 *Ibid.*, 181.

한정된 별들을 크게 부상시키는 반면 많은 연주자들의 존재를 쇠퇴시키거나 아예 불가능하게 만든다는 사실을 상기한다면 쉽게 이해가 될 것이다. 이렇게 표면적인 수준에서의 변화만 하더라도 구텐베르크 충격의 결과는 전폭적이요 중층적이다.

5. 책 문화 시대의 문학

인쇄술의 보급과 책 문화의 위세로 가장 크게 영향 받고 덕을 본 것은 소설 장르다. 생산과 보급의 기술, 여가와 책 읽기 습관, 집안에서의 프라이버시 등등 모든 면에서 중상적(重商的) 산업 부르주아의 시대에 상응하는 문학 장르라고 인정되고 있는 소설은 책 문화 시대의 귀염둥이로 부상하였다. 문학 하면 곧 소설을 연상한다는 점에서 동서의 대중적 상상력은 대체로 일치한다. 문학사를 따르면 영국의 경우 18세기 중엽 이후 후원자가 사라지고 집단적 후원제라 불리던 예약 구매 제도가 성행하면서 문사들은 점점 더 출판업자에게 의존하게 된다. 이러한 시기에 연극이나 시에서는 불가결한 제한적 관습(convention)에 매임이 없이 소설은 공간 이동의 자유와 산문의 직접성을 활용하여 중산층 독자에게 호소하였다. 봉건적 질서 아래에서의 신분의 고정성이 무너지고 사회 이동이 극히 유연해진 시대에 어떻게 살 것인가 하는 문제를 추구해서 "정신의 세속화"를 주도하였다. 19세기 유럽의 걸작 소설들은 시골 청년의 신분이동을 주제로 해서 넓고 느슨한 의미의 형성소설의 경개를 띠고 있다. [느슨하다고 하는 것은 전형적 독일 형성소설에 보이는 전인적(全人的), 조화적 형성과는 거리가 있지만 일단 자기 형성 과정을 그린다는 의미에서 그리 말한 것이다.] 그리하여 성공적인 소설은 비근한 일상생활을 심각하고 진지하게 처리하며 당대 현실의 객관적 묘사에 전념하여 문학의 위엄을 보여주었다.

근대소설이란 새 장르는 출발한 지 1세기 후에 소설의 예술화를 통해서 다시 지위 격상을 성취하기에 이른다. 소설의 예술화에서 가장 중심적인 것은 낭비 없이 꼭 짜인 구성과 문체의 정련이다. 그중에서도 문체의 중요성은 예술로서의 소설과 오락으로서의 소설을 가르는 척도가 다름 아닌 문체라는 사실에 드러나 있다. 언어 정련과 문체에의 의지는 단순한 형식의 문제가 아니라 작가의 정신과 통찰의 문제이다. 성취된 내용이 곧 형식이고 언어 정련은 내용 성취에 필수적이다. 소설의 예술성을 가늠하는 데 가장 중요한 척도가 되는 문체 정련은 쓰기라는 기술을 통해서 가능해진다. 그런 맥락에서 소설이야말로 인쇄 문화 혹은 책 문화 시대에 가장 어울리는 문학 장르라 해도 잘못은 아니다. 그러기 때문에 책 문화 시대에 소설은 유례없는 다수 독자를 획득함으로써 문학의 지위 격상에 크게 기여하였다. 사실 줄거리 위주의 서사 기능은 소설에 고유한 것은 아니고 영화를 위시해서 연극, 장편 만화 등이 공유하고 있다. 문학의 독자성은 언어를 매체로 한다는 점에 있고 언어 동물인 인간에게 중추적인 것이다. 이러한 문학의 생득적 특권을 포기하고 영화나 방송극과 경쟁한다는 것은 문학의 자유낙하(自由落下)에 지나지 않는다.

소설의 부상을 방조하고 추진해 준 당대 상황을 보다 상세히 부연하면 이렇게 된다. 부르주아는 특유의 계급적 성향에 따라 바야흐로 개막되는 책 문화 시대의 에토스를 형성하게 된다. (물론 소설 독자가 부유한 중산층으로 한정된 것은 아니다. 가령 영국의 경우 18세기에 견습생과 하녀를 포함한 시종들이 소설 독자로서 새 독자층의 한 중심을 이루고 있었다는 것을 상기할 필요가 있다. 영국 소설의 효시라고 하는 리차드슨의 『파멜라』가 하녀를 화자 및 주인공으로 하고 있다는 것은 문화적 우연이 아니며 시사하는 바가 많다.) 사회학자 피터 버거는 부르주아 문화의 특징을 검토하면서 "건강한 본능"과 자연스러움에 의존하는 귀족과는 달리 부르주아가 합리성과 "삶 기율"을 중요시하였음을 지적한다. 그 결과 유전적 상속 혹은 "가정교육"(breeding)을 자기들의 "사는 양식"이라 생각한 귀족과 달리 부르주아가 "자기 교화"(self-cultivation)를 중시했음을 지적하고 있다. 문맹임을 부끄러워하기는커녕 과시하기까지 하고 여가를 이상화한 귀족과 달리 부르주아는 처음부터 문자 해독층이었고 일과 근로의 미덕을 믿었다. 이러한 차이는 여성과 자녀에게 중대한 의미를 갖게 되고 여성이 자녀 교육에서 중요 역할을 담당하게 된다. 요즘의 극성맞은 학부모로서의 어머니의 원형을 보는 셈이다. 부르

주아는 또 청결 개념을 도입하여 의상과 가정 경영에 적극 적용하였다.[19]

이러한 부르주아 문화와 그들의 넉넉한 주거 공간이 책 문화 시대의 모범적 독서 환경인 여가와 쾌적하고 조용한 프라이버시의 공간을 제공해 준 것이다. 그것은 전(前)문자사회의 구비시 향유자들이 누렸던 열려 있는 공간과는 근본적으로 다른 닫혀 있는 특권적·사적(私的) 공간이었다. 그것은 책 읽는 인물을 다룬 18세기의 판화나 그림 속에 우아하게 드러나 있다. 이 사적 공간에서 반복적이고 축적적인 책 읽기가 가능해지고 이에 따라 읽기 문화는 고유의 특징을 갖게 된다. 가령 해석학에서 말하는 "해석학적 순환"이란 개념만 하더라도 일회적이고 즉시 소비적이며 즉흥적인 요소가 많은 구비문학의 현장에서는 구상될 필요도 없고 구상될 수도 없는 개념이다. 읽기 수준의 향상과 독서 주체의 독서 경험의 누적적 확대가 이루어지면 이에 따라 책 읽기도 특수화되어 가고 전문화되어 간다. 이러한 독자의 전문화 경향과 가령 소설의 예술화 경향이 발맞추어서 진행되는 것은 자연스럽고 또 당연한 일이라 할 것이다.

문학의 경우 반복적, 축적적인 책 읽기는 고전과의 친숙성을 빚게 된다. 모든 문학은 선행 문학이 의미 깊다고 정의한 인간 경험

---

19 Peter L. Berger, *The Capitalist Revolution* (New York: Basic Books, 1986), pp.98-99. 버거는 귀족들의 청결성 부족에 대해서 합스부르크家의 여름 저택인 쇤브룬 대궁전에 1차 대전 발발 당시만 하더라도 실내 화장실이 없었다는 등속의 삽화를 들고 있다.

을 배후에 갖고 있으며 거기에 의존하고 그것을 밑그림으로 참조하고 있다. 조지 슈타이너는 20세기에 들어와서 연극이나 오페라에서 15개의 『오레스테이아스(Oresteias)』와 12개의 『안티고네(Antigone)』가 생산되었다는 사실을 지적하고 있다.[20] 그러나 이러한 선행 문학에의 의존과 참조는 알렉산드리아 도서관과 구텐베르크와 캑스튼(Caxton)의 문화라고 특징적으로 정의할 수 있다는 유럽 문화에 한하는 현상이 아니다. 가령 동북아 문화권에서 널리 읽히고 있는 나관중의 『연의 삼국지』에는 조조(曹操)가 유명한 「단가행(短歌行)」을 노래하는 장면이 나온다. "단가행"이란 한대(漢代)의 악부(樂府)의 제목이다. 악부에는 두 가지 뜻이 있다. 음악을 관장하는 한대(漢代)의 부서가 악부이다. 또 한무제(漢武帝)가 천하의 가요를 채집케 하고 악부(樂府)에서 악곡에 맞추어서 노래하게 한 것을 악부라 하는데 위(魏), 진(晉), 남북조시대에 이르러 유행했으나 당(唐) 이후엔 실제로 노래하는 일은 없고 고시(古詩)의 한 양식이 되었다. "단가행"은 노래할 때의 음성의 장단에서 나온 말로 가사의 길이와는 관련이 없다. 조조의 「단가행」은 32구(句)로 되어 있는데 많은 선행 시편이나 문장에 의존하고 있다. 첫머리의 "人生幾何 譬如朝露"는 『漢書』의 「소무전(蘇武傳)」에 나오는 "人生如朝露"에 기대어 있다. 그리고 계속되는 많은 시구가 『시경』의 여러 시편에 의존하고 있다. 그

20　George Steiner, *Antigones* (Oxford: Clarendon Press, 1984), p.32.

리고 이「단가행」자체가 소식(蘇軾)의「전적벽부(前赤壁賦)」에 인용 언급되어 있어 더욱 널리 알려지게 된 것이다. 이러한 고전적 사례에서 볼 수 있듯이 문학의 이해는 참조 혹은 밑그림 인지능력의 공유에 부분적으로 의존하고 있다. 엘리엇이 얘기하는 이른바 역사의식이란 것도 이러한 참조 혹은 밑그림의 인지능력을 가리키는 것이라 해도 잘못은 아니다.

그러므로 문학 전통은 어떤 어사나 이미지로 하여금 스스로 고도의 암시성을 갖도록 하게 한다. 반드시 작자가 의도하지 않는 경우에도 인유(引喻) 구실을 하는 경우가 있게 된다. 그러므로 독서 경험의 범위가 넓으면 넓을수록 상호 텍스트성을 의식하게 되고 문학작품은 상호 인지의 신호를 교환하게 된다. 한 작품은 발생과 함께 상호 메아리의 교호(交互)의 장으로 진입하게 되는 것이다. 이 메아리는 독서 행위에 각별한 재미와 즐거움을 제공하게 된다. 보통 독자와 전문 독자의 차이가 있다면 이 교호의 장의 넓이나 그 장 안에서의 인지능력과 관련될 것이다. 작품의 텍스트를 우리의 삶이란 텍스트 속에서 바꿔 쓰는 것이 읽기라고 생각하는 로벗 스콜즈(Robert Scholes)는 구심적 책 읽기와 원심적 책 읽기를 대조적으로 거론한다. "구심적 읽기는 어떤 텍스트를 그 텍스트의 중심부에 본래의 의도가 자리 잡고 있는 것으로 파악한다. 이렇게 이름 붙여지는 읽기는 텍스트를 순수한 의도라는 핵심 그 자체로 환원시키려 한다. 한편 원심적 읽기는 텍스트의 생명이 항시 확대해가며 의미의 새 가능성을 포함하는 그 주변을 따라 생겨나는 것으로 본다."[21] 그리고 읽기는 단순히 텍스트를 미리 결정된 의도라는 핵심으로 환원하는 것이 아니고 하나의 텍스트 안쪽에 있는 기호를 그 바깥쪽에 있는 기호와 접속하는 것이라며 "읽기란 무엇보다도 연결된 기호의 파일을 검토하여 새 텍스트를 이전의 텍스트와 적절하게 연관시키는 것"[22]이라고 말한다. 그리하여 "읽기는 딴 목적을 위한 단순한 수단이 아니다. 읽기는 능력의 발휘에 대한 막대한 보수의 하나이며 삶의 이유이고 그 자체가 하나의 목적이다"라고까지 말한다.[23]

　중산계급의 여유와 특권적 프라이버시 공간에서 출발한 책 문화는 이제 이러한 전문적 독자의 특수 경지에까지 다다른 것이다. 근대문화와 문학의 주요 자산이 이러한 전문적 독서의 산물임은 말할 것도 없다. 존슨 박사가 생각했던 "보통 독자"와 스콜즈의 읽기 주체 사이의 거리는 엄정한 측정이 불가능하지만 여러 가지 상황 증거로 보아 엄청나다고 할 수밖에 없다. 그리하여 스콜즈의 "읽기의 프로토콜"에 근접하지 못한 독자는 이제 독자로서의 적격성을 잃었다 해도 과언이 아니다. 문학이 어려워지고 있다는 일반 독자의 불평의 배후에는 이 "읽기의 프로토콜"에의 접근이 어려워진다는 사정도 깔려 있다.

21　Robert Scholes, *Protocols of Reading* (New Haven: Yale Univ. Press, 1989), p.8.
22　*Ibid.*, p.21
23　*Ibid.*, p.18.

6. 고전적 독서의 종언

이러한 전문적 독자의 등장이 교육 기회의 확대, 문자 해독자의 유례없는 증가, 고등교육 수혜자의 전진적 증가, 복제 기술의 발달과 보급으로 야기된 음악, 미술 등 예술 애호가의 증대와 보조를 함께하며 진행되었다는 것은 말할 것도 없다. 그리고 이러한 현상은 인쇄술 보급에서 선구적 위치에 있던 유럽에서 시작해서 세계 여러 지역으로 확산되어 범세계적인 현상이 되었다. 그러나 이러한 인쇄 문화 혹은 책 문화의 황금시대란 바로 그 시점에서 책 문화와 그 발달로 말미암아 특권적 지위와 위세(威勢)를 누렸던 문학은 큰 도전을 받게 된다. 그것은 새 테크놀로지의 발명으로 인한 전자 문화의 득세에서 오는 것이지만 우리가 제일 먼저 주목해야 할 것은 고전적 독서 양식이 사실상 소멸해가고 있다는 사실이다. 파스칼의 『팡세』에는 "인간의 모든 불행은 자기 방 안에 조용히 눌러 있지 못한다는 단 하나의 사실에서 나온다는 것을 나는 말한 바 있다"[24]란 대목이 보인다. 그가 생각하는 '자기 방'은 정적(靜寂)주의적 신앙인의 그것이지만 책 문화 시대의 모범적 독서 공간도 이러한 '자기 방'과 다르지 않다. 그런데 이 전자 문화 시대에 사실상 "자기 방"은 사라져 가고 있다. 의도적으로 시대와의 타협을 거부하거나 거기서 도

---

24 Blais Pascal, A.J. Krailsheimer (trans.), *Penses* (London : Penguin Books, 1995), p.37.

망치려는 소수파가 겨우 그것을 지키고 있을 뿐이다. "자기 방"에서 라디오, 텔레비전, 오디오 기구를 추방한다 하더라도 퍼스컴의 인터넷을 통해서 외부 세계는 "자기 방"을 사실상 무혈점령하고 있다. 첨단 무기로 무장한 점령군에게 점거당한 "자기 방"에서 고전적 독서인은 이미 존재할 수도 없고 정체성을 유지할 수도 없다. 그는 주권을 상실한 것이다.

고전적 독서인은 시간과 속도를 괘념하지 않고 책에 열중하면서 정독함으로써 그야말로 세계를 무화(無化)시켰다. 책을 읽는다는 것은 그대로 명상하고 사색하는 것이었고 명상과 사색은 지혜로 가는 길이었다. 지혜는 능률과 효율성에 의해서 포착되고 소유되는 정보나 계량적 지식이 아니다. (그런 맥락에서 소제목도 색인도 없는 옛 동양의 서책은 고전적 독서에 가장 부합하는 것이었다. 그것은 독자로 하여금 첫 장부터 끝 장까지 정독을 요구했고 건너뛰기를 허용하지 않았다. 그것은 또 종이에 구멍이 날 정도로 되풀이 읽기를 요구하였다. 또 필요에 따라 부분적 독서로 끝내는 편의적 주위 읽기의 가능성을 처음부터 봉쇄하였다.) 이러한 고전적 독서인의 잠재적 열망에 부응해서 작가 또한 정독에 값하는 예술 소설을 제공한 것이다. 그러나 오늘날 정독도 사색도 요구하지 않는 시간 죽이기 오락용 문학작품이 양산되고 있다. 문화적인 모든 것을 사회적 상품으로 바꿔 치우는 환경에서 오락 산업이 제공하는 상품은 다른 소비재와 마찬가지로 문자 그대로 소비된다. 그런 의미에서 오락으로 떨어진 문학은 단순 소비재요 이를 읽는 독자 또한 단순 소비자에 지나지 않는다. 요컨대 오늘날의 "자기 방"에서 우리는 오락 산업 소비재를 구매하고 소비하는 소비자를 보게 될 뿐 고전적 독서인이나 독자는 찾아보기 힘들다. 소비자가 상품 생산에 대해서 발언권을 가지고 있다는 것을 우리는 알고 있다. 영화 생산이나 문학 생산에서 대중의 발언권이 점점 커지고 있으며 생산자가 그 발언권 앞에서 점차 무력해지는 것이 오늘의 추세이다.

좀 더 구체적으로 얘기해 보자. 밀란 쿤데라는 『소설의 기술』이란 에세이집에서 세미콜론을 피리어드로 바꾸려 하는 한 가지 이유 때문에 한 출판사와 결별하였다고 적고 있다.[25] 이것은 번역의 적정성이란 문맥에서 토로한 경험담이지만 엄정한 의미에서 예술가가 있어야 할 방식을 말해주고 있다. 오늘날 유럽이나 미국 출판사에서 독자를 위한 고려라는 이름 아래 소설 문장을 고치거나 윤문하는 경우가 많다는 것은 공공연한 비밀이다. 상업적 고려로 행해지는 이러한 관행은 문학 생산에 대한 소비자의 발언권이 만만치 않음을 말해주고 있다. 고전적 독서인의 소멸 혹은 독자라는 "소비자"의 등장은 문학의 자기 훼손으로 이어지고 있다. 이러한 일련의 사실을 "소비자" 탓으로 돌릴 수는 없다. 사진술을 발명하고 보급시킨 이들도 사람의 얼굴, 특히 연예인을 위시한 저명인사들의 얼굴이 모두 사진의 형태로 상품화되리라는 것을 예측하지는 못했을 것이

25　Milan Kundera, *The Art of the Novel*, Linda Asher (trans.) (New York : Harper & Row, 1988), p.130.

다. 닿는 것마다 황금으로 변화시켰다는 마이다스의 손처럼 시장의 논리는 모든 것을 상품으로 변형시키고 있음을 말하는 것이다.

2011년 5월 20일 미국 최대 인터넷 판매처인 아마존은 전자 서적 판매수가 종이 책 판매수를 상회했다고 발표했다. 2011년 4월 이후 종이 책을 5% 상회하는 페이스로 팔리고 있다 한다. 아마존은 2007년 11월에 킨들(Kindle)과 전자책을 판매하기 시작했는데 그로부터 3년 5개월 만에 종이 책을 추월하는 현상이 벌어진 것이다. 최고 경영 책임자는 언젠가 이렇게 되리라고 예상하기는 했지만 이렇게 빠를 줄은 몰랐다고 실토하고 있다. 아마존에서 판매하는 전자책 가격은 대체로 같은 내용의 페이퍼백 가격과 비슷하다. 종이 책이 사라진다고 해서 그것이 곧 책 문화의 종언을 뜻하는 것은 아닐 것이다. 그러나 하드커버가 가지고 있던 특유의 아우라는 사라지고 말 것이다. 독자적인 장정과 표지, 두툼한 종이와 활자의 크기나 모양, 그리고 책을 들고 펴고 할 때의 독특한 입체적 질량감, 그런 것들이 촉발하는 책의 세계에 대한 예감과 기대감 같은 것은 소멸하고 말 것이다. 인쇄 문화 최고의 업적이라고 할 종이 책이 쇠퇴하고 있는 셈이다. 그것이 즉시 책 문화 시대의 종언으로 이어지지는 않을 것이다. 그러나 표준화된 체재나 형식으로 유포될 수밖에 없는 전자책은 전자 민주주의 시대의 몰개성적 평준화를 구현하면서 수적 우위를 유지할 것이다. 이러한 책 문화 시대의 임박한 종언은 결국 문학의 돌이킬 길 없는 쇠퇴나 소멸을 야기할 것인가?

성급한 예견이나 예단은 금물이다. 그러나 책 문화에 매혹되어 거기서 삶의 위안을 구해온 입장에서는 문학의 지속에 대한 희망적 관측을 소지하는 수밖에 없다.

그런 맥락에서 영화를 검토해 보는 것도 무의미하지는 않을 것이다. 새 테크놀로지의 발명이 일으킨 변화와 관련해서 우리는 우선 사진의 예를 들어보는 것도 좋을 것이다. 19세기에 나온 사진술은 대뜸 간파할 수 있듯이 초상화에 깊은 충격을 주어 많은 변화를 야기하였다. 그러나 그뿐이 아니다. 휴대용 카메라와 스냅숏의 발전은 인상주의 회화가 융성한 시기와 같은 시기에 이루어졌다. 카메라는 뜻하지 않은 앵글과 우연한 광경의 매력을 발견하는 데 도움이 되었고 이러한 사진의 발전은 화가로 하여금 새로운 탐구와 실험의 길로 가게 하였다. 카메라가 보다 용이하고 값싸게 수행할 수 있는 일을 굳이 그림이 할 필요가 없게 된 것이다. 사진이 따라올 수 없는 영역을 탐구함으로써 현대미술의 오늘이 형성된 것이다. 실물보다 더 실물다운 그림을 지향하는 표현주의 미술도 그중의 하나다.

20세기 초기에 나온 영화는 문학에 대해서 그와 비교할 만한 충격을 주지는 못했으나 많은 비관론적 예측을 낳게 하고 특히 소설의 위기란 전망을 낳기까지 하였다. 사회적 낭만주의의 꿈을 실현시켜 주며 정신의 적극적 참여 없이 수동적으로 마음 편히 즐길 수 있는 영화의 출현이 소설 독자를 빼앗아 가리라는 예상은 그러나 빗나갔다. 영화의 기고만장한 발달은 소설의 퇴락을 초래하지 않았으며 양자는 각자의 길을 가면서 상부상조하는 추세를 보여주었다. 소설의 영화화는 원작 소설의 독자수를 증가시킨다는 역설을 낳기도 했고 그 극단적인 사례는 가령 영화 "오만과 편견"의 개봉이 한국에서 번역된 원작의 10만 부 판매를 초래했다는 사실에서도 발견된다. 소설과 영화의 상부상조 현상이 전개된 것이다. 그러나 엄격히 따져볼 때 소설에 대해서 영화는 본원적 취약점을 가지고 있다고 생각된다. 영화는 시청각적 동시 진행이 주는 감각적 직접성과 고도로 발달된 고유의 기술을 가지고 관객에게 호소한다. 영화는 다른 예술 분야에 비해서 작품의 질과 관객의 선호도 사이에 긴장이 적은 편이다. 이에 따라 좋은 영화의 관객 획득의 성공 가능성은 좋은 소설이나 그림의 독자 획득 성공 가능성보다 훨씬 높다. 영화 초기에 "책 못 읽는 이들을 위한 삶의 그림책"이라고 한 말도 그래서 생겼을 것이다.

현재 많은 사람들이 주요 정보를 영상이나 시청각적 코드로 입수하는 것이 사실이고 그런 맥락에서 언어가 포괄하고 관장하는 영역이 상대적으로 축소된 것 또한 사실이다. 그러나 이러한 시청각 지향의 세계에서도 영화는 가령 언어 예술에 대해서 취약점을 가지고 있다. 아무리 뛰어나고 참신한 영화라도 일정 횟수 이상의 향수(享受)는 불가능하다. 눈부신 미남 미녀가 등장하는 영상 광고도 몇 번 보고나면 곧 싫증나고 짜증나게 되는 것과 비슷하다. 그러나 우리는 소박한 동시라도 뛰어난 경우 되풀이 읽고 접해도 결코 싫증나거나 짜증나지 않는다. 동일 영상의 반복은 권태와 염증으로 이어지지만 매혹적 언어 조직의 반복은 한결 내구성을 가지고 있는 것으로 생각된다. 이것은 언어 예술의 특권이자 축복이며 미래 가능성의 기초라고 생각해도 과장은 아닐 것이다.

필자는 상호 텍스트성을 말하는 자리에서 똑같은 모티프의 사용이 영화와 소설에서 전혀 다른 효과를 낸다는 사실에 주목한 바 있다. 왕년의 네오리얼리즘의 기수였던 이탈리아인 로세리니 감독이 1953년에 제작한 영화 "이탈리아 여행"에는 결혼을 위해 고향을 떠나는 애인을 만나보기 위해 빗속에서 기다리다 폐렴으로 죽는 젊은 이의 삽화가 나온다. 결혼 후에도 여성은 자신에 대한 사랑 때문에 죽은 청년을 생각하는 경우가 있고 우연한 기회에 그것을 실토했다가 남편의 질투심을 촉발한다. 그것이 계기가 되어 권태기에 있던 두 사람의 결혼은 위기에 처하게 된다. 이혼 직전까지 갔던 두 사람은 그러나 거리의 인파 속에서 아내가 실제로 위기에 처하게 되자 극적으로 화해해서 행복한 결말을 갖게 된다.

여기 나오는 삽화는 조이스의 단편집 『더블린 사람들』에 수록된 걸작 「사자(死者)」에 나오는 모티프와 동일하다. 그러나 「사자」의 경우 이 삽화는 부부간의 위기를 자아내는 것이 아니라 남자 주인공의 정신적 변모와 성숙의 계기가 된다. 아내가 목숨의 위험을 무릅쓴 열렬한 사랑의 대상이었고 독자적인 내면과 개인사를 갖춘 독

립된 인격임을 발견한 남편은 아내에 대한 사랑과 함께 요절한 소
년에 대한 동정을 갖게 된다. 나아가 죽음을 무릅쓴 열정에 대한 동
경과 숭상마저 불러일으킨다. "나이 들어 볼품없이 시들고 쇠하기
보다는 어떤 열정의 찬연한 불길 속에서 과감하게 저승으로 가는
편이 낫다." 남편은 좀스럽고 천박하고 독선적인 자기중심주의에
서 벗어나 보다 성숙한 인간으로 진입한다. 이 장면은 문학에서 만
날 수 있는 가장 기억할 만한 장면의 하나인데 이러한 변모의 설득
력 있는 묘사는 작가의 인간 통찰과 문체에서 나오는 것이다. 따라
서 문학이기 때문에 가능한 것이다. 영화라면 이러한 내면의 혁명
을 섬세하고 실감나게 그려내기가 불가능하다. 사실 영화에서는 가
정을 위기로 몰고 간 일회적인 단순 삽화 구실을 할 뿐이다. 여기에
대체할 수 없는 문학 고유의 매력과 강점이 있다. 또 이것이 문학의
범접할 수 없는 고유영역일 것이요 대체될 수 없는 미래 가능성의
거점일 것이다. 사진이 할 수 있는 기능은 사진에 맡기고 오직 회화
만이 할 수 있는 영역을 추구해서 현대 미술의 다양한 성과가 이루
어졌다. 마찬가지로 가령 영화가 할 수 있는 것은 그쪽으로 맡기고
진정 문학만이 할 수 있는 독자적 고유영역을 탐구함으로써 문학의
양도할 수 없는 가치가 훼손되지 않고 유지될 수 있을 것이다. 그
위상에 다소간의 변화가 있을지언정 언어 동물인 인간에게 언어 예
술은 중심적이고 불가결한 것으로 남아 있을 것이란 전망이 그래서
가능하다.

제 3 장

—

문학 위상의 하락

1. 반(反)엘리트주의 풍토

　흔히 문학의 위기 혹은 문학의 죽음이란 말로 지칭되는 상황은 문학의 위상 격하 혹은 하락이란 말로 완화해서 부르는 것이 적정하다고 생각한다. 극단적인 어사가 환기하는 종말론적 이미지는 아무래도 과장 어법의 소산이라 생각되기 때문이다. 부자는 망해도 삼년 먹을 것이 있다는 속담이 있다. 오랜 역사를 가진 문학이란 제도도 하루아침에 무너질 정도로 가난하지도 허약하지도 않다. 사회적 소수파이긴 하지만 열의 있는 독자를 가지고 있고 극소수이긴 하지만 열광적인 향수자도 가지고 있다. 사회적, 기술적 변화의 시기에 발생할 수밖에 없는 사회제도의 복잡한 변화의 일환이란 관점을 우리는 시인한다. 그러나 사람의 얼굴이나 몸매마저도 사진을 통해 상품화하는 시장 지향의 사회에서 상업주의 에토스의 확산은 문학 속에도 침투하게 마련이다. 시장의 논리는 문학 생산에 있어서도 독자의 발언권을 증대시키고 그것은 당대의 정신적 풍토로 정착된 듯이 보이는 반(反)엘리트주의와 맞물려 저항 없이 확산되고 있는 추세다. 예술에서 반(反)엘리트주의는 쉽게 예술 대중주의와 동화한다. 음악에서 감정의 민주주의를 추구할 때 그것은 영락없이 팝음악으로 귀결될 것이다. 그런 맥락에서 20세기 후반의 대표적 작가의 한 사람, 밀란 쿤데라의 말은 우리에게 시사하는 바가 많다.

"엘리트주의"란 말은 거우 1967년에 프랑스에 나타났고 "엘리트주의자"란 말은 1968년에야 나타났다. 역사상 처음으로 프랑스어가 엘리트란 개념에 부정(否定) 아니 불신의 눈길을 보냈다. 공산주의 국가의 공식 선전도 같은 시기에 엘리트주의와 엘리트주의자란 말을 연발하기 시작했다. 대기업가나 유명한 체육인이나 정치인을 지칭하기 위해서가 아니라 문화 엘리트, 즉 철학자, 문인, 교수, 역사가, 영화와 연극계의 인물들을 지칭하기 위해서 그런 것이다. 놀라운 동시발생이다. 유럽 전역에서 문화 엘리트가 다른 분야 엘리트에게 굴복하고 있는 듯이 보인다. 저쪽에서는 경찰 기관의 엘리트에게 그리고 이쪽에선 대중 매체의 엘리트에게. 아무도 이런 새 엘리트들의 엘리트주의를 비난하지 않을 것이다. 따라서 "엘리트주의"란 말은 곧 잊히게 될 것이다.[01]

서유럽으로 망명한 밀란 쿤데라는 체코인이란 말을 피하고 보헤미아인으로 자처했는데 『농담』에서 보게 되듯 전체주의 체제의 숨막히는 어둠을 치열하게 고발하고 있다. 그러는 한편 『느림』에서

---

01 Milan Kundera, *The Art of the Novel*, Linda Asher (trans.) (New York: Harper & Row, 1988), p.127.

보듯 사전 기획된 TV카메라 앞에서 에이즈 환자와 입맞춤하는 정치가의 동작을 보여준다. 이때 순발력을 발휘하지 못한 실패를 만회하기 위해 기아선상의 아프리카 촌락을 찾아가 지극한 인류애를 발휘하는 이의 모습도 보여준다. 이들을 통해서 쿤데라는 서방세계의 비속성과 자기 이미지에 대한 강박관념과 홍보의 위력을 가차없이 고발하고 있다. 그의 시각으로는 서방세계 매스미디어의 위세는 공산 세계의 비밀경찰과 같이 막강하다. 그 둘을 병기(倂記)함으로써 그 부정적 영향력을 성토하고 있는 셈이다. 사실 옛 동구권에선 비밀경찰로 상징되는 무소불위(無所不爲)의 정치권력이 검열과 자기검열 유도로 작가의 역량을 잠재워 그릇 큰 문학이 나오지 못하게 했다. 한편 서방세계에선 상업주의 에토스의 문학 침투가 많은 재능들을 상업적 작가로 내려앉게 만들었다. 엘리트주의니 엘리트주의자란 말은 반(反)민주주의자나 파시스트란 말과 동의어가 되는 분위기가 조성되어 있다. 스포츠나 바둑에서 엘리트에게 열광하면서 문학이나 예술분야에서 엘리트주의라며 경계하는 것은 이치에도 맞지 않고 일관성도 없다. 스포츠는 경쟁 세계이지만 다른 분야는 그렇지 않다고 말할 수는 없다. 우선 지금껏 남아 있는 불후의 고전이라 할 그리스 비극은 봄 축제 때 경연(競演)에서 수상한 시인들의 작품이다. 경쟁을 초월한 기술이나 예술은 있을 수 없다. 그런 맥락에서 쿤데라가 제기하는 문제는 곰곰이 새겨볼 가치가 있다.

오늘날 문학의 위상 하락 현상에서 매스미디어가 발휘하는 영향력은 더없이 막강하다. 우리의 경우 신문 문화면의 변화가 사태를 극명하게 보여준다. 대중문화 쪽의 기사가 큰 비중을 차지하면서 문학 지면은 상대적으로 위축되었다는 인상을 준다. 문학 지면에서도 대체로 잘 팔리는 쪽의 기사가 큰 비중을 얻고 있는 것으로 보인다. 이른바 메이저 신문들이 사설이나 정치면에서는 포퓰리즘에 반대하고 경계하는 논지를 펴고 있지만 문화면에서는 앞장서서 포퓰리즘을 선양하고 있다. 그것이 신문의 무자각적 자기 분열 현상인지 혹은 각각의 분야에서 독자에게 영합하려는 전략적 계산의 산물인지를 가늠하기는 쉽지 않다. 문화적 대중주의는 곧 정치적 포퓰리즘과 합류하게 마련이기 때문이다. 해방 전에 한글 신문은 민족의 계도를 자임했고 문화 실천을 통해서 자임에 상부하는 순기능을 발휘했다. 해방 이후에도 그런 자세를 유지했으나 어느 사이에 계도가 아니라 추종이나 영합에 몰두하게 되었다. 이러한 신문의 변화를 보면 문학의 위상 하락은 인접 대중문화나 스포츠의 광범위한 수용과 위상 상승에 따른 상대적인 현상이라는 생각을 갖게 한다. 게다가 신문을 압도하면서 막강한 영향력을 행사하는 시청각 매체는 대중문화의 우선적 보도나 프로그램을 통해서 그 위세를 높여주면서 상대적으로 문학을 주변화하는 데 기여하고 있다. 그리고 시청각 매체의 영향력은 청소년 사이에서는 전폭적이다.[02]

02 1960년대 중반 무렵까지 주요 일간지는 대개 4면으로 되어 있었다. 정치면, 국제정치면, 사회면, 문화면의 순서로 되어 있었고 경제 기사는 비중에 따라 1면이나 2면으로 배당되었다. 4면 문화면은

우리 사회에서 매스미디어 보도가 끼치는 영향력의 막대함은 청소년의 이상적 영웅상(英雄像)에 잘 드러난다. 어린이들의 영웅이 연예인이란 것은 그 단적인 사례다. 또 우리 사회에서 정치 지망자가 많은 것도 정치 최우선의 미디어 보도와 연관되어 있다고 생각된다. 조선조에서 사대부는 과거 급제 후 출사(出仕)를 삶의 목표로 삼았고 그런 가치관이 오늘날까지 이월(移越)되어 있다는 국면도 무시할 수 없다. 자의 반 타의 반의 부득이한 경우가 있는 게 사실이나 많은 학자들이 관계나 정계 진출 때 주저함이 없는 것은 족보에 남겨 놓을 벼슬 이름 때문이라고 생각하면 그렇긴 하다. 하지만 유학(儒學)에서 유래한 많은 전통적 미덕이 급격히 망각되거나 방기된 현실을 생각하면 전시대 사대부의 이념 승계라는 측면은 미약하다고 생각한다. 최고 권력자가 읽고 있는 책이 곧 베스트셀러의 반열에 오르게 되는 사회는 흔하지 않을 것이다. 그런 맥락에서 정당의 공천 심사위원이 되었다는 보도가 나간 직후 그 작가의 책이 많이 나갔다는 사실은 음미해 볼 만하다. 매스미디어 보도에서의 우선순위가 미치는 막강한 위력을 여러 차원에서 보여주는 사례라 할 것이다.

거의 문학 관계 기사로 채워져 있었다. 새로 개봉되는 영화의 짤막한 소개가 문화면 한 구석에 정기적으로 났고 연극, 음악, 전람회 기사가 가뭄에 콩 나듯이 났을 뿐이다. 문화면은 그대로 문학면이었고 지면도 대부분 사외 기고로 채워져 있었다. 문화부의 데스크도 많은 경우 해방 이전의 관행을 따라 문인들의 몫이었다. 그 후 사정은 일변하였다. 지면이 확대되면서 경제 기사가 많아졌고 스포츠, 영화, 연극, 텔레비전, 여행 관련 기사가 많아지면서 대중문화의 선량들이 각광을 받게 된다. 모든 지면에서 사진이 차지하는 비중이 크게 늘어났고 전에는 생각도 못했던 전면 혹은 양면 광고가 많아지고 기획 특집 기사나 사내 및 사외 인사의 칼럼 지면도 늘어났다. 세태를 반영해서 건강 관계 기사가 많아진 것도 눈에 뜨인다.

널리 읽혀진 E. H. 카의 『역사란 무엇인가』에는 문명의 몰락에 관한 모든 논의는 "옛날의 대학교수는 하녀를 두고 있었지만 지금은 스스로 설거지를 하고 있다"는 것을 의미할 뿐이라는 A. J. P. 테일러의 말이 인용되어 있다.[03] 중요한 문제를 실감나는 삽화로 경묘하게 처리하여 기억에 각인시키는 이 책의 특색이 잘 드러나 있는 대목의 하나다. 이 대목은 "인문학의 위기" 논의가 사실은 인문학자들의 불투명한 내일에 대한 불안일 뿐이며 "문학의 위기"가 실은 인접 대중문화 선량(選良)들과 비교해서 문인들의 입지가 좁아진 것을 의미할 뿐이라는 생각을 굳혀 준다. 옛날에 비해서 각별히 독자가 줄어든 것도 아닌데 문인 쪽에서 위기설이 널리 수용되는 것은 그 때문일 것이다. 뛰어남에 대한 경의를 엘리트주의라고 타박하는 평등주의의 잘못된 수용과 대중 영합의 풍토, 그리고 이와 결탁한 상업주의가 문학의 위상 하락의 구체적인 맥락을 이루고 있다.

2. 폭로의 모티프와 문학의 탈신비화

위에서 살펴본 정신적 풍토에 이어서 우리의 눈길을 끄는 것은 문학 내부에서 일어나고 있는 문학에 대한 자해적(自害的) 공격이다.

---

03 E. H. Carr, *What is History?* (Harmondsworth: Penguin Books, 1964), p.112.

1960년대 이후의 유럽에서의 이론 폭발과 함께 세계 도처에서 문학의 위상 하락을 초래하는 문학에 대한 다양한 폭로 비판이 전개되어 왔다. 폭로의 모티프는 문학에서 "의심의 해석학"의 성행이란 형태를 취한다. 이러한 비판이나 공격은 대체로 종래의 인문주의가 명시적으로 혹은 암묵적으로 가지고 있던 문학관을 대상으로 하고 있다.

동아시아 문화권에서 시에 대한 숭상은 공자 이후 지속되어 왔다. 『논어』에는 시에 대한 언급이 서너 차례 나온다. 아들 백어(伯魚)에게 공자는 이렇게 말했다 한다. "주남(周南) 소남(召南)을 배웠느냐? 그러지 않으면 담벼락을 향해 서있는 것과 같다"[양화제십칠(良貨第十七)]. "시는 감흥을 일으키고, 사물을 관찰케 하고 사람들과 잘 어울리게 하고 원망스러운 일도 잘 말하게 한다. … 또 새와 짐승과 풀과 나무 이름을 알게 된다"[양화제십칠(良貨第十七)]. "시에 감분하며 예(禮)에서 서며 음악으로 완성된다"[태백제팔(泰佰第八)]. "시 3백을 한마디로 말하면 생각에 사특함이 없다"고 한 『시경』은 공자가 엮은 것으로 전해온다. 중국에서 문화의 중심부에 시가 있게 된 것은 공자의 권위와 연관된다는 것이 통설이다. 요컨대 교양 있는 사람, 인격 완성을 지향하는 사람은 시를 알아야 한다는 뜻이 담겨져 있다. 정치로써 사회에 봉사하는 것이 뛰어난 인간의 의무라고 생각한 공자는 그러기 위해서는 인간 감정에 대한 이해가 불가결하다고 생각한 것으로 보인다. 비록 단편적이긴 하나 공자가 시를 보는 관점은 대범하게 말해서 서양의 그것과 크게 다른 것이 아니라고 할 수 있다.

문학은 의미 있는 인간 경험의 보물 창고로서 그와 친숙함으로써 인간은 간접 경험을 통해 상상적 공감 능력이 확장되고 그러므로 문학이 인간 형성에 기여한다는 것은 서구 인문주의의 전통적인 문학관이다. 19세기 영국의 대표적 인문주의자 매슈 아널드의 후기 에세이에 대해 라이어넬 트릴링은 "그가 현대 세계에서의 문학의 중요성, 인간의 사회 및 정치 생활에서의 상상적 이성(imaginative reason)의 중요성에 점점 더 경도(傾倒)하게 되었다"고 말하고 있다.[04] 상상적 이성이란 상상력에 의해서 도야되고 다듬어진 이성이란 뜻으로 이해하면 될 것이다. 문학이 인간화 문화의 핵심이요 원천이라는 점에서 그는 문학을 세속화 시대의 종교 대용품으로까지 생각했던 것이다. 문학은 우리의 도덕적 경험의 확대를 제공해 줄 수 있으며 상상력을 통한 인간의 공감 능력 확대가 우리의 정신적 지평을 넓혀 준다는 문학의 교화적 기능에 대한 믿음은 인문주의자들의 공유 사항이다.

1867년에 영국의 철학자 헨리 시즈윅(Henry Sidgwick)은 영국 중등학교에서 희랍어 대신 영문학을 가르쳐야 한다는 것을 주장하는 에세이에서 문학의 교화적 인간화 기능에 대한 강렬한 믿음을 토로하

---

04 Lionel Trilling, *Matthew Arnold* (New York : Harcourt Jovanovich, 1977), p.24.

고 있다. 무교양이 편견과 완고함을 낳는다는 일반론을 전개한 후 그는 이렇게 적고 있다.

> 그들의 특별한 성향과 진로가 무엇이든 간에 모든 소년들에게 문학을 정말로 가르칠 것을 요구하기로 하자. 가능한 한 시와 웅변을 제대로 즐길 수 있도록 하기 위해서, 또 역사에 대한 관심을 일깨우고 자극하고 인도하기 위해서 그래야 한다. 고귀하고 섬세하고 심오한 사상과 세련되고 품위 있는 감정을 이해함으로써 그들의 견해와 공감이 확대되도록 하기 위해 그래야 한다. 인간 본성의 다양한 발전이 참으로 인간화된 교양의 원천이자 본질로서 그들 곁에 영원히 남아 있도록 하기 위해 그래야 한다. 그리하여 그들이 특정 연구나 기능을 수행함에 있어서 그들의 정력이 더욱 자극되는 한편 그들의 견해와 목적은 더욱 총명해지고 중심적이 될 것이다. 그리하여 그들이 하는 일은 덜 재미있을지는 몰라도 한결 효과적으로 될 것이다.[05]

이 글은 문학 교육의 옹호론으로서는 아직도 가장 웅변적인 것으로 남아 있다. 문학이 주는 즐거움과 가르침이 언급되어 있는데 이것은 호라티우스에서 시작해서 필립 시드니를 거쳐 서구 인문주의 전통의 일부를 이루고 있다. 오늘날 이러한 전통적 문학관에 대한

---

05 Lionel Trilling, *Beyond Culture* (New York : Harcourt Jovanovich, 1978), p.182에서 재인용.

비판과 공격을 통한 문학의 탈신비화 추세는 적어도 이론의 장에서는 대세를 이루고 있다는 느낌을 준다. 또 문학 연구나 문학 교육의 현장에서 "이론"이 숭상되고 있다는 자체가 인문주의 문학관의 쇠퇴를 의미한다고 볼 수 있다. 그러면 문학의 탈신비화 담론의 근간은 무엇인가? 그 배경과 갈래에는 어떤 것이 있을까?

피터 버거는 사회학적 사고가 니체가 말하는 "불신의 기술"과 같은 것이라고 하면서 사회학적 의식에는 폭로의 모티프가 내재해 있다고 말하고 있다. 그리고 사회학에 내재하는 폭로 모티프의 뿌리는 심리적인 것이 아니고 방법적인 것이라고도 말하고 이 실체 폭로의 요청(unmasking imperative)은 특히 현대의 기질에 맞는 사회학의 특징의 하나라고 말한다. 그는 사회학적 사고 속에 있는 폭로 성향을 여러 사례를 통해서 예증하고 있다. 예정설이라고 하는 칼뱅파의 교리가 사람들로 하여금 베버가 지칭하는 "세속내적(世俗內的) 금욕주의자"로 처신하도록 이끌었다며 사회 속의 인간 행동이 빚어내는 의도하지 않고 예측 불가능한 결과라는 베버 사회학의 주요 주제를 거론하고 있다.[06] 여기서 주목할 것은 실체 폭로의 요청이 현대의 기질에 부합한다는 버거의 지적인데 많은 사람들의 동의를 얻으리라 생각된다. 우리는 폭로의 모티프가 유독 사회학에 고유한 것이 아니라 현대의 여러 사상 체계가 공유하고 있다는 점을 상기

---

06 Peter L. Berger, *Invitation to Sociology* (New York: Anchor Books, 1963), p.30.

하게 된다.

피터 버거가 언급하고 있는 니체의 사상에서 폭로의 모티프는 도처에 깔려 있다. 종교란 분노에 찬 하등 인간들이 발견한 복수의 수단이라는 너무나 유명한 명제로부터 "극단적인 행위는 허영 탓으로, 온건한 행위는 습관 탓으로, 옹졸한 행위는 공포 탓으로 돌리면 틀리는 법이 거의 없다"는 아포리즘에 이르기까지 구석구석 폭로의 모티프가 작동하고 있다.[07] "도덕적 현상이란 것은 없다. 현상의 도덕적 해석이 있을 뿐이다"라는 대목에서 엿보이듯이 〈사실〉이 있는 것이 아니라 오직 〈해석〉이 있을 뿐이라는 그의 원근법주의(perspectivism) 자체가 폭로 성향을 구현하고 있다 해도 과언이 아니다.[08] 한 고명한 예술사가는 "니체와 프로이트는 둘 다 인간의 정신 생활의 표면, 즉 인간이 자기 자신의 행동의 동기에 관해 알고 있거나 알고 있다고 말하는 것은, 흔히 그의 감정 및 행위의 진정한 동기를 은폐 혹은 왜곡한 것에 지나지 않는다는 인식에서 출발한다"면서 그것을 "폭로 심리학"이란 말로 포괄하고 있다.[09] 이어서 "마르크스가 강조하는 것도 인간의 의식은 왜곡되고 상처 입은 것이며 의식은 그 자체의 편향된 시각에서 세계를 본다는 점"이라고 말하

07 Friedrich Nietzsche, *Human, All Too Human*, Faber & Lehmann (trans.) (London: Penguin Books, 1994), p.59.
08 Friedrich Nietzsche, *Beyond Good and Evil*, R. J. Hollingdale (trans.) (Harmondsworth: Penguin Books), p.78.
09 아르놀트 하우저, 백낙청·염무웅 역, 『문학과 예술의 사회사 4』(창작과 비평사, 1999), 262쪽.

고 있다. 또 정신분석에서의 "합리화" 개념이 사실상 마르크스나 엥겔스가 말하는 이데올로기와 동일한 것임을 상기시킨다. 이러한 이데올로기 이론에 근거해서 과거의 문학의 여러 모가 폭로되고 탈신비화되어 불신 받아 위상 하락이 야기된다.

3. 문학과 즉시적 효과

문학의 탈신비화 과정에서 가장 전복적인 영향력을 발휘한 것은 아마도 마르크스주의 문학 이론일 것이다. 한 사회학자는 『마르크스주의에서 포스트마르크스주의로?』란 책에서 마르크스주의를 삼각형으로 설명하고 있다. 첫째, 자본주의의 작동 그리고 생산력과 생산관계의 동력학에 의해서 궁극적으로 결정되는 역사 발전에 초점을 두는 독일어의 Wissenschaft란 의미에서의 역사적 사회과학이었다. 둘째, 윤리적 함의 못지않게 인식론적, 존재론적 야심을 가진 모순 혹은 변증법의 철학이었다. 셋째, 기성 질서의 혁명적 전복에 이르는 로드맵과 나침반을 제공하는 사회주의와 노동계급의 정치양식이었다. (포스트마르크스주의를 말하기 때문에 저자가 과거 시제로 마르크스주의를 얘기하고 있음이 돋보인다.) 이 가운데서 사회주의 정치가 마르크스주의 삼각형을 유지했으나 그것은 1980년대에 세계 도처에서 붕괴 과정을 겪었다. 이에 따라 사회과학으로서의 마르크스주의는

지지자를 잃게 되었다. 마르크스주의 철학은 대학의 자리에나 의존하게 되었다. 경험론적인 반론이 어려운 탓에 철학이 특히 라틴 유럽에서 주변적 혁명 정치 운동과 연계를 가지면서 가장 잘 나가는 편이었다.[10] 이것은 세기 전환기의 상황 분석인데 설득력 있는 것으로 보인다. 이러한 상황 분석은 가령 일본의 경우에도 적용될 수 있는 것이라 생각된다.

우리 사회에서 공공연히 마르크스주의 철학 신봉을 공언하는 이는 과문한 탓인지 들어보지 못하였다. 민주화 이후 마르크스주의란 말은 비난이나 백안시의 함의가 탈색되고 때로는 중성적인 것을 넘어 경의나 존칭의 함의마저 띠게 된 감이 있음에도 사정은 그러하다. 그러나 마르크스주의자란 뚜렷한 자각 없이 역사유물론에 경도된 사람은 적지 않을 것이다. 그리고 역사유물론이 사회나 예술을 이해함에 있어서 계시적인 빛을 던질 수 있다는 것은 우리 사회에서 많은 독자를 얻고 필자 자신도 위에서 인용한 바 있는 아놀트 하우저의 저서를 상기하는 것으로써 족할 것이다.

마르크스주의 원조들이 문학에 대해서 일가견이 있는 문학 애호가였다는 것은 널리 알려져 있다. 고전적 인문교육을 받은 마르크스가 청년 시절 시극 창작을 꿈꾸었다든가 시작을 남겨 놓았다던가 하는 삽화도 그렇다. 발자크에게서 자본주의의 작동에 대해 많

---

10 Göran Therborn, *From Marxism to Post-Marxism?* (London: Verso, 2008), pp.116-120.

은 것을 배웠다며 언젠가 발자크론을 쓰려 했으나 뜻을 이루지 못했다는 것은 더욱 유명하다. 영독불 3개 언어에 능통했던 그는 오십 줄에 들어서 러시아말을 공부하기 시작해서 러시아 문학을 원어로 읽었고 특히 푸슈킨을 좋아했다. 아이스킬로스, 셰익스피어, 괴테를 가장 좋아하는 작가라고 영어로 적어놓고 있기도 하다. "리얼리즘의 승리"란 마르크스주의 문학론의 중요 관용구를 만들어낸 엥겔스 역시 마가레트 하크네스에게 보낸 편지 한 통만으로도 뛰어난 감식안과 비평적 안목의 소유자임이 드러난다. 사회현상 분석과 사회 실천에 분주했던 그들은 예술이나 문학작품을 판단하는 사회경제적인 기준을 정식화(定式化)하려는 시도를 하지 않았다. 따라서 정치적 성향이나 지향에 따라서 문학을 판단하는 것은 그들의 관점이 아니었다. 그들이 남겨놓은 단편적인 문학 담론은 정치적 성향이나 지향점에 따라서 문학을 판단하는 성급함과 근시안적 접근법을 경계하는 것이었다. "외국어는 삶의 투쟁에서 무기가 된다"란 말을 마르크스는 즐겨 했다지만 문학이 무기라고 했다는 얘기는 없다. 두 사람 모두 진보적 지식인 졸라를 물리치고 정치적 반동이었던 작가 발자크에 대한 탄복을 표명하고 있다는 것도 주목을 받아왔다.[11]

문학인들이 사회변혁에 적극적으로 동참해야 한다는 것을 강조함으로써 마르크스주의가 요즘 말로 참여문학을 주창한 것으로 비

11 유종호, 『사회역사적 상상력』(민음사, 1995), 59~94쪽. 여기서 마르크스주의 문학론의 여러 문제를 다루었음.

치게 된 것은 러시아 혁명 이후의 사태와 관련된다. 어려운 상황에서 정권을 장악한 그쪽 혁명 주체들은 문학이 지니고 있는 감화력과 행동 추진력을 간파하고 그것을 사회변혁과 혁명 과업에 동원하려 하였다. 차르의 전제정치 시대에 출구를 찾지 못했던 사회 비판 정신이 문학으로 수렴되면서 19세기 러시아 소설은 일거에 유례없는 깊이와 높이를 갖게 되고 사회적 힘으로서의 막강한 가능성을 갖게 된다. 혁명 주체들은 그 가능성을 의식하고 그 동원을 꾀하였다. 조국 방위를 위해서 정당화되는 유효한 수단이 왜 혁명 방위를 위해서 정당화돼서는 안 되는가라는 명분 아래 모든 수단이 동원되었다. 또 피암시성(被暗示性)이 강한 일반 대중을 위해서는 영화의 힘을 활용하였고 그 결과 영화 장르는 소련에서 비상한 발전을 보였다. 그 결과에 대해서는 우리가 모두 알고 있다. 비상시(非常時)의 이론이 일상화되면서 초래된 지적, 정신적 황폐는 뤼셍코의 획득성질 유전이론이 득세한 후의 진리 독점과 반대파 과학자의 탄압의 역사적 사실이 웅변으로 말해주고 있다.

2차 대전 이후 "모든 사람은 모든 것에 대해 모두에게 책임이 있다"는 조시마 장로의 말에 드러나 있는 연대적 책임감에서 나온 사르트르의 참여 이론이 일세를 풍미한다. 사회변혁에 동참해야 한다는 러시아 혁명 이후의 혁명 지도자들의 문학 동원이나 사르트르의 주장이나 일종의 비상시의 이론이라는 점에서 유사하다. 또 소기의 목적을 달성하기 위해서 단기적 관점으로 문학을 보고 있다는 점에서도 유사하다. 그러한 관점은 사르트르의 『문학이란 무엇인가』의 한 대목에서 간결한 표현을 얻고 있다. "바나나는 막 땄을 때 맛이 가장 좋다고 한다. 마찬가지로 정신적 작품도 당장 그 자리에서 소비되어야 하는 것이다."[12] 베르코르의 『바다의 침묵』을 말하는 맥락에서 토로한 말이다. 그러나 효용이란 측면에서 본다면 참여문학의 당위성을 내비치고 있다. 당장 그 자리에서 소비되는 작품의 이상형(理想型)은 아마도 정치 집회에서의 낭송시일 것이다. 그것은 문자 그대로 "당장 그 자리"에서 소비되어 일정한 반응을 창출한다. 그러나 문제는 즉시적 소비에 적합한 작품일수록 작품의 내구성은 취약하다는 것이다. 영구 불멸의 어떤 보편적 가치를 믿거나 지향해서 내구성을 말하는 것이 아니다. 반복적 감상이나 향수를 견디어내지 못하는 작품은 처음부터 향수 가치가 희박한 것이다. 일회용 소비재는 일상생활에서나 예술 향수에서나 소중한 것이 못 된다. 이렇게 문학을 단기적 관점에서 접근하는 태도가 문학의 위상 하락에 기여할 것임은 말할 것도 없다. 문학작품이 홍보용 선물과 같은 일회용 싸구려 소비재가 되어서는 안 될 것이다. 그것은 키치(kitsch) 지향 이외의 아무것도 아니다.

2004년 현재 전 세계에서 80만 부가 나가서 이론서로서는 전례 없이 많은 독자를 얻은 테리 이글턴의 『문학 이론 입문』의 마지막

---

12 정폴 사르트르, 정명환 역, 『문학이란 무엇인가』(민음사, 1998), 104쪽.

장에는 다음과 같은 대목이 보인다.

필자가 앞에서 기술한 대로 지구상에는 6만 개 이상의 핵탄두가 있는데 히로시마를 파괴한 폭탄보다 천 배 이상의 위력을 지닌 핵탄두도 많을 것으로 추정된다. 그리고 우리가 살아 있을 동안에 이러한 폭탄이 사용될 가능성은 점차 커지고 있다. 이 무기들을 만드는데 필요한 비용이 대략 연간 5천억 달러, 날짜로 계산하면 매일 13억 달러이다. 이 액수 중의 5퍼센트에 불과한 250억 달러만 있으면 빈곤에 찌든 제3세계의 문제를 상당 부분 경감시킬 수 있다. 이런 문제보다 문학 이론이 더 중요하다고 생각하는 사람은 틀림없이 좀 이상한 사람이라고 여겨질 테지만 두 문제가 여하튼 연관될 수 있다고 생각하는 사람보다는 아마 덜 이상한 사람으로 여겨질지도 모른다. 국제정치가 문학 이론과 무슨 관련이 있는가? 논의에 정치 문제를 집요하게 끌어들이는 이유가 무엇인가?[13]

핵무기 제조비용의 5퍼센트만 들이면 제3세계의 빈곤 문제를 상당히 경감시킬 수 있다는 것은 우리를 놀라게 한다. 이 책의 초판이 나온 것은 1983년의 일이다. 그러나 벌써 1960년대에 미국의 루이스 멈포드도 비슷한 소리를 한 적이 있다. 인공위성 띄우기나 달나

---

13   테리 이글턴, 김명환 등 역, 『문학이론입문』(창작사, 1986), 239쪽.

라 탐사는 20세기의 피라밋이라며 그 돈을 제3세계의 빈곤 문제 해결에 쓴다면 효과적일 것이라 해서 화제가 되고 반향을 일으켰다. 이글턴이 이런 말을 하는 것은 처음부터 문학 이론에는 정치가 있어왔으며 현대 문학 이론의 역사가 우리 시대의 정치적 이데올로기적 역사의 일부분이라는 것을 강조하기 위해서이다. 모든 문학이론이 정치적이며 거기서 초월할 수 없다는 것이다.

그게 사실이라 하더라도 어떻게 모든 사람이 항상적으로 그것을 의식하며 삶에 임할 수 있느냐고 반문할 수 있다. 가령 막스 베버의 『직업으로서의 학문』에는 이런 대목이 보인다. "진실로 결정적이고 훌륭한 업적은 오늘날 언제나 전문가적인 성취이다. 이를테면 스스로 눈가리개 안대를 할 능력이 없는 이, 이 사본(寫本)의 이 대목에 대한 정확한 해석을 할 수 있느냐 없느냐에 자기 운명이 달려 있다는 생각에 이를 능력이 없는 이는 학문으로 발을 들여놓지 않는 게 좋을 것이다."[14] 국외자에게 놀림감이 될 정도의 학문에 대한 열정적인 전념을 강조하는 이런 대목을 들어 문학 이론이나 문학 연구에서도 마찬가지 아니냐고 반문한다면 어떻게 될 것인가? 그는 그것도 필경 하나의 정치적 태도이며 궁극적으로 기성 질서의 유지에 동조하는 것이라고 대답하기가 첩경일 것이다.

그러나 문학도 예술인 이상 그 나름의 전문적 단련이 필요하고

14　Max Weber, "Science as a Vocation," Gerth and Mills (eds.), *From Max Weber* (New York: Oxford Univ. Press, 1958), p.135.

거기 따르는 규율에 충실한 것도 작가의 직업윤리에 속하는 문제가 아니냐는 반문은 정당한 것이다. 예술을 위한 예술의 명제가 과연 타당한 것인가 아닌가 하는 것을 떠나서 그러한 신념은 예술 지망자의 자기 훈련에 도움을 준다는 말을 한 시인도 있다. 이런 문제를 길게 논의하자는 것도 아니고 그럴 계제도 아니다. 다만 이글턴이 전개하는 담론은 문학을 하찮은 것으로 간주하는 태도를 낳고 결과적으로 문학의 위상 하락에 기여하리라는 것은 지적하고 싶다. 6만 개의 핵탄두가 언제 있을지 모를 폭발을 기다리고 있는 전율할 상황에서 눈가리개 안대를 하고 작품 쓰기나 읽기에 골몰하는 것은 얼마나 하찮고 우스꽝스러운 일인가? 언제 터질지 모르는 불발탄 아래서 문학을 재미있게 읽고 즐길 수 있을 것인가? 그것은 얼빠진 숙맥이나 할 짓이 아닌가? 한편으로 생각하면 그러나 그런 공포로부터 면제된 삶이 어디 있으며 어떻게 가능할 것인가? 6만 개의 핵탄두가 아니더라도 인간 실존의 본원적 우연성과 취약성은 항상적인 위기 속에서 가늘게 흔들리고 있는 것이 아닌가?

　이글턴이 제기하고 있는 문제가 극단으로 가면 문학의 포기로 이어진다. 철학자들은 세계를 해석해 왔지만 문제는 세계를 바꾸는 데 있다는 실천철학에 충실할 때 그것은 자연스러운 일일 것이다. 조지 슈타이너는 자기에게 많은 것을 가르쳐 주었던 우수한 대학원 학생 몇 사람에 대해서 회고록에 적고 있다. 눈부신 최종 시험 성적을 보여주었던 여학생 E. D.는 그를 찾아와 대학의 인문학 연구 전망에 혐오감을 느낀다는 것, 모택동주의에 경도하고 있다는 것, 중국 서역(西域)의 빈민촌으로 가서 의료봉사를 하겠다는 것을 알려주었다고 한다.[15] 이 전도유망했던 학생은 문학 공부를 포기했지만 아예 문학책은 거들떠보지 않고 다른 분야만 읽게 되는 경우도 있을 것이다.

4. 내면성의 외면

시인 작가가 "모든 사람은 모든 것에 대해 모든 사람에게 책임이 있다"는 윤리적 태도로 일관할 때 내면의 문제에 대해 고민하는 것 자체가 외람되고 사치스러운 일이 된다. 이른바 내면성의 강조는 마르쿠제가 말하는 "긍정문화(affirmative culture)"의 원천적 일부로 떨어질 위험성을 안고 있는 게 사실이다. 정신과 영혼의 중요성을 내세우면서 결과적으로 기성 질서를 긍정하게 된다는 것이 그의 긍정문화 비판의 핵심이다.

영혼의 자유는 가난과 순교와 육신의 굴레를 허용하는 구실이 되었다. 그것은 자본주의 경제에 대한 존재(생활)의 이념적 항복에 봉사

---

15 George Steiner, *Errata* (New Haven : Yale Univ. Press, 1998), p.158.

하였다. … 사람은 빵만으로 살지 않는다는 진실은 정신적 자양이
주린 창자에 대한 적정한 대용품이 된다는 해석에 의해서 완전히
왜곡되었다.[16]

그러나 정치적 자유와 정신적 자유를 분리하는 것에 대한 비판
이 곧 주관성의 부정으로 이어질 수도 없고 이어지지도 않는다. 물
질적 토대만을 강조하는 관점에서는 개인의 의식과 주관성이 평가
절하 된다. 고도의 서정시가 가지고 있는 본질적 특성을 두루 가진
내면성은 그대로 독일인의 특징이기도 하고 독일의 형이상학, 독일
음악, 특히 독일 가곡(lied)이 그 과일이라고 토마스 만은 말했다. 동
시에 그는 그 특징 속에서 20세기 독일의 정치적 야만주의의 맹아
를 보았다. 그러나 이러한 양면성을 지니지 않은 인간 특성이나 인
간 노력이 어디 있을 것인가? 가장 창조적이고 적극적인 인간 노력
의 성과도 결국은 모순된 양면성의 싸움 속에서 이루어지는 것이
아닌가? 인간의 주관성을 부르주아의 관념일 뿐이라고 억압하려는
것은 오도적(誤導的) 환원론이다. 또 인간의 내면성을 은폐된 성적
욕망의 배타적 지하실로 간주하는 것은 프로이트주의의 주요 업적
이라는 "승화" 개념을 배제하는 것이 아닌가? 우리 젊은이 사이에서
널리 읽히고 있는 일본 작가의 소설에서 인간의 내면은 성적 욕망

16　Herbert Marcuse, *Negations* (Boston : Beacon Press, 1969), p.109.

의 샘이요 강물로만 그려져 있다.

"자기 존재의 피라미드를 될수록 높이 솟아오르게 하려는 욕망"
이 모든 젊은이에게 균등하게 배치되어 있는 것은 아닐 것이다. 그
러나 그러한 욕망과 완전히 절연된 청춘을 우리는 상상할 수 있을
까? 비록 다수파는 못 된다 하더라도 간헐적으로나마 넉넉한 성숙
을 꿈꾸지 않는 청년이 있을까? 성적 백일몽이나 유사한 판타지가
지배적으로 전경화(前景化)된 소설의 취약성이나 허위성이 여기에
있다. 한편 인간의 내면성을 경시하고도 고도의 서정시를 기대할
수 있을까? 서정시도 리얼리즘이 필요할지 모른다. 그러나 인간 내
면의 섬세한 탐구를 배제하고 서정시가 가능할까? 또 내면의 리얼
리즘이 가능할까? 우리 문학 현장에서 내면성의 표현이나 추구는
현실도피라는 규격화된 비판에 항상적으로 노출되어 왔다. 속류 마
르크스주의 흐름의 비평이 애용하는 어사가 바로 이 현실도피라는
것이었다. 이러한 경향을 포함해서 정치적 당면 문제가 아닌 것에
경멸을 보내는 문학 이론에 대한 가장 웅변적인 비판을 『상상의 공
동체』에서 발견하게 된다.

이들 종교는 질병, 불구, 슬픔, 늙음, 죽음과 같은 인간고통의 압도
적 중하에 대해서 상상력 가득한 응답을 해 왔다. 어째서 나는 맹인
으로 태어났나? 어째서 내 친구가 마비가 되었나? 어째서 내 딸은
지진아인가? 마르크스주의를 포함하여 거의 모든 진화론적 진보주

의 사고양식의 커다란 취약점은 이러한 질문에 대해서 짜증나는 침묵으로밖에 응답할 길이 없다는 것이다."[17]

5. 미적인 것의 억압

이글턴은 위의 책에서 현상학, 해석학, 수용 이론, 구조주의와 기호학, 탈구조주의, 정신분석학의 이론을 비판적으로 소개하고 있는데 간략한 명쾌성과 재치 있는 수사 때문에 이론서로서는 썩 잘 읽힌다. 가령 "꿈은 무의식에 이르는 왕도이다"라는 요약이나 "구조주의는 이미 문학 박물관 속으로 어느 정도 사라졌다"는 투의 단정은 기억 촉진적이다. 그런데 이글턴이 거론하는 문학 이론은 대개 문학의 위상 하락에 기여하고 있다. 앨빈 캐너는 구체적으로 "현상학, 구조주의, 프로이트주의, 마르크스주의, 페미니즘이 기존 문학의 죽음을 선언하는 가장 요란한 목소리들이다"라고 적고 있다.[18] 그러면 이 요란한 목소리들의 공통 요소가 있다면 무엇일까? 그것은 다름 아닌 미적인 것의 억압이요 미적 차원의 소거(消去)이다. 즉 비미적(非美的) 접근법이 공통 요소이다.

이들 이론은 문학 작품에서 보고 싶은 것만 보고 나머지는 억압

---

17 Benedict Anderson, *Imagined Communities* (London : Verso, 1991), p.10.
18 Alvin Kernan, *The Death of Literature* (New Haven : Yale Univ. Press, 1990), p.7.

하고 소거한다. 자가 이론 전개를 위한 자료로 작품을 활용할 뿐이다. 문학은 대상화해서 활용할 타자이지 즐기고 향유할 어떤 매혹의 실체가 아니다. 그것이 가장 현격하게 드러나고 또 선구적으로 부각시킨 것은 마르크스주의 문학론이다.

마르크스주의 문학 이론은 결코 단선적인 것이 아니고 또 이론가들의 견해상의 개인차가 심하며 그것은 시간이 지남에 따라 더욱 심화되는 감이 있다. 새 얼굴이 등장해서 새로운 해석과 견해를 추가하기 때문이다. 그럼에도 대체로 시인되는 굵직한 줄기의 몇 가지 테제가 있다. 예술과 물질적 기반, 예술과 생산관계의 총체 사이에는 명확한 관련이 있기 때문에 생산관계의 변화에 따라서 예술 자체도 상부구조의 일부로서 변화한다는 명제는 가장 핵심적인 것이다. 또 예술과 사회 계급 사이에는 명확한 연관이 있으며 정치적, 혁명적, 미적 내용과 예술적인 질은 일치한다는 것도 중요한 명제이다. 작가는 또 상승하는 계급의 이해와 요구를 명확하게 표현할 책무를 가지고 있다고도 말한다. 그러나 마르크스주의 문학론에서 특징적인 것의 하나는 내용과 형식을 확연히 구별해서 문학작품을 문학작품이게 하는 형식적 요소를 부차적인 것으로 간주한다는 것이다. 춤과 춤꾼을 구별할 수 없듯이 사실 내용과 형식은 분리해서 생각할 수 없는 게슈탈트적 전체이다. 특히 서정시는 산문 소설이나 산문 희곡보다 더욱 그렇다. 속류(俗流)마르크스주의자들이 걸핏하면 기교주의니 형식주의니 하면서 시인 작가를 폄훼하고 수준 미달의 되다 만 작품을 내용이 취할 만하다고 평가 절상하는 것은 20세기 전반기 카프 계열 문인들의 관행이었다. 그들이 다음과 같은 엥겔스의 글을 읽어보고 심사숙고했다면 사정이 조금쯤은 달라졌을지도 모른다.

> 작품 제작에 있어 재주 없는 것을, 이목을 끌게 마련인 정치적 암시로 벌충하는 것이 특히 열등한 문인들의 버릇으로 점점 굳어졌다. 시, 소설, 평론, 모든 문학 생산품이 이른바 '경향'으로 가득 차게 되었다. (1851년 10월)
> … 재주가 없기 때문에 자신의 확신을 드러내려 극단적으로 경향성 허드레를 보여주는 하찮은 친구가 있는데 사실은 독자를 얻기 위해 그러는 것이다. (1881년 8월)[19]

미적인 것의 숭상은 근대 자본주의 사회의 소외 현상의 하나이고 미적이란 말 자체가 근대의 소산이라고 마르크스주의자나 근접마르크스주의자는 말한다. 미적이란 말이 18세기의 바움가르텐의 미학 정립과 함께 생긴 것은 사실이다. 그렇다고 해서 이전의 사람들은 예술의 미적·심미적 수용에 무감했다고 할 수 있을까? 우리말이나 일본어에는 프라이버시에 해당하는 말이 없다. 사생활이라 번

---

19 Raymond Williams, *Marxism and Literature* (Oxford: Oxford Univ. Press, 1977), p.200.

역하기도 하지만 "사생활"은 스탈린의 사생활이란 말에서도 엿볼 수 있듯이 공적 생활의 반(反)개념으로서 가정생활이나 교우 관계 등을 지칭하는 말이다. 프라이버시는 사생활의 개념을 내포하고 있지만 한결 은밀하고 사사로운 개념이다. 그러면 프라이버시에 해당하는 말이 없다고 해서 한국인이나 일본인의 생활에 프라이버시란 것이 없는 것일까? 그렇지 않을 것이다. 미적이란 말이 생기기 전에 서양 쪽에서는 문학의 효용으로서 즐거움과 가르침을 들었다. 이때의 pleasure 혹은 delight는 요즘 말로 하면 미적인 것이다. 즐거움은 단지 서사 줄거리의 재미를 가리키는 것이 아니다. 근대 영국의 스위프트나 매슈 아널드는 달콤함과 빛(sweetness and light)이란 말을 썼다. "조화를 이룬 달콤함과 빛을 위해 노력하는 사람은 이성과 신의 뜻이 떨치도록 노력하는 사람이다"라고 아널드는 『교양과 무질서』에 적고 있는데 이때의 달콤함 속에는 미적인 것이 들어 있다.[20] 어쨌거나 미적인 것의 억압이 문학과 예술 음악의 쇠퇴를 부추기는 것은 부정할 수 없다. 횔덜린은 시편 「소크라테스와 알키비아데스」를 "지혜로운 자는 마침내는 아름다움에 마음이 기운다"는 시행으로 끝맺고 있다.[21]

정통적 마르크스주의 문학론에 대한 비판으로 쓰인 『미적 차원』

---

20 Matthew Arnold, *Culture and Anarchy* (Cambridge : Cambridge Univ. Press, 1935), p.69.

21 Friedrich Hölderlin, *Poems & Fragments*, Michael Hamburger (trans.) (Cambridge : Cambridge Univ. Press, 1980), p.67.

에서 자기 자신 마르크스주의자인 마르쿠제는 "미적 형식은 내용과 변증법적으로도 대립하는 것은 아니다. 예술작품에 있어서는 형식은 내용이 되고 반대로 내용은 형식이 된다"고 하면서 니체의 『힘에의 의지』속의 아포리즘을 인용하고 있다. "예술가가 아닌 사람들이 형식이라고 부르는 것을 내용으로, 사상(事象, the real thing)으로 간주하는 대가(代價)를 치러야 예술가이다."[22] 이러한 인식 없이는 즉 미적 차원의 인지와 실감나는 수용 없이는 문학 고유의 즐거움은 경험되지 않는다. 문학에서의 미적 차원의 소거에서 오는 결과도 문학 위상 하락의 중요한 계기가 되어 준다.

6. 문학 교육의 실패

우리의 학교 교육이 안고 있는 문제점은 한두 가지가 아니다. 그러나 문학과 관련하여 각급 학교 문학 교육의 실상도 참담한 것이라 생각된다. 모든 것을 대학 입시 문제로 돌리는 것은 심각한 문제의 국지화(局地化)로 끝난다. 그럼에도 대학입시 문제가 중고등학교 교육의 방향을 결정하고 있는 것이 현실인 이상 그 문제부터 지적하지 않을 수 없다. 한마디로 말해서 현행 문학 교육은 문학에의 초

---

22 Herbert Marcuse, *The Aesthetic Dimension* (Boston : Beacon Press, 1978), pp.41-42.

대가 아니라 문학의 기피현상을 야기하고 있다. 문학은 엄연한 언어예술이고 예술은 본시 매혹의 실체로서 사람에게로 다가온다. 문학의 매혹을 소거하고 따분한 기피 대상으로 만드는 데 학교교육이 크게 기여하고 있다. 사지선다형을 비롯한 객관식 문제 일변도의 출제는 실제 작품의 이해 능력 측정과 별 관련이 없는 주변적 사항을 물어서 학생들에게 헛수고를 부과한다. 억지로 출제를 하자니 괴상한 문제를 만들어서 국어 문제는 "꽈배기 문제"라는 새 속담이 생겼다. 유수한 문인이나 대학 교원도 수능 국어 문제는 못 풀겠더라고 사석에서 말한다. 자기 작품이 출제가 되었는데도 정답을 맞히지 못하겠더라고 공언한 시인의 경우도 몇 차례 있었다. 입시 학원 강사가 아니면 모두 그럴 것이라는 것이 공론이다. 이런 괴상한 문제를 잘 풀도록 요령을 가르치는 교육을 하니 그게 재미있을 리 없다. 국어가 제일 어렵다는 학생도 많다.

몇 해 전 시인 백석의 「고향」이란 시와 어느 그리스 신화를 대비해서 설명하는 수능 문제가 출제된 적이 있었다. 「고향」은 단순 소박한 시로 그리스 신화와 어떤 대응 관계도 성립되지 않는다. 출제자가 억지 춘향 식의 대응 관계를 날조해서 출제를 한 것이다. 작품 자체도 고문을 당해 비틀어졌을 뿐 아니라 출제자에게도 고통스러운 노동이었을 것이다. 시를 보는 출제자의 안목도 문제지만 시의 향수능력을 객관식 문제로 측정한다는 것 자체가 문제다. 결국 그 문제는 논란 끝에 평가에서 배제한 것으로 기억한다. 출제자는 선행 문제를 참조해서 출제했을 터이니 그런 유형의 문제가 많았다고 추정된다. 대체로 작품과 직접 관련이 없는 부대 상황에 관한 정보를 전달하는 것이 문학 교육의 줄기가 되어 있다. 또 괜한 수사적 용어를 도입해서 시 읽기를 따분하게 만든다. 문학의 매혹이나 재미를 경험해 보지 못한 교사가 학생들에게 그것을 경험시킬 수도 없을 것이다. 그러니 악순환은 계속되게 마련이다. 또 학교 현장에서일수록 내용과 형식을 분리시켜 〈내용〉에 대한 주변적 담론으로 읽기를 대신하는 것이 일반적 추세다. 교과서도 문제다.[23] 우선 교육자가 교육받아야 한다는 명제는 문학 교육의 경우 절실하다.

그런 맥락에서 가령 근자에 부쩍 증가한 영향 연구나 표절 시비에 보이는 문제점은 검토와 시정에 값한다고 생각한다. 근자에 관련 학회에서 시인 김수영이 어떤 일본 시인의 압도적인 영향을 받았고 많은 작품이 일본 시인의 모작이라는 취지의 발표가 있었다

---

23 가령 얼마 전의 통계를 보니 교과서 수록 작품 중 백석의 작품 중에선 「여승」이란 작품이 교과서에 가장 많이 수록된 작품이었다. 작품을 보는 안목이 획일적으로 같을 수는 없다. 개인차가 있고 개인적 선호나 기호의 문제도 있다. 이상화의 「빼앗긴 들에도 봄은 오는가」와 「나의 침실로」로 중 하나만 택하라면 사람마다 다른 것이 자연스럽고 문제될 것이 없다. 그러나 둘 다 안 된다며 「이중(二重)의 사망」을 택한다면 그것은 문제다. 김소월의 작품 「초혼」, 「산유화」, 「진달래꽃」 중 한 편을 택하라 해도 사람마다 달라서 문제될 것은 없다. 그러나 "바드득 이를 갈고 죽어볼까요"란 대목에 무지무지 끌린다며 굳이 「원앙침」을 택하겠다고 나선다면 그건 큰 문제다. 「여승」이란 작품은 충분히 형상화되지 못한 미숙한 작품이다. 그러나 조금 모호한 요소가 있고 또 여승이 될 수밖에 없었던 기구한 사연이 있어 서사적 요소가 있고 또 식민지 시대 백의민족의 고통이 담겨 있으니 읽혀야겠다고 했다면 문제가 된다. 미숙한 작품도 교육적 가치가 있을 수는 있다. 조숙한 천재였으나 불행히도 요절한 프랑스의 작가 라디게는 작가 지망생들이 가끔 서투른 작품을 읽어보는 것도 유익하다고 말했다. 서툰 작품을 읽으며 서투름의 이모저모를 검토하면 득이 되리라는 논리였다. 일종의 반어요 방언(放言)이긴 하나 일리가 있다. 그러나 교과서는 좋은 작품으로만 채워도 지면이 모자라는 요충지대이다.

한다. 20세기가 끝날 무렵 윤동주와 일본 시인 다치하라 미치조(立原道造)의 유사성을 지적하는 논문이 비교문학지에 실린 적이 있다. 두 시인이 모두 릴케의 영향을 받은 공통성이 있는데 윤동주의 시에 다치하라의 어사가 많이 보인다는 것이다. 어사나 삶의 태도에서 윤동주가 영향 받은 시인이 있다면 그는 단연코 정지용이다. 윤동주의 습작을 검토하면 그것은 단박에 드러난다. 작품 경험이 많지 않은 터에 유사성만 보고 차이성은 보지 않는 데서 이런 성급한 결론이 나오는 것이다.[24] 일반적 양식(良識)에서 크게 벗어난 황당한 해석이나 담론의 크고 작은 영향력이 문학 위상의 하락에 기여한다는 사실의 직시와 시정책의 강구가 요청된다.

영어의 대문자로 쓰인 "이론"은 구조주의나 탈구조주의의 충격으로부터 나온 대학 쪽의 담론을 가리키는 것으로 되어 있다. 이러한 "이론"이 분출되면서 문학비평이나 연구가 문화 생산의 모든 분야를 끌어들여서 문화 연구로 나가는 경향을 보여주었다. 명시적 혹은 잠재적으로 가령 이상(李箱)의 모더니즘을 관통하고 있는 것은 "대체 우리는 남보다 수십 년씩 떨어져도 마음 놓고 지낼 작정이냐" 하는 조바심이다. 이것은 일본을 통해서 매개된 서양 근대를 향한 것이었다. 그 후에도 근대를 향한 조바심은 모든 분야에서 하나의 추진력이 되었다. "빨리빨리"란 생활 속 상투어도 그 부수 현상

---

24   유종호, 『서정적 진실을 찾아서』, 민음사, 2001, 26-36쪽 참조.

의 하나일 것이다. 산업화가 일단 이루어지고 이에 따라 사회와 사회제도도 복잡해지면서 정교해진다. 그리고 그것은 앞서 간 사회의 제도를 모형으로 한 것이다.

대학 체제가 어느 정도 구색을 갖추면서 교수 논문 평가, 안식년 제도, 학생들의 교수 평가제 등이 도입되었다. 최근에는 논문 평가가 엄격히 시행되어 소장 교수들이 비명을 올릴 지경이다. 특히 일정량의 논문을 발표해야 하는 고충이 따른다. 학문적 개성과 역량을 드러내기 위해서는 야심적인 논문을 제출해야 한다. 그럴 때 문학 분야에서 구원의 손길을 뻗어주는 것이 "이론"이다. "이론"에 의지함으로써 무언가 남이 하지 않은 소리를 낼 수 있기 때문이다. 그 결과 성급하게 수용하여 충분히 이해되지 못한 개념으로 작품을 분석해서 논문을 짜내는 경향이 점증하고 있다. 내적 계기도 없이 외국의 철학자의 책을 읽고 그 개념을 우격다짐으로 위에서 덮어씌우는 추세도 보인다. 동원된 철학과 검토 중인 작품 사이에서 별 필연적인 연관이 보이지 않는다. 이런 논문의 대량생산 추세는 앞으로 더욱 심화될 것이다. 문학 이해와 별 관련이 없을 뿐 아니라 문학 위상의 하락에 기여하는 이런 추세를 막을 방법은 없는 것 같다. 커모드 같은 저쪽 대가도 사태를 비관적으로 보고 있을 따름이다. 그러나 독자도 별 의미도 없이 청춘의 낭비로 끝나는 요식행위로서의 2차 문서 양산의 관행은 필히 재검토돼야 한다고 생각한다. 인문학 분과로서의 문학 연구 지망자의 재능을 격려하고 그것을 선별하고 또 인문학적 성취를 유도하기 위해서는 단기적 관점에서 쓰이는 소논문 발표 제도를 과감하게 철폐해서 새 방법을 모색해야 할 것이다.

제 **4** 장

—

이유 있는 정전

1. 정전 비판의 안팎

유럽의 주요 사상이나 관념이 유대교와 기독교의 뿌리에서 유래한 것이 많다는 것은 정설이다. 가령 법률 앞에서의 평등이라는 관용구도 신 앞에서의 평등이란 생각의 세속화된 표현이다. 마르크스주의에서 말하는 혁명적 실천에 따르는 계급 없는 사회의 도래도 최후의 심판을 수반한 종말론의 세속판이라는 것은 흔히 지적되어 왔다. 예술 분야에서 예술가나 시인의 창조란 말을 흔히 쓴다. 그것은 신의 인간 및 천지창조를 모형으로 해서 구상된 무로부터의 창조의 세속판(世俗版)이라 할 수 있다. 해석학은 성서 해석학을 모형으로 해서 구상된 것이고 의미의 네 차원의 설정은 변형된 형태로 세속 해석학에도 이월되어 왔다. 우리가 검토하려는 정전이란 말도 실제로 기독교에서 나온 것이다.

"정전(正典, canon)"은 본래 측정의 도구로 사용된 〈갈대〉나 〈장대〉를 의미하는 고대 그리스말 kanon에서 나왔다. 이 말은 그 후 규칙 혹은 법이라는 의미를 갖게 되고 이 의미가 유럽의 근대어 속에 계승되어 있다. 서기 4세기에 정전은 텍스트나 작가의 목록, 특히 성서와 초기 신학자들의 책을 뜻하는 말로 사용되었는데 문학 연구와 비평의 맥락에서 쓰이는 의미는 이로부터 비롯된 것이다. 초기 기독교는 "진리"가 무엇이며 추종자들에게 무엇을 가르쳐야 할 것인가를 정해야 했기 때문에 교리상의 이유로 많은 경전적 저술들을 배제하고 우리가 현재 성서라고 알고 있는 성서의 〈정전〉을 확정하였다. 이때 마태나 바울 못지않은 기독교도라고 자임하며 믿고 있었던 많은 저술가들, 가령 서기 1세기의 그노시스파 기독교도의 저술들은 신약에서 배제하였다. 그러니까 어느 시점에서 성서의 정전은 영원히 닫히게 된 것이다. 초기 기독교 신학자들 가운데는 초기 기독교 교부(教父) 명단에서 제외된 이들이 다수 있었는데 그것은 정통 기독교와 일치하지 않는 교리를 유포했기 때문이다. 이렇듯 초기 기독교의 정전 책정자들은 텍스트가 얼마나 아름다운가 혹은 그 호소력이 얼마나 보편적인가 하는 문제에는 전혀 무관심하였다. 그들의 주된 관심은 텍스트가 그들의 신앙 공동체의 기준에 잘 부합하는가 혹은 그 규칙과 일치하는가 하는 문제였다. 이 점에 대해서는 확고한 생각을 가지고 임하였다. 요컨대 그들은 무엇보다도 정통적인 것과 이단적인 것을 구별하는 데 관심을 집중했던 것이다.[01]

통상적인 의미의 정전이란 문학적 가치를 인정받고 있으며 어느 특정 문학 전통에서 중요한 맥을 잇고 있다고 생각되는 텍스트

---

01 John Guillory, "Canon," Frank Lentrichia & Thomas McLaughlin (eds.), *Critical Terms for Literary Study* (Chicago: The Univ. of Chicago Press, 1990), p.233.

의 집합을 가리킨다. 프레데릭 제임슨의 말을 빌리면 "항상 역사화 하라"라는 것은 모든 변증법적 사고의 초역사적 요청이다. 그러므로 마르크스주의자들이 정전에 대해서도 역사화를 통한 의심의 해석학을 실천하려는 것은 당연해 보인다. 그들은 문학 텍스트를 선정하여 〈정전〉 확정을 하는 과정에서도 성서의 정전 형성과 비슷한 선별과 배제의 논리가 작동한 것이 아닌가 하는 깊은 의혹과 확신을 가지고 정전 문제에 새로이 접근하였다. 그리하여 가령 영문학의 통념적 중요 텍스트들이 거의 백인 남성 작가들의 작품으로 구성되어 있고 그러므로 백인 남성들의 문화적 헤게모니를 반영하고 있다는 비판적 시각이 퍼지게 된다. 선별에는 묵살과 배제가 따르게 마련이고 정전 비판자들은 가령 여성, 피억압 인종, 피억압 계층 작가의 작품이 배제된 것에 주목하면서 정전 구성에서의 헤게모니 측면을 강조한다. 그리하여 정전의 해체나 대대적 개방을 통한 정전의 재구성 필요성을 주장하게 된다. 정전이 새로운 비평적 열쇠말로 등장한 것은 바로 이러한 역사화를 통한 정전 탈신비화 과정에서의 일이다. 그것은 구미 대학가를 풍미한 다채로운 급진주의 회오리의 일부를 이루고 있었는데 영미 문화권에서는 1970년대 이후에 큰 쟁점으로 부상하였다. 세부적으로는 계급, 인종, 성에 대한 고양된 정치적 의식, 문화적 상대주의로의 경사, 비평의 학문적 전문화 등은 모두 정전 비판의 풍토를 조성했다. 그러나 정치적 비평을 선도한 마르크스주의 비평이 정전 비판과 탈신비화에서도 가장 전투적이었다. 자율적인 미적 가치란 개념 자체가 이데올로기적인 구성물이며 정전은 강력한 정치적, 사회적 집단의 이익을 위한 도구라는 것이다. 다음과 같은 테리 이글턴의 말은 간결직절하게 그것을 지적하고 있다.

> 이른바 문학의 정전이라거나 "국민문학"의 의문의 여지없는 "위대한 전통"이라는 것은 특정한 시기에 특별한 이유로 특수한 사람들에 의해 형성된 구성물로서 인식되어야 한다는 것만은 분명해진다. 누가 그것에 대해 무슨 말을 했고 또 할 것인지에 상관없이 본래적으로 가치 있는 문학작품이나 전통이란 것은 없다. "가치"는 타동사적인 용어이다. 그것은 특수한 상황에 있는 특정한 사람들이 특별한 기준과 일정한 목적에 따라 가치 있다고 평가한 것이면 어느 것이나 다 의미한다.[02]

정전의 문제는 기본적으로 문학에서의 가치의 문제와 직결된 것이다. 그러나 정전의 탈신비화에 가담한 비판자들은 가치 측면보다는 사회적 역학 관계로 문제에 접근하였다. 정전 비판자들의 논점을 요약하면 정전 형성이 정치력과 사회적 배제를 행사하는 장에서 이루어진 일종의 모의라는 것이다. 또 정치적, 사회적으로 강력한

---

02 테리 이글턴, 김명환 외 역, 『문학이론입문』, 창작사, 1986, 21쪽.

집단에 소속하지 못하는 사람은 거기서 배제된다는 것이다. 그리하여 명시적 혹은 묵시적으로 지배 집단의 이데올로기를 표현하지 않은 사람들의 글을 억압하려는 의도적 혹은 암묵적 기도라는 것이다. 결국 지배 집단의 이데올로기를 표현한 사람들의 작품만이 정전의 반열에 올라 있다는 소리다. 우리는 사회학에서 말하는 폭로의 모티프가 가혹한 정전 해체를 시도함을 보게 된다. 부분적인 정당성이 전혀 없는 것은 아니다. 그러나 이런 단순화된 모의설을 전폭적으로 수용하기는 어렵다.

　정전 문제에 대한 전문 연구서를 낸 존 길로리는 문학 정전 형성이 성서 정전 형성과는 성질을 달리하며 모의설의 이미지가 내비치는 과정과도 전혀 다르다는 것을 실증적 검토를 통해 설명하고 있다. 문학작품에 대한 판단 행위는 교리적이거나 이념적인 것과는 다른 사회적 협의 사항을 가지고 있었다면서 그는 구체적인 사례를 거론한다. 미국에서 널리 쓰이고 있는 대학 영문과 교재 『노튼 영문학 앤솔로지』 초판본에는 1750년 이전의 여성 작가 작품은 수록되지 않았으며 20년 동안의 연구와 조사 끝에 겨우 몇 사람을 발굴해서 수록하였다. 18세기 이전의 여성 작가 작품이 없는 것은 사실상 여성 작가가 그 이전에는 존재하지 않았기 때문이다. 그러므로 18세기 이전 여성 작품을 정전에서 배제하는 것이 관행이라고 말하는 것은 사실에 맞지 않는 시대착오적 주장이 되는 셈이다. 문학 생산의 수단 즉 문자 해독으로부터의 배제를 정전 비판자들은 정전으

로부터의 배제라고 잘못 주장하고 있다는 것이다.[03]

정전 형성의 문제는 사회가 읽기 쓰기 실천을 규제하는 방식의 한 국면이다. 그런데 읽기 쓰기의 실천을 규제하는 사회제도는 학교이다. 이른바 정전 형성의 과정은 읽기·쓰기 지식의 보급이라는 사회적 기능과의 관련 속에서 고대의 학교에서 처음 생겨난 것이다. 텍스트의 선정은 목적 자체가 아니라 목적을 위한 수단이었다. 학자나 교사의 관심사는 문자 해독이라는 지식 보급의 제도적 기능을 수행하기 위해서 최선의 작품을 발견하고 보존하는 일이었다. 그러므로 정전의 문제는 작품들을 위대한 작품으로 보존하는 제도적 형식인 실러버스와 커리큘럼의 문제이다. 학교는 글자로 쓰인 텍스트를 구어(口語)와 접촉하게 하고 이 접촉은 마찰을 빚어낸다. 고전 고대 그리스의 시와 연극을 보존하기를 처음으로 시작한 초기의 교사들에겐 전대의 언어가 당대의 언어보다 한결 세련되고 바른 언어로 보였다. 그들은 당대의 구어를 바르고 순수한 본래의 표준에서 타락한 것이라고 여겼다. 그들은 그들이 보존한 씌어진 텍스트, 즉 고전으로부터 어법의 표준, 즉 통사법, 어휘, 정서법, 요컨대 문법을 추출함으로써 당대의 언어를 세련시키려고 하였다. 읽기 학습은 보다 바르고 세련된 모어, 즉 문법적 언어 말하기를 배우는 것을 의미하였다. 이렇듯 보존의 과정은 처음부터 문자 해독뿐 아니

---

03 Guillory, *op.cit.*, p.238.

라 문법적 언어를 보급하는 제도적 기획이었다. 이 두 가지 기획은 문학작품의 실러버스를 통해서 교실에 위임되었다. 학교라는 제도 안의 문학 커리큘럼의 사회적 기능이 2천년 후에도 비슷하게 작동 하고 있는 셈이다. 옛날의 문법은 오늘날 표준어라는 이름으로 통 하고 있는데 이것을 현대 학교는 당대 영어 구어(口語)와 정전 문학 의 문어(文語)와의 언어적 타협으로서 보급하고 있다.[04] 위에서 거칠 게 요약해 본 길로리의 역사적 고찰은 문학 정전 형성이 이념적 교 리적 원칙에서 혹은 포함하고 혹은 배제하는 과정이 아니었음을 분 명하게 보여주고 있다.

2. 정전의 옹호 혹은 반(反)비판

정전 형성이 그 비판자들이 주장하는 것처럼 지배 집단의 이데올 로기를 반영하는 모의적 과정의 산물이 아니라 하더라도 정전이 제 기하는 쟁점이 해소되는 것은 아니다. 여성, 피억압 계층, 비(非)백 인 문학에도 충분한 자리를 주어야 한다는 주장은 제한적으로나마 수용되어 정전의 개방이 이루어진 것도 사실이다. 그러나 정전 비 판자들 가운데는 부분적 개방에 만족하지 않고 전면적 재구성을 주

04 *Ibid.*, pp.239-241.

장하는 경우도 없지 않다. 그것이 극단으로 가면 문학 연구를 문화 연구로 바꾸어서 대중문화나 추리소설 등 모든 문화 생산을 연구 대상으로 삼아야 한다는 주장이 된다. 이에 맞서서 강한 반론을 펴는 사람들은 당연히 보수적인 인문학자들이다. 이들은 문학작품의 본래적, 내재적 가치에 의해서 정전 형성이 이루어졌다면서 개방론이나 해체론을 정면에서 배격한다. 가장 전투적으로 정전을 옹호하고 나선 이는 『서구 정전(The Western Canon)』의 저자인 해럴드 블룸이다.

블룸은 읽고 가르칠 때 오직 세 가지 기준이 있다고 말한다. 미적인 반짝임, 지적인 힘, 그리고 지혜가 그것이다. 그것은 결국 미, 진실, 그리고 통찰이란 말로 대체할 수 있다. 사회정의라는 이름 아래 인문학과 사회과학에서 지적 미적 기준을 파괴하고 있다고 그가 개탄하는 것은 그러므로 당연하다. 그는 셰익스피어의 미적 우월성을 의심하는 사람들에게 경악한다. 정전 비판에 나선 여성주의자, 아프리카주의자, 마르크스주의자, 푸코의 영향을 받은 신역사주의자, 해체론자를 통틀어 "분노학파"라 부른다. 그는 『서구 정전』에서 지난날 서구 정전으로 간주되었던 수백 명 가운데 숭고성과 대표성을 기준으로 26명을 선정했다. 셰익스피어가 서구 정전의 중심적인 존재라는 것이 그 선정의 관점이었다. 문학은 부르주아 제도에 의해서 촉진된 신비화라고 설명될 수 있다는 분노학파의 주장에 대해 블룸은 이렇게 반론한다. 그는 진행되고 있는 갈등을 근본적으로 미학과 비(非)미학 사이의 그것이라 생각한다.

이것은 미적인 것을 이데올로기로 혹은 기껏해야 형이상학으로 환원한다. 시는 시로서 읽혀질 수 없다. 왜냐하면 그것은 일차적으로 사회 자료이거나 혹은, 드물지만 가능한 것은, 철학을 극복하려는 기도이다. 이러한 접근법에 대해서 나는 완고한 저항을 촉구한다. 저항의 유일한 목적은 가능한 한 충실하게 또 순수하게 시를 보존하는 것이다. … 시에 대한 공격은 사회 복지에 파괴적이기 때문에 시를 추방하거나 새 다문화주의의 깃발 아래 사회적 카타르시스란 일을 떠맡는다면 거우 허용된다.[05]

그는 작가와 작품을 정전으로 만드는 것이 낯섦, 우리가 흡수할 수 없거나 우리로 하여금 그 특이성에 눈멀게 할 만큼 우리를 동화시켜 버리고 마는 독창성의 양식이라고 결론짓는다. 월터 페이터는 미(美)에 낯섦을 추가하는 것이 낭만주의라고 정의했지만 이때 페이터는 낭만주의뿐 아니라 모든 정전적인 작품의 특징을 지적한 것이라고 블룸은 생각한다. 『신곡』에서 『엔드게임』에 이르는 업적의 궤적은 낯섦에서 낯섦으로의 궤적이다. 셰익스피어의 동화력과 감염력은 독자적인 것으로 상연과 비평에 영속적인 도전이 된다. 요

---

05 Harold Bloom, *The Western Canon* (New York : Harcourt Brace & Co.,1994), p.18.

즘의 셰익스피어 비평은 그의 미적 우월성에서 도피하여 그의 작품을 영국 르네상스의 〈사회적 정력〉으로 축소시키는 일을 하고 있다고 블룸은 매몰차게 비판한다. 마치 셰익스피어와 동시대인 존 웹스터, 토마스 미들턴과 셰익스피어의 미적 가치 사이에 참다운 차이가 없는 것처럼 말이다. 그린블라트로 대표되는 신역사주의자를 향한 공격이다. 정전의 확대는 정전의 파괴를 의미한다며 전통이란 물려주거나 양질의 전수 과정일 뿐 아니라 과거의 천재와 현재의 천재 사이의 갈등이며 그 싸움에서의 포상이 문학적 존속이며 정전 편입이라고 그는 열의에 차서 주장한다.[06] 블룸에게 있어 정전 선정의 원리는 어디까지나 미적 기준이다. 심미적 선택이 정전 형성의 모든 국면을 이끌어왔다고 그는 생각하는 것이다. 그의 논의에서 정전은 이 말의 어원으로 돌아가 잣대의 뜻을 갖게 된다.

해럴드 블룸이 정전 형성의 원리를 미적 기준으로 외곬으로 몰고 가는 것에 비해서 『즐거움과 변화: 정전의 미학』의 프랭크 커모드는 책 이름 그대로 즐거움과 변화에서 그 원리를 찾고 있다. 그는 정전 형성이 권력 담론과 결탁해서 이루어졌으며 배제와 은밀한 이데올로기적 조작의 수단이라는 투의 비판을 거부한다. 그는 이 책이 나오기 전에도 정전의 이유 있음을 표명한 바 있다. 변화된 해석의 공격을 이겨내고 탕진되지 않는 성질이 있음을 보여줌으로써 정

06 *Ibid.,* pp.3-8.

전 텍스트는 정전됨을 증명해 보인다고 그는 생각한다. 그런 맥락에서 아널드 베넷의 작품 속에 나오는 결혼 축하 케이크와 『보바리 부인』에 나오는 케이크를 거론하면서 두 장면을 나란히 배치해서 비교하면 분석의 노력 없이도 베넷의 케이크는 부서져 없어진다는 대학원 학생의 발표를 소개한 적이 있다.[07] 그러나 본시 캘리포니아 대학에서의 강연에 기초한 위의 책에선 본격적으로 정전됨의 요인을 해명한다.

우선 그는 드러나게 명백하지는 않지만 정전됨의 필요조건은 즐거움을 주어야 하는 것이라고 말한다. 즐거움에도 물론 여러 층이 있다. 플라톤에 따르면 자아의 활동은 긴장을 야기하며 긴장의 고양은 불쾌감으로 느껴지고 그 해이는 쾌감, 즉 즐거움으로 느껴진다. 즐거움에 대한 담론을 검토한 후 그는 워즈워스 시편 「결의와 독립」을 분석하면서 즐거움과 낙심의 충격을 말한다. 낙심의 충격과 즐거움의 결합은 낭만주의 서정시의 특징인데 정전됨의 필요조건인 즐거움은 낙심의 충격이 뒤섞인 즐거움이다. "즐거움을 애기하는 것만으로는 충분하지 않은 것으로 보인다. 그러나 즐거움과 그 반복되는 실망과 만족의 가능성이 바로 정전됨의 요체다"라는 것이 그의 요지이다.[08] 또 하나의 요소인 변화는 정전 자체의 변

---

07 Frank Kermode, *Forms of Attention* (Chicago: The University of Chicago Press, 1987), pp.89-90.
08 Frank Kermode, *Pleasure and Change: The Aesthetics of Canon* (Oxford: Oxford Univ. Press, 2004), p.30.

화이다. 정전은 새로운 해석을 낳고 그런 과정이 계속되면서 죽지 않고 살게 된다는 것이다. 정전 속의 개개 작품은 다른 정전 작품과 함께 있음으로 해서 제대로 존재한다. 하나가 다른 하나를 도와주고 혹은 자격을 준다. 그리하여 논평의 주목으로부터 득을 보면서 각각 이웃과 함께 번창한다. 어느 의미로는 모두 보다 큰 책의 부분이 되며 그러는 과정에 모두 변화한다. 정전으로 편입된 책은 정전 바깥에 있었다면 존재했을 터인 책과는 전혀 다른 책이라는 것이다. 그는 다르게 이해하는 것이 참다운 이해이며 선행 해석을 반복하는 해석은 거짓된 해석이라는 것을 들어 이런 국면도 정전의 변화를 야기한다는 것이 커모드의 설명이다. 요컨대 다른 정전과의 관계 또 새로운 해석에 의해서 정전은 변화하고 이러한 변화가 정전성의 요건이란 것이다.[09]

그러나 이 문제에 대한 가장 분명한 원론적 입장은 다름 아닌 근접마르크스주의자 마르쿠제의 말 속에 명징한 표현을 얻고 있다. 아래 적은 줏대 되는 생각을 보다 섬세하고 유연하게 변주(變奏)하고 있는 것이 정전 옹호론일 것이다.

내가 "진정한" 혹은 "위대한" 예술이라고 부르는 작품은 이전에 "진정한" 혹은 "위대한" 예술을 구성하는 것으로 정의된 미적 기준을

---

09 *Ibid*., pp.36-37.

충족시키고 있는 작품이다. 이 점에 관한 변호론으로 나는 예술의 긴 역사를 통해 또 취향의 변화에도 불구하고 변화하지 않는 항상적인 하나의 표준이 있다고 생각한다. 이 표준에 의거해서 우리는 "고급한" 문학과 "하찮은" 문학, 오페라와 오페레타, 희극과 광대놀이를 구별할 수 있을 뿐 아니라 각각의 장르에서 양질과 저질의 구별을 할 수가 있다. 셰익스피어의 희극과 왕정복고기의 희극, 괴테의 시와 실러의 시, 발자크의 『인간희극』과 졸라의 『루공 마카르』 사이에는 어떤 증명 가능한 질적 차이가 존재하고 있다.[10]

3. 예술 가치의 지속성

정전의 문제는 한편으로 예술 가치의 지속성의 문제와 관련된다. 이것은 예술사회학이 제기하고 있는 난문제의 하나이다. 특정한 역사적 상황의 산물인 예술 작품이 어떻게 해서 시간적 공간적으로 상거(相距)해 있어 전혀 다른 사회적 조건에 살고 있는 사람들에게도 영속적인 감동을 줄 수 있는 것일까? 이런 근본적인 의문에 대해 제출되는 가장 피상적이고 통속적인 해명 시도는 영원한 인간성을 내세우는 관념론적인 접근이다. 피상적이라고는 하지만 오랫동안

---

10 Herbert Marcuse, *The Aesthetic Dimension* (Boston : Beacon Press, 1977), p.x.

설득력 있는 해답으로 간주되어온 것도 사실이다. 시간적, 공간적 거리에도 불구하고 인간성이란 것은 영원히 불변하는 것이며 따라서 인간 본성에 착실하게 기초해 있는 예술은 어느 시대 어느 장소에서나 호소력을 발휘하게 마련이라는 것이다. 아주 추상적인 수준에서 볼 때 인간 본성 가운데 불변하는 보편적 국면이 없는 것은 아닐 것이다. 죽음을 두려워하고 병고를 싫어하고 건강과 장수를 원하며 오복을 갖추기를 바라는 것은 공통된 인간 소망일 터이다. 인간 실존의 본원적 유사성이 있기 때문에 2천 혹은 3천 년 된 종교가 끊임없이 발상지를 떠나서 세계 도처에서 신자를 모아온 것일 터이다. 생자필멸(生者必滅), 회자정리(會者定離), 제행무상(諸行無常)에서 죽음과 소멸로 이어지는 한시적 인간 존재의 본원적 슬픔을 느끼지 않는 사람이 어디 있을 것인가? 또 인류 역사에서 고난 없는 페이지가 어디 있을 것인가? 소수의 지배자와 다수의 피지배자, 소수파의 풍요와 다수파의 빈궁이 빚어내는 불행과 부정의가 결여된 사회가 어디 있을 것인가?

시온에서는 여인들이 짓밟히고
유다 성읍들에서는 처녀들이 짓밟힙니다.
지도자들은 매달려서 죽고
장로들은 천대를 받습니다.
젊은이들은 맷돌을 돌리며,

아이들은 나뭇짐을 지고 비틀거립니다.

노인들은 마을 회관을 떠나고,

젊은이들은 노래를 부르지 않습니다.

우리의 마음에서 즐거움이 사라지고

춤이 통곡으로 바뀌었습니다.

— 예레미야 애가 5-11-15

19세기가 끝날 무렵 니체는 신의 죽음을 선포했다. 그리고 이제 무신론의 시대가 올 것이라고 생각했다. 그러나 21세기는 바야흐로 다신론(多神論)의 시대가 된 것 같은 느낌이다. 도처에서 원리주의적 종교운동이 세를 얻고 있고 그것은 격화돼 가고 있으니 말이다. 보편적으로 느끼게 되는 인간 존재의 본원적인 불행이나 슬픔에 대한 그 나름의 해답이나 위로나 처방을 보여주기 때문에 3천 년 된 지상의 종교가 멸하지 않고 이어지는 것일 터이다. 고전이 갖고 있는 내구성 혹은 지속적 가치도 종교의 그것과 비슷한 것이고 그러한 한에서는 그 지속성을 변하지 않는 인간 본성과 연결시킬 수가 있을 것이다.

그러나 그것은 높은 추상과 축약의 차원에서 그럴 뿐이다. 삶도 역사도 사람이 세상에 나와 고통 받다가 갔다는 추상적 요약으로 탕진되는 것은 아니다. 그것은 무한히 복잡하고 천차만별이며 끊임없이 요동치는 혼돈이다. 현대의 문화인류학은 수많은 인류 사회의 관습과 가치관이 얼마나 다른가 하는 것을 보여줌으로써 가령 "보편타당성"이란 것도 사실은 특정 사회의 자기중심적 구성물이라는 것을 보여주고 있다. 모든 것을 "역사화"하는 오늘날 예술 가치의 지속성을 영원한 인간 본성 탓으로 돌리는 설명은 시대착오적이다. 이 문제를 정식으로 제기한 것은 마르크스이다. 그가 『경제학 비판 서설』에서 피력한 생각은 너무나 많이 인용되고 있어 새삼 거론하기가 쑥스러울 정도이지만 비켜갈 수 없는 문제이다. 예술을 하부구조, 즉 물질적 토대에 대응하는 상부구조의 일환으로 파악해서 설명하는 그의 접근법에 내재하는 어려움을 실토한 이 대목은 흔히 비판자들이 공격의 자료로 삼고 있다. 가장 많이 인용된 것도 아마 그 때문일 것이다.

> 그리스의 예술과 서사시가 어떤 종류의 사회 형태와 연결되어 있다
> 는 사실을 이해하기는 어렵지 않다. 이해하기 어려운 것은 어째서
> 이들이 우리에게 여전히 예술적 즐거움을 제공해 주며 어느 모로는
> 규범과 도달할 수 없는 전범으로 통하느냐는 것이다.[11]

마르크스가 제기하고 잠정적으로 스스로 내린 해답을 단순화해서 요약한다면 그리스인들이 인류 유년기의 본질을 나타내고 있기

---

11   Peter Demetz, *Marx, Engels, and the Poets* (Chicago: The University of Chicago Press, 1967), p.70에서 재인용.

때문에 그리스 예술이 하나의 이상을 나타내고 있으며 거기에서 독특한 매력이 유래한다는 것이다. 다시 말해 현재의 우리들에게 그리스 예술이 안겨주는 매력은 "인류의 사회적 유년기"의 전개를 접하는 기쁨이라는 것이다. 또 우리가 그리스 예술의 의미를 수용하는 것은 중요한 예술 형태가 예술 진화의 초기 단계나 원시적 국면에서만 꽃핀다는 사실에서 나오는 것이며 그리스 예술이 인류 유년기의 표현이요 그것이 우리에게 우리 자신의 유년기를 상기시키기 때문이라는 설명이다.

예술의 표현이 그리스 예술 속에서 가장 순수한 최고 형태에 도달했다는 마르크스의 생각에는 절대를 향한 정신의 행진에 예술, 종교, 철학의 단계가 있다고 생각한 헤겔의 사고 경향이 엿보인다. 헤겔도 예술이 고대 그리스에서 그 절정에 도달했다고 생각했기 때문이다. 어쨌거나 스스로 설명의 어려움을 토로하면서 어린 시절로의 감상적 회귀로 설명한 그리스 예술의 매력 지속성의 문제는 마르크스의 박학과 통찰로도 넉넉한 설득력을 발휘한 것 같지는 않다. 설명의 어려움을 인정하는 대목을 들어서 공격을 가하는 것은 점잖은 일이 되지 못하지만 마르크스의 문제 제기의 중요성에 비하여 준비한 해답은 현저하게 미진하여 보충 설명이 필요하다고 생각한다.

예술 작품의 발생과 타당성을 겨냥해서 사회학적 질문과 미학적 질문이 얽혀 있는 이 문제에 대해서는 마르크스주의자들 사이에서 다양한 해석이 엇갈려 있는 것으로 보인다. 테리 이글턴은 우리들 자신의 역사가 우리를 고대사회와 연결시켜 주고 있다는 설명을 시도한다. 우리는 고대사회 속에서 우리를 조건 지어주고 있는 여러 힘의 미발전 국면을 발견하게 마련이다. 게다가 우리는 이들 고대사회에서 자본주의 사회가 불가피하게 파괴하는 인간과 자연 사이의 〈조화〉의 원시적 이미지를 발견한다는 것이다. 요컨대 우리가 동일한 역사를 공유하고 있기 때문에 우리의 조건이나 고대사회의 조건이 그렇게 다른 것은 아니라는 설명이다. 우리가 그리스 조각에 보이는 반응은 스파르타쿠스의 저항적 공적에 보이는 반응과 비슷하다고 말한다.[12] 따라서 이글턴이 생각하는 역사는 흔히 생각하는 역사보다 훨씬 폭넓은 개념이다. "디킨스가 어떻게 역사와 연관되는가를 묻는 것은 그저 그가 어떻게 빅토리아 시대의 영국과 연관되는가를 묻는 것이 아니다. 왜냐하면 빅토리아 시대의 영국 사회 자체가 셰익스피어나 밀턴 같은 인물을 포함하고 있는 오랜 역사의 소산이기 때문이다. 역사를 단순히 '당대'로 정의하여 다른 모든 것을 '보편적'인 것으로 격하하는 것은 기묘하게 편협한 역사관이다."[13] 다시 말해서 고대사회에서나 현대사회에서나 억압과 피압박의 사회관계가 큰 테두리 안에서는 비슷하며 이것이 그리스 예술

---

12 Terry Eagleton, *Marxism and Literary Criticism* (Berkeley and Los Angeles: University of California Press, 1976), p.13.
13 *Ibid.*, p.13.

이 우리에게 갖는 매력의 사회역사적 기반이라는 것이다.

포괄적인 규모의 예술사회학자인 아놀트 하우저에게서 우리는 보다 견고한 설명을 얻고 있다고 생각된다. 하우저는 마르크스가 제기한 문제에서 이른바 상부구조가 그 기원이 되어준 사회역사적 조건이 지나간 뒤에도 살아남는 자생능력을 본다.

> 이른바 상부구조는 그 자신의 생명력을 가지고 있으며 정신적 구조물은 그 기원에서 벗어나서 제 길을 가려는 능력과 경향을 가지고 있다. 다시 말해서 이들 정신적 구조들은 그들 자신의 내적 법칙에 따라 발전하는 새 구조들의 기원이 되고 또 단기간의 타당성 이상의 것을 누리는 자신의 가치를 갖게 된다. 한때 중요 도구이자 무기요 자연을 정복하고 사회를 조직하는 수단이었던 것이 점차로 형식화되고 중립화되어 마침내 그 자체가 목적이 되는 현상이 마르크스가 발견하고 생생히 기술한 "물상화"의 과정과 아주 흡사하다는 것은 의심할 여지가 없다.[14]

한편 문학과 예술의 자족성을 주장하는 알튀세르주의자 가운데는 마르크스의 문제 제기가 근본적으로 잘못되었다고 비판하는 견해도 있다. 알튀세르의 이론을 문학 비평에 독창적으로 적용하면서

14 Arnold Hauser, *The Philosophy of Art History* (New York: The World Publishing Co., 1963), p.34.

알튀세르가 정의한 〈실천〉에 의존하여 작가를 주어진 재료들을 새 생산품으로 변형시키는 생산자로 파악하는 마셔레이의 경우가 그 것이다. 그는 마르크스가 제기하는 문제의 타당성을 근본부터 부정 한다.

이러한 질문에 훌륭한 대답은 없다. 그리스 예술에 영원한 매력이 없다는 단순한 이유에서다. … 한 작가의 작품인 『일리아드』는 우리들에게만 존재한다. 또 새로운 의미를 띤 채 재기록되고 재투자 되는 새로운 구체적 조건과의 관계에서 존재하는 것이다. 기묘하게 들릴지 모르지만 그것은 그리스인들에게는 존재하지 않았으며 따라서 그 가치지속성의 문제는 연관성이 없다. 더 나아가 그것은 우리들 자신이 쓴 것이라 할 수도 있다. (또는 적어도 우리가 그것을 새롭게 구성한 것일 수도 있다.) 예술 작품들은 과정이지 대상이 아니다. 왜냐하면 예술 작품들은 한 번으로 생산이 끝나는 것이 아니라 끊임없이 〈재생산〉이 가능하기 때문이다. 사실 예술 작품들은 이러한 끊임없는 변화의 과정에서만 자기동일성과 내용을 갖는다. 영원한 예술이란 없으며 고정불변의 작품이란 없다.[15]

이렇게 되면 주어진 전통이란 물려받은 유산이 아니라 적극적 구

---

15 토니 베네트, 임철규 역, 『형식주의와 마르크스주의』(현상과 인식사, 1983), 90~91쪽에서 재인용.

성, 즉 과거로부터 전해 내려오는 표현들을 문화적으로 자의 취득하여 사용하는 특정한 형태가 된다고 할 수 있다. 단순화해서 부연해 본다면 그리스인들이 감동하였던 부분과 우리가 감동하는 부분이나 요소는 전혀 동일한 것이 아니기 때문에 그들의 〈원본〉과 우리의 〈원본〉은 다른 것이고 우리와 그들은 서로 다른 〈작품〉을 대하고 있는 셈이다. 따라서 가치의 지속성이나 불변성이란 문제는 처음부터 잘못 구상된 개념이며 잘못 제기된 문제가 되는 셈이다. 잘못 제기된 문제에 적절한 해답이 있을 리 없다는 것이다. 그러니까 원본의 끊임없는 재생산과 의미의 그때그때의 재생산의 과정으로 문학 작품의 존재 방식이 파악되는 것이다.

예술 가치의 지속성의 문제는 본질적으로 예술의 감상과 수용의 문제이며 현대의 우리와 과거의 예술 사이의 관계의 문제이다. 문학 작품이 끊임없는 재생산에 의해서 그때그때 실현되는 것이라면 고대 예술의 매력도 현재와 과거의 〈지평의 융합〉에 의해서 끊임없이 재생산되는 것이다. 현재의 조건이 과거의 작품을 당대적 관심사의 하나로 부각시키며 그러한 한에 있어서 우리는 역사 속에 있는 어떠한 연속성을 인정하게 된다. 가령 지상에 전쟁이 계속되는 한 호메로스가 완전히 탕진된 과거로 버림받을 가능성은 희박하다고 해야 할 것이다. 그러나 이 말이 인류 역사에서 전쟁의 종식과 상당한 평화 기간이 전쟁보다 더 빈번했다는 사실을 도외시하는 것은 아니다. 호메로스를 재발견하기에 적절하도록 만드는 사회 조건도 되풀이된다는 것을 말하려는 것이다.

4. 수용의 실제

위에서 논의한 것은 보다 구체적인 사례를 검토함으로써 더 잘 이해가 되리라고 생각한다. 현재 남아 있는 그리스 비극은 모두 31편이라고 알려져 있다. (에우리피데스의 순수 비극이 아닌 사튜로스극이 남아 있고 그의 작품과 한 덩어리로 전해진 극이 남아 있어 33편을 주장하는 이도 있다.) 이것은 완전한 형태로 남아 있는 경우이고 단편적으로 인용되어 있는 경우는 많다. 그런데 아이스킬로스는 80편 내지는 90편의 작품을 쓴 것으로 되어 있다. 그중 겨우 7편이 남아 있는 셈이다. 소포클레스의 소작은 130편에 이른다고 되어 있다. 현존 작품은 역시 7편이다. 에우리피데스는 89편을 제작했다고 전해진다. 현존 작품은 17편이다.

방대한 비극 작품이 망실(亡失)되었고 그것은 현존 작품의 거의 10배에 이른다. 어떤 것이 현존하고 어떤 것이 망실되었을까? 개인의 경우와 마찬가지로 우연이나 운이 많은 작용을 했을 것이다. 그러나 우연과 요행만이 작품을 살아남게 한 것일까? 그렇지만은 또 아닐 것이다. 가령 『오이디푸스 왕』은 아리스토텔레스가 『시학』에서 여러 차례 거론하고 있다. 연민과 공포를 일으키는 플롯의 좋은 예로서 혹은 최상의 인지(認知)의 사례로서 거론하고 있다. 아이스킬로스의 『오레스테이아』와 에우리피데스의 『메데이아』 그리고 『아울리스의 이피게니아』, 『타울리카의 이피게니아』도 거론되고 있다. 이런 작품들은 모두 현존하는 작품이다. 그러므로 당시 세평이 높았던 작품들이 망실의 불행으로부터 보다 안전했다고 볼 수 있다. 즉 우연이 작용했다손 치더라도 우연도 강자의 편을 든다는 말의 타당성을 보여주고 있는 것이라 할 수 있다.

지금도 그리스 비극 하면 누구에게나 가장 먼저 떠오르는 것은 『오이디푸스 왕』일 것이다. 작품의 비극적 강도는 압도적이고 사전 지식 없이 접하면 거의 전율에 가까운 충격을 준다. 또 추리소설의 그것과 같은 플롯도 군더더기 없이 진행되어 압축의 압권이다. 필요한 것은 하나도 빼놓지 않고 불필요한 것은 하나도 들여놓지 않는 고전주의 미학을 완벽하게 보여준다. 이에 반해서 같은 소포클레스의 『안티고네』는 아리스토텔레스의 『시학』에서도 언급이 없다. 그러나 1790년에서 1905년에 이르는 사이 유럽의 대표적 시인, 철학자, 인문학자들은 『안티고네』를 그리스 비극 중 최고의 작품이라고 생각했다. 『안티고네』에 관한 찬사를 많은 이들이 남겨 놓았다. 이러한 변화를 야기한 것은 프랑스 혁명이었다. 프랑스 혁명은 개인과 역사를 만나게 했다. 따라서 사사로운 삶과 공적인 삶 그리고 역사적인 삶이 뒤엉킴을 극화하고 있는 『안티고네』가 선호의 대상으로 떠오른 것이다. 19세기 유럽의 『안티고네』 선호를 극적으로 드러내고 있는 것은 헤겔이다. 그는 『안티고네』가 "인간 노력이 지금껏 마련해 놓은 것 가운데서 가장 숭고하고 또 모든 면에서 가장 완벽한 예술 작품의 하나"라고 말하고 있다. 그리고 이 작품에서 두 개의 상호 배제적이고 부분적인 선 가운데서 하나를 선택해야 하는 비극적 갈등의 핵심을 본 것이다. 삶의 과정에서 선택의 자유와 기회가 많아진 현대인에게 『안티고네』가 각별한 호소력을 발휘한 것은 자연스러운 일이다. 그러나 프로이트의 『꿈의 해석』이 나오고 오이디푸스 콤플렉스가 널리 알려지면서 다시 『오이디푸스 왕』이 롤백을 하게 된다.[16]

E. H. 카의 『역사란 무엇인가』에는 "역사라는 것은 어느 시대가 다른 시대 가운데서 주목에 값한다고 생각한 것의 기록이다"란 부르크하르트의 말이 인용되어 있다.[17] 프랑스 혁명 때처럼 식견과 웅변이 활개 치던 시대엔 로마 역사 가운데서 브루타스 같은 인물이 각광을 받고 파리가 도시계획에 열을 올리던 시절엔 도로 건설에 주력했던 황제가 각광을 받았음도 말하고 있다. 문학의 수용에서도 똑같은 현상이 벌어진다고 볼 수 있다. 시대마다 역사를 새로 써야 하는 것과 마찬가지로 문학사도 새로 써야 하는데 그것은 이와 같이 새로운 관심사로 과거 문학을 보게 되기 때문이다. 그래서 이른바 재발견이 이루어지는 것이다. 근래의 문학 수용에서 몇몇 사례를 들어 보면 사태가 한결 분명해질 것이다.

---

16 George Steiner, *Antigones* (Oxford : Clarendon Press, 1984), pp.1–5.
17 E. H. Carr, *What is History?* (Harmondsworth : Penguin Books, 1964), p.55.

2차 대전 종전 직후 서독에서는 미국 작가 헤밍웨이가 많이 읽혔다. 군사적으로나 경제적으로 강력한 옛 적국(敵國)의 작가라는 비근한 사정도 헤밍웨이 유행의 한 이유였을 것이다. 그러나 나치스의 수식어 많은 선전 문구나 구호에 오랫동안 노출되어 있던 독일인에게 형용사나 부사가 절제된 단문(單文)의 비정문체가 신선한 호소력을 발휘했기 때문이라는 것이 정설이다. 헤르만 헤세는 일본에서 2차 대전 이전에 벌써 전집이 나오고 그 수용이 대단하였다. 일본과 독일이 동맹 관계에 있었다는 것도 중요 사유가 된다. 또『실달다』가 인도에서 취재했고「시인」이 중국에서 취재된 것처럼 헤세가 보여주는 동양에의 관심도 같은 동양권인 일본에서 친화적 반응을 보인 이유가 될 것이다. 그러나 미국에선 1946년 노벨상을 수상했을 때 헤세는 전혀 무명의 존재였다. 미국 주간지는 그를 무명작가 소개하듯이 짤막하게 소개하였다. 젊은이들을 열광케 한『데미안』이 독일에서 출판된 몇 해 뒤에 영어 번역이 나왔지만 이렇다 할 반응을 얻지 못하고 곧 절판이 되었을 정도다. 그러나 60년대에 미국 젊은이들이 애독자로 등장해서 대학촌마다 그의 작품이나 작중 인물을 딴 커피숍이나 술집이 생겨났고 그의 전 작품이 번역돼 나왔다. 그 최초의 계기가 된 것은 1956년에 나온 베스트셀러『아웃사이더』에서 콜린 윌슨이 헤세를 낭만적 아웃사이더의 전형이라며 그의『황야의 이리』가 아웃사이더에 관한 가장 심오한 연구라고 평가한 일이었다. 현실추수와 동조를 강요하는 사회에서 개인됨과 개

성을 지키려는 고뇌에 찬 개인을 그린 것으로 알려지며 헤세는 청년독자들의 우상이 된 것이다.[18]

일본의 경우 최초의 언문일치 문장을 쓴 것이 투르게네프의 단편 번역이었다는 사정도 가세해서 일찌감치 러시아 소설이 많이 번역되고 읽혔다. 그와 연관된 것이지만 이광수, 염상섭, 현진건, 이태준, 이효석 등 20년대 30년대의 대표적인 작가들이 모두 러시아 작가들을 사숙했거나 애독했음을 기록으로 남겨놓고 있다. 이와 같은 수용의 구체적 사례를 볼 때 작품 가치의 지속성은 우연이란 계기를 배제할 수 없지만 작품 세계와 주제에서 공통 경험의 표현을 보고 수용하는 일의 누적적 결과라고 말해야 할 것이다. 모든 사상은 이데올로기적 성격을 가지고 있고 거기서 자유로울 수는 없다. 그러나 사람은 이데올로기로만으로 살 수 없고 살지도 않는다. 과도한 이데올로기적 해석은 자승자박의 결과를 낳아 많은 것을 보지 못하게 한다.

5. 우리 문학의 경우

우리 문학의 경우 20세기 이전의 고전 분야에선 가람 이병기, 도

---

18 Theodore Ziolkowski ed., *Hesse: A Collection of Critical Essays* (Englewood Cliffs: Prentice-Hall, 1973), p.12.

남 조윤제, 성암 김태준 같은 선구적 연구자들의 유산 목록 작성 때의 안목이 그대로 정전 형성의 기반이 되었다고 할 수 있다. 조윤제의 『조선시가사강』이나 김태준의 『조선소설사』의 무게는 압도적이었다. 초기 연구자의 유산 목록 작성은 대상의 빈곤도 작용해서 그대로 정전 목록으로 이어졌다. 20세기 쪽으로 오면 사정은 다소 복잡해진다. 우리 현대문학의 정전 자체가 과연 형성되어 있는가 하는 것 자체가 문제적이다. 현재 정전 형성 중에 있다고 말하는 편이 적정한 것일지도 모른다.

해방 전까지만 하더라도 우리 문학의 실질적 현장이 신문 문화면, 종합지 문화면, 그리고 문학잡지였기 때문에 잡지 편집인과 문화면 담당 기자들이 작품 선별에서 전권을 쥐고 있었다고 할 수 있다. 영세한 출판 자본이 문학작품에 관심을 가질 때 그 선택 기준은 대체로 문학지와 신문 문화면 담당자의 기준을 따랐고 그것은 한성도서주식회사 혹은 박문서관(博文書館) 간행의 문학서가 대체로 그러했다. 또 가령 조선일보 같은 신문사에서 문학선집이나 문학연감(年鑑)을 발행하는 경우에도 문화면 담당자의 안목이 그대로 반영되었다. 당시 문화 학예면 담당기자가 유수한 문인들이었기 때문에 대체로 그 안목은 신뢰할 만한 것이었다고 할 수 있다. 가령 조선일보 문화면을 담당했던 김기림, 조선일보사 간행 월간지 「조광」의 편집자가 백석이었다는 사실은 참고가 될 것이다. 평론 활동이라는 것도 대체로 문화부 담당기자의 몫이거나 시인 작가의 여기(餘

技)라는 국면이 강했다. 소설평은 몰라도 시평은 거의 시인이 담당했고 평론가는 김환태 같은 예외적인 경우를 제외하면 시를 취급하는 경우가 거의 없었다. 1920년대 이후 우리 문인들이 공공연히 국민문학 혹은 프롤레타리아 문학 이념을 표방함으로써 작품 평가가 이념적 기준에 의존한 것은 부인할 수 없다. 30년대 말에서 40년대 초 「문장」, 「인문평론」 등의 수준 높은 문학지가 나오고 학예사(學藝社) 같은 데서 현대문학 관련 문고판이 나왔던 반짝 경기 시절에 이태준, 최재서, 임화 같은 편집자들의 안목은 작품성을 고려하면서도 그들의 문학관이나 사회관을 드러내서 이념적으로 선정한 혐의가 없지 않다. 그러나 그것도 문단이란 공간이 협소했다는 사정이 작용하여 심한 대립이나 갈등을 빚어내지는 않았던 것으로 보인다.

1945년 이후 좌우의 갈등과 대립은 문학단체를 통해서 우선 첨예하게 나타났고 그것은 관련된 기관지의 지면에 그대로 반영되었다. 우리말의 회복은 소박한 대로 우리 현대문학의 정전 형성에 일차적 기회를 제공해주었다. 그 최초의 기초 작업은 각급 학교의 국어 교과서를 통해서 이루어졌다. 해방 직후 미 군정청에서 발행한 중학교 국어 교과서는 그러한 맥락에서 아주 중요하다. 당시 중학교 국어 교과서는 1·2학년용, 3·4학년용, 5·6학년용 등 3종류로 나누어져 있었다. 당시 교과서에 수록된 시인들이 면모를 살펴보면 한용운, 주요한, 김소월, 조명희, 정인보, 이병기, 이은상, 정지용, 임화, 김기림, 김광섭, 김동명, 신석정, 김상옥, 노천명, 이병철, 오장환,

조지훈 등이 있었다. 구체적으로 열거하면 다음과 같다.

___ 주요한 ___ 「비소리」
___ 김소월 ___ 「기회」,「엄마야 누나야」,「초혼」
___ 한용운 ___ 「복종」
___ 조명희 ___ 「경이(驚異)」
___ 정인보 ___ 「조춘(早春)」
___ 임 화 ___ 「우리 오빠와 화로」
___ 이병철 ___ 「나막신」
___ 김기림 ___ 「향수」
___ 김동명 ___ 「파초」,「바다」
___ 김상옥 ___ 「봉선화」
___ 정지용 ___ 「고향」,「춘설」,「난초」,「그대들 돌아오시니」
___ 오장환 ___ 「석탑의 노래」(「절정의 노래」로 제목을 고쳐 실었음)
___ 조지훈 ___ 「마음의 태양」
___ 김광섭 ___ 「비 개인 여름 아침」
___ 신석정 ___ 「들길에 서서」,「산수도」

위의 시편 중 정지용의 「그대들 돌아오시니」, 김소월의 「초혼」, 오장환의 「석탑의 노래」, 조지훈의 「마음의 태양」은 최고 학년용에 수록되어 있었다. 난이도의 고려도 상당히 적정한 것이었다 할 수 있다. 최고학년 교과서 제일 첫머리에 실린 글이 정지용의 「그대들 돌아오시니」였다. 해방 직후라는 상황을 고려할 때 천주교 명동성당에서 임시정부요인 귀국 환영시로 읽은 이 작품을 첫머리에 실은 것은 이해가 간다. 여기 실린 정인보의 「조춘」은 시조이다. 이 밖에 시경에 나오는 시편을 위시해서 왕안석, 사마광 등의 한시 번역인 정지용의 「녹음애송시」가 원시를 곁들여서 실려 있었다. 산문으로는 앙드레 지드의 자서전적 작품인 『밀 한 알이 죽지 않으면』에서 일부 발췌한 것이 실려 있었다. 온실에서 화초가 자라는 것을 관찰하는 내용이 아니었나 생각한다. [19]

임화, 오장환, 이병철의 소작이 실려 있었으니 작품의 성취도를 선택 기준으로 삼은 것이 사실이다. 산문 쪽에서도 이기영의 『고향』에서의 발췌 부분, 박찬모의 「황소얘기」, 이태준, 박태원, 이선희, 김동석의 수필 등 문학가동맹 소속 문인들의 글도 다수 수록되어 있었다. 이광수와 같이 친일 행적이 현저했던 이들을 제외한다면 대체로 해방 이전의 문학권에서의 통념적 평가를 그대로 반영한 것이라 생각되는데 당시 군정청 편수국에 근무했던 가람 이병기와 조선어학회 발행 『한글』의 편집자였던 시인 조지훈의 안목이 많이 작용한 것으로 보인다. 가람이 한때 관여했던 『문장』지의 안목이

---

19 필자는 군정청 발행 국어 교과서 3권을 현재 찾아보지 못했다. 그래서 여기 적은 사항은 전적으로 기억에 의존한 것이다. 당시 책을 구하기가 어려워 교과서를 열심히 읽었고 특히 시를 좋아해서 되풀이 읽었다. 누군가가 이 교과서 3권을 발굴해서 나의 기억이 크게 틀리지 않았다는 것이 드러난다면 다행으로 생각할 것이다.

그대로 반영된 것임은 가령 안재홍의 「봄바람에 천리를 가다(춘풍천리)」, 홍명희의 「온돌과 백의」, 민태원의 「청춘예찬」, 김진섭의 「창」, 박태원의 「아름다운 풍경」, 변영로의 「시선(施善)에 대하여」, 이상의 「권태」, 방정환의 「어린이 예찬」, 주요섭의 「미운 간호부」 등 이태준 『문장강화』의 예문이 다수 수록되어 있었다는 사실이 말해주고 있다. 특히 시의 선택에서 보인 안목은 그 후의 교과서와의 관련에서 보더라도 빼어나게 모범적이었다고 말할 수 있다. 가령 저학년 교과서에 수록된 이병철의 「나막신」 같은 작품은 언급해둘 가치가 있다.

> 은하 푸른 물에 머리 좀 감아 빗고
> 달 뜨걸랑 나는 가련다.
> 목숨 수(壽) 자 박힌 정한 그릇으로
> 체할라 버들잎 띄워 물 좀 먹고
> 달 뜨걸랑 나는 가련다.
> 삽살개 앞세우곤 좀 쓸쓸하다만
> 고운 밤에 딸그락 딸그락
> 달 뜨걸랑 나는 가련다.

가장 우리말다운 어법과 말씨가 어우러져 있어 말공부에도 아주 십상인 작품이다. "머리 좀 감아 빗고" "물 좀 먹고"에서의 좀이란 어사의 묘미는 절묘하다. 우리가 흔히 쓰는 어법이어서 친근하면서도 정겹다. "달 뜨걸랑"이 세 번 되풀이되는데 이 되풀이는 시의 음악성을 보장해 주는 장치이다. 목숨 수(壽) 자 박힌 그릇도 지난날 우리의 밥상에 으레 오르는 일용품이었다. "체할라 버들잎 띄워 물 좀 먹고"는 전설이나 민화에 나오는 모티프이고 이성계의 삶에 나오는 삽화로서도 알려져 있다. 나막신은 지우산과 함께 요즘 완전히 사라진 품목이지만 사변 전만 하더라도 흔히 신고 다녔다. 불편하기 짝이 없는 신발이었지만 그 생소한 불편함이 또 신선한 일탈의 재미를 준 것도 사실이다. 나막신을 본 적이 없고 신어본 적도 없는 세대에겐 공감하기 어려운 부분도 있을 것이나 그것은 상상력으로 벌충해야 할 것이다. "은하 푸른 물에 머리 좀 감아 빗고"와 같은 대목도 독자의 상상력에 불을 지피는 것 같은 신선함을 안겨 준다. 산문과 구별되는 시적 차원이다. 필자로서는 뒷날 윌리엄 블레이크의 「호랑이」에서 "별들이 일제히 창을 내던지고 하늘을 눈물로 적셨을 적"이란 대목을 접하고 신선한 충격을 받았고 그때 이병철의 대목을 떠올린 기억이 있다. 다른 말로 대체할 수 없는 고유어로 조직되어 있다는 점에서 그 나름의 완벽성을 가지고 있다. 또 번역이 안 된다는 점이 그것을 보증해 주고 있기도 하다. 언뜻 동요와 시의 경계에 있는 듯이 보이지만 그러기 때문에 김소월의 「엄마야 누나야」처럼 하나의 절창이 되어 있다. 시에서 전언이나 교훈을 찾으려는 시도는 이 작품 앞에서 공허한 시도로 끝날 것이다. 바로 그러하기 때문에 시나 문학의 즐거움을 실감시켜 주면서 자연스레 시의 핵심에 근접해 가도록 유도하는 힘을 가지고 있다.

요즘 문학 교육이나 시 교육을 이른바 〈전공〉으로 하는 전문가들이 많이 있다. 문학 교육에 관한 주변적 지식은 많이 가지고 있을지 모르나 작품을 보는 안목이 의심스러운 경우가 많다. 그런 이들일수록 시나 문학에 대한 편견이나 편향이 심한 것이 보통이다. 그런 이들은 이 작품을 가르치는 데 어려움을 겪을 것이다. 가장 좋은 방법은 학생들에게 이 작품을 외우도록 하고 되풀이 읽는 과정에 말의 묘미를 터득하도록 하는 것이다. 이 시인이 월북한 좌파시인이란 개인사에 근거하여 한밤중에 어떤 임무를 수행하기 위해 출발할 당시의 심정을 적은 것이란 황당한 얘기를 한다면 곤란하다. 설마 그런 사람은 없겠지만 이를테면 그와 유사한 시 해석이나 교육은 현장에서 결코 드문 일이 아니다. 수두룩한 것이 실정이다.

해방 직후 교실에서 이 작품을 가르친 국어교사는 밤 이슥히 골목길에서 들려오는 나막신 소리를 듣고 늦게 밤길을 가는 사람의 심정을 상상해서 쓴 시라고 설명하였다. 그는 서당 수학 이외엔 제도권 학력이 전혀 없는 분으로서 유관순과 함께 3·1운동 때 아우네 장터에서 소요를 일으켰다 해서 징역 2년을 살다 나온 독립유공자였다. 이에 대해서 『나의 해방 전후』에 적은 바 있지만 한시에 대한 소양이나 교양이 이만큼 의젓한 설명을 가능케 했다고 생각한다. 그것이 꼭 적정한 해석이란 것이 아니라 설명의 한 방식으로서 설득력이 있다는 것이다. 사실 이병철은 당시에 『전위시인집』을 낸 5명의 시인 중의 한 사람이었을 뿐 거의 무명이었다. 작자에 대한 고려 없이 전혀 작품성을 판단기준으로 해서 무명시인의 작품을 유일교과서에 수록한 것은 대단한 문학적 쾌거였다. 이 작품이 어디에 실려 있었던 것인지에 관해선 알려진 바가 없다. 이병철은 단독 개인 시집을 낸 바가 없다. 대담하게 교과서에 기용하지 않았다면 우리문학사의 한 명편은 망실되었을 공산이 크다. 이 작품과 비교해보면 역시 해방 후 교과서에 수록된 김소월의 「기회」는 얼마쯤 맥빠지는 작품이었다.

강 위에 다리는 놓였던 것을!
건너가지 않고서 바재는 동안
〈때〉의 거친 물결은 볼새도 없이
다리를 무너치고 흘렀습니다.

먼저 건넌 당신이 어서 오라고
그만큼 부르실 때 왜 못갔던가!
당신과 나는 그만 이편 저편서
때때로 울며 바라볼 뿐입니다려.

어떤 〈생각〉을 노래한 시를 고르다 보니 이 작품이 선정되었다는 사정을 감안하더라도 울림이 없는 시라 생각된다. 많은 수록 작품과 비교할 때 너무 처진다는 것 때문에 지금껏 기억하고 있다. 다만 〈바재는〉이 〈망서리는〉 것으로 변개되었듯이 몇몇 낱말은 고쳐 실은 것으로 알고 있다. 그 밖에 김기림의 「향수」도 각별히 기억되는 작품이다.

　나의 고향은

　저 산 넘어 또 저 구름 밖

　아라사의 소문이 자주 들리는 곳

　나는 문득

　가로수 스치는 저녁 바람 소리 속에서

　네에미 네미 송아지 부르는 소리를 듣고 멈춰 선다.

　"아라사의 소문이 자주 들리는 곳"이란 대목은 불가해했고 그러기 때문에 더욱 매혹적이었다. 아라사란 다소 예스러운 말이 입을 크게 벌리는 모음을 포함하고 있어 러시아의 광대함을 상기시키면서 궁금증을 더해준다. 결국 함경도를 뜻한다는 것을 알았을 때 시에서 비유가 중요하다는 것을 다시 깨닫게 되었다. 시의 대목을 두고 시적 의미와 의미론적 의미를 구별해서 설명하는 관점이 있는데 여기서 의미론적 의미가 함경북도라면 "아라사의 소문이 자주 들리는 곳"은 시적 의미를 형성하고 있는 셈이다. 이렇듯 시의 어느 국면을 직접적으로 보여주는 대목을 담은 시편을 선별해서 수록했다는 것은 작품을 대하는 높은 안목을 드러내준다. 어느 특정 경향에 편벽됨이 없이 작품성 위주의 선정을 했다는 점에서 당시 중학 교과서는 그 어느 때보다도 범례적이라고 말할 수 있다.

1948년 8월 대한민국 정부 수립 이후 문학가동맹 계열의 시인, 작가의 작품은 교과서에서 삭제된다. 모든 것이 둔탁하고 세련되지 못했던 그 무렵 학생 모두가 먹과 붓을 준비해 등교 후 국어 시간에 교사의 지시에 따라 해당 작품을 먹칠하게 하였다. 9월 개학이었고 교과서는 정부 수립 이전에 인쇄된 것이어서 이런 졸렬한 사후 대책을 강구한 것이다. 당시 교실에는 경관이 입회해서 현장을 확인하였다. 그 자리를 메운 것이 박종화, 김영랑, 박용철 등의 시편이었다. 전쟁 이후 대폭적인 수정이 가해져서 시 쪽에는 미당, 청마, 청록파 시인들의 시편들이 수록되기에 이른다. 산문 쪽에서도 김동리, 황순원의 단편 등이 수록된다. 6·25 직전에 발표된 황순원의 「이리도」 중 중학생활의 회상 장면이 「꿈 많은 시절에」란 표제로 중학교 교과서에 수록되었고 「산골 아이」 같은 단편도 수록되었다. 전쟁 이후엔 이념적인 판단과 평가에 의한 선별이 압도적이었다. 그리고 전후의 경색된 분위기를 반영하여 이른바 경향적 문학은 한동안 철저히 억압되었다. 그러나 이념적인 선별은 "배제"의 경우엔 작용했지만 포괄의 경우엔 작품의 성취도가 기준이어서 대체로 온

당한 선별이 이루어졌다고 생각된다. 적어도 다양한 현행 문학교과
서가 보여주는 작품성의 심한 높낮이는 보여주지 않았던 것으로 보
인다.

각종 문학 전집 혹은 선집류의 경우에도 사정은 비슷하다. 그때
우리 나름의 고전 선별에 참여한 사람들은 민족진영 작가, 시인, 평
론가, 편집인에 더하여 대학의 교수들이었다. 1980년대 해금이 이
루어지면서 사실상 우리의 20세기 문학은 모두 접근 가능하게 되었
다. 이제야말로 현대문학의 정전 형성이 이루어질 시점에 와 있다
고 생각될지도 모른다. 그러나 문학적 생산이 풍요하게 이루어지는
당대에 정전 형성이 완결되는 일도 어렵거니와 그럴 필요도 없을
것이다. 백화제방으로 나가면서 경쟁을 벌여 적자생존의 길을 가게
하는 것이 열린사회의 정도일 것이다.

교과서 이외에도 당시의 다양한 추천 도서를 검토해 보는 것도
당대의 선별 기준을 엿보는 데 도움이 될 것이다. 1946년 말에 나온
김기림의 『문학개론』에는 끝자락에 〈세계문학 기초 서목〉이라 해
서 외국 고전을 열거해서 적고 있다. 그리고 〈조선〉 것으로는 다음
의 19권을 선정해 놓고 있다.

			『원본 춘향전』
함화진 편			『가곡원류』
홍명희		장편	『임거정전』

	김동인		단편집		『감자』
	염상섭		중편		『만세전』
	최서해		단편		「탈출기」
	이효석		단편		「돈(豚)」
	이기영		장편		『고향』
	한설야		장편		『탑』
	이태준		단편집		『달밤』
	박태원		장편		『천변풍경』
	김 억		역시집		『오뇌의 무도』
	한용운		시집		『님의 침묵』
	임 화		시집		『현해탄』
	정지용		시집		
	임 화 편				『현대시선』
	이하윤 편				『현대서정시선』
	김광균		시집		『와사등』
	오장환		시집		『헌사 』

　시인이자 시론(詩論)과 문화 비평 쪽에서 활발한 활동을 했던 김
기림은 당시 문학가동맹 소속으로 시분과위원장 직에 있었다. 해방
이전의 그는 모더니즘 시운동의 이론가이자 실천가로서 이른바 경
향문학에 대해서는 냉담한 편이었다. 그러나 현실 의식과 언어 의

식이 함께 가야 한다는 것을 말하고 있어 시인의 현실 인식에 대해서도 무게를 둔 편이다. 해방 이전 그는 짤막한 기행시를 통해서 일본 공산당 간부였던 사토(佐藤學)의 전향 사유서를 도저히 이해할 수 없다는 고향 청년의 말을 동조적으로 인용하고 있다.[20] 따라서 그의 문학가동맹 합류를 단순한 시대 편승이라고만 할 수는 없다. 항상 시대에 앞서 가련다는 선두의식을 가지고 있던 그에게 소련으로 대표되는 사회주의 국가의 부상은 그의 시야를 넓히려는 노력의 계기로 작동했을 것이다. 위의 기초 서목은 일종의 정전의 예비적 시안(試案)이라 할 수 있고 해방 직후의 교과서와 함께 그 후의 현대문학 작품 선별과 평가에 적지 않은 영향을 끼쳤다. 김기림의 『문학개론』은 해방 직후 대학에서의 강의안을 기초로 해서 출판한 것으로 보이는데 당시에 나온 몇몇 유사 서적과 비교할 때 뛰어난 것이라 할 수 있다. 백철, 홍효민 등 그 전후해서 문학개론을 쓴 사람들이 문장력이나 견식에서 김기림 수준에 훨씬 미치지 못하였음은 분명해 보인다.

위의 예비 정전에서 눈에 뜨이는 것은 좌우 이념이 날카롭게 대립하던 시절 문학적 기준에 의거해서 성취도에 따라 비교적 좌우에 편벽됨이 없이 감식력을 발휘했다는 점일 것이다. 대표적 좌파인 이기영, 한설야, 임화를 비롯해서 좌파에서 높이 평가한 최서해

---

20 유종호, 『시와 말과 사회사』, 서정시학, 2009, 122~123쪽.

그리고 동반자작가 시절의 이효석이 들어 있는 것이 눈에 뜨인다. 해방 전의 그는 시인 임화에 대해서 냉담했고 그의 시인론이나 시평 중 임화를 언급한 것은 필자가 아는 한 거의 없다. 그러나 해방 후의 사회 및 문단 분위기가 그의 선별에 얼마쯤 영향을 끼친 것은 사실일 것이다. 해방 후 문학가동맹의 실세가 된 임화의 『현해탄』을 정지용 시집 바로 앞에 배열해 놓고 있는 것은 그런 맥락에서 각별히 눈에 뜨인다. 문학가동맹에서 정지용을 아동문학 분과위원장으로 격하시킨 것과 맥락을 같이하는 평행현상이다. 해장 전 대표적 시인으로 정지용이 아니라 임화를 책정한 것이다. 또 김광균의 시를 〈성년의 시〉라고 한 반면 〈청년의 시〉라고 낮추었던 오장환을 포함시킨 것은 해방 직후 시집 『병든 서울』로 대표적 좌파 시인으로 부상한 것과 연관될 것이다. 그렇긴 하나 문학 성향으로 보아서는 경향파 문학과 거리를 두었던 염상섭, 김동인, 이태준, 박태원이 골고루 포함된 것은 문학적 안목의 견고함을 말해주고 있다. (물론 이태준, 박태원이 당시 문학가동맹에 소속해 있다는 사정을 감안할 때 그것은 당연한 일이기도 했을 것이다.)

위의 목록에서 눈에 뜨이는 것은 시인 가운데서 김소월이 배제되어 있다는 것이다. 태양과 밝음과 명랑과 회화성을 강조한 모더니스트 김기림에게 전래적인 민요적 가락에다 애상적 내용을 담고 있는 김소월이 하대와 극복의 대상이었다는 것과 연관될 것이다. 또 좌파 시인 중에서도 이용악에 대해 냉담하고 비판적이었던 것도 이용악의 반(反)모더니즘 성향과 연관된 것이라 할 수 있다. 이런 모더니스트의 관점에서 김광균이 포함되어 있는 것으로 볼 수 있다. 그러나 이상(李箱)이 배제되어 있는 것도 눈에 뜨인다. 해방 전 그는 정지용과 이상에 대해서 천재적이란 관형사를 붙여 고평하고는 하였다. 문학가동맹 측에서 이상을 인정하지 않은 것과 관련된 것이라 생각된다. 한용운은 지사로서의 풍모도 작용하여 해방 직후 재평가를 받는 시인이었으니 당연히 포함된 것일 터이다. 김기림은 「문화에 바치는 노래」란 시편에서 한용운에 대한 경의를 표한 바도 있다.

전체적으로 보아 위의 〈예비 정전〉은 문학적 성취를 기준으로 삼아서 좌우를 망라하되 당대 문화 정치에서의 실권파에 대한 추파가 보이는 선별이라고 볼 수 있다. 또 시에서는 임화에 대한 높은 평가와 함께 모더니스트로서의 안목이 중요 평가 기준이 된 것이라 할 수 있다. 문화정치의 비정함을 엿보게 하고 당시 임화 계열의 문학 권력이 얼마나 막강했나 하는 것을 실감케 하는바 있지만 뒷날 보이는 전면적 무시 내지는 배제 성향과 비교할 때 무던한 것이었다고 할 수 있다. 중요한 것은 이 예비 정전이 어느 모로 보나 당시에 나온 유사 서목 중에서는 그래도 가장 신뢰할 만한 것이라는 사실이다. 이것은 영미 문화권의 정전 비판자들이 공격하는 헤게모니를 위한 헤게모니에 의한 모의라는 성격과는 거리가 먼 선별 의식의 소산임을 보여주고 있다. 사람의 생각은 주관적이고 자기 이해관계와 매어 있게 마련이지만 동시에 그것을 넘어서서 보다 객관적 사고에 이르려는 자기 교정 능력을 가지고 있다는 사실을 간과해서는 안 될 것이다. 이 말은 군정청 국어 교과서의 경우 더욱 유효 적정한 논평이 되리라 생각한다. 이러한 해방 직후의 예비 정전 형성 의지는 그대로 지금껏 계승되어 있다는 것이 필자의 관찰이다.

서울대학교 인문과학연구소에서 1990년대 중반에 문학 서적 백권과 사상 서적 백 편을 선정하여 학생들에게 권장하기로 했는데 거기에는 우리 현대문학 가운데 16권이 포함되어 있다.[21] 이를 검토해 보면 군정청 교과서나 김기림 선정 기준과 대체로 동일하다. 그런 관점에서 보면 대범하게 말해서 문학 성취도가 당연히 최중요 판단 기준으로 되어 있다고 생각한다. 이에 비하면 최근 난립해서 자유 경쟁을 벌이고 있는 중고교 문학 교과서는 다소 성급한 경향을 보여주고 있지 않나 생각한다. 발표된 지 20년 미만의 당대 시편이 수록되어 있는 것은 작품의 내구성에 대한 충분한 검증이 이루어지지 않은 것이라 생각된다. 모든 사람의 동의를 얻을 수 있는 정

---

21 이인직, 혈의 누/ 이광수, 무정/ 홍명희, 임꺽정전/ 염상섭, 삼대/ 박태원, 천변풍경/ 이기영, 고향/ 현진건, 무영탑/ 심훈, 상록수/ 채만식, 탁류/ 강경애, 인간문제/ 김동인, 감자 외/ 황순원, 카인의 후예/ 한용운, 님의 침묵/ 김소월, 전집/ 정지용, 전집/ 윤동주, 전집.
이것은 현대편만 적은 것이다. 이인직의 『혈의 누』가 포함된 것은 소위 신소설의 역사적 의의를 고려한 것으로 보인다. 김동인 한 사람을 제외하고서는 단편을 배제한 것이 특색이다. 그래서 장편 위주로 되어 있다. 그런 의미에서 채만식의 『탁류』와 강경애의 『인간문제』가 포함된 것은 이해가 된다. 그러나 이태준, 이효석, 김유정, 김동리의 단편이 배제되고 현진건의 『무영탑』과 심훈의 『상록수』가 포함된 것에 대해서는 납득할 만한 설명이 있어야 할 것이다. 그런 문제를 제외하면 대체로 비평적 동의를 얻을 수 있을 것이다.

전 형성이란 것은 구상 자체가 불가능하다. 그렇긴 하지만 될수록 다수자의 공감을 얻을 수 있는 정전 형성을 위한 노력도 필요할 것이다. 문학 교육과 직결된 정전은 꽉 닫혀 있어도 안 되지만 과도하게 느슨해도 문제가 될 것이다. 열러 있으면서도 견고한 정전 형성을 위한 노력은 앞으로도 지속되어야 할 것이다.

제 5 장

—

예술문학과 팝문학

1. 반(反)엘리트 문학론

정전 문제와 연결되어 있지만 "고급문학"과 "하급문학"이라는 범주의 책정이 잘못되어 있으며 마땅히 철폐해야 한다는 주장이 있다. 고급문학이 뛰어난 것이라는 것도 그것을 주장하는 사람들의 편견일 뿐이라는 견해도 있다. 평가가 비평의 기능의 하나라고 알려져 있지만 비평은 작품을 해부할 뿐 평가를 할 수 없고 또 해서는 안 된다는 주장도 있다. 이런 전복적 사고의 공통점은 궁극적으로 이런 범주 자체가 문화적 수혜층 헤게모니의 표현이요 마땅히 시정되거나 철폐되어야 한다는 것이다. 만약 비평이 평가 기능을 가질 수도 없고 가져서도 안 된다면 읽을 만한 유산목록을 작성한다는 것을 표방하는 문학사(文學史)도 무의미한 것이 되어 버린다. 그것은 여러 시대에 걸친 문화 독점층의 취향변화의 기록일 뿐이라는 얘기가 되기 때문이다. 정말로 고급문학과 그 반(反)개념인 하급문학의 차이란 없으며 억지스러운 이념적 구별에 지나지 않는 것일까? 고급문학 대 하급문학이란 범주의 명칭 자체가 지나치게 정감 유발적이기 때문에 문제가 많다. 본문에서 일일이 인용부호를 달아 "고급문학"이라 할 수 없어 그냥 고급문학 혹은 본격문학이라 하는 것임을 우선 밝혀둔다.

40여 년간 교실에서 책에 관한 얘기를 하고나서 요즘 나는 내가 개업하고 있는 직업이 노래나 얘기를 고급문학과 하급문학 혹은 어떤 사람들이 즐겨 말하는 본격문학과 하위 또는 근접문학으로 분리하는 일, 즉 적정치 못한 구별을 영속화하는 데 기여하고 있는 것이 아닌가 하고 자문하게 된다.

After more than forty years in the classroom talking about books, I find myself asking whether the profession I practice does not help perpetuate an unfortunate distinction, a separation of song and story into High Literature and low, or as some prefer to say, into literature proper and sub-or para-literature.[01]

위의 문장은 레슬리 피들러의 『문학이란 무엇이었던가?: 계급문화와 대중사회(What was Literature?: Class Culture and Mass Society)』의 첫대목이다. 여기서 우리는 우선 책 표제를 검토할 필요가 있다. "문학이란 무엇인가?"처럼 현재형이 아니라 과거형으로 되어 있음이 우선 눈길을 끈다. 문학이란 것이 현재는 없고 지난날의 어떤 것이라는 함의가 있다. 우리가 알고 있던 문학은 이제 사라졌다는 함의는

---

01 Leslie Fiedler, *What was Literature?: Class Culture and Mass Society* (New York: Simon & Schuster, Inc.,1982), p.13. 원문을 인용한 것은 "개업"등 단어의 함의를 분명히 하기 위해서임.

결국 '문학의 죽음'이란 유행어와 별개의 것이 아니다. 저자는 과거 40년 이상을 교실에서 책에 대해 얘기했다고 적고 있다. 저자는 대학에서 영문학을 가르쳤던 교수이다. 그런데 문학을 가르쳤다 하지 않고 책에 관해 얘기해 왔다고 적고 있다. 이어 그는 노래나 얘기에 관해 언급하고 있다. 노래란 결국 시를 말하는 것이겠는데 역시 과거의 문학 용어였던 시를 피하기 위해 노래란 말을 쓰고 있다고 생각된다. 얘기도 과거의 문학용어였던 소설이니 서사니 하는 말을 피하기 위해서 쓰고 있다. 또 위에서 "내가 개업하고 있는 직업"이라고 번역된 부분도 눈여겨볼 필요가 있다. 직업은 물론 전문직이고 대학 교수직이다. 보통 의사나 변호사가 그런 자격으로 일하는 것을 개업(practice)이라고 한다. 대학교수가 교수로서 일하는 것은 개업이라고 하지 않는 것이 보통이다. 그런데 개업이란 말을 씀으로써 교수직도 의사나 변호사나 마찬가지로 돈벌이 직업의 하나라는 당연하나 흔히 노정(露呈)되지 않는 국면을 전면에 내세우고 있다. 의사는 환자의 질병을 진단하거나 치료해주는 역할을 한다. 요즘은 질병 예방에도 주력한다. 변호사는 의뢰인의 소청에 따라 법률적 지식을 활용해서 거기 응답한다.

그런데 개업교수로서 하는 일은 노래나 시를 고급문학과 저급문학으로 가르고 구별하는 적정치 않은 짓을 영속화하는 데 일조(一助)하는 것이 아닌가 하고 자문하게 된다는 것이다. 개업의나 변호사는 분명히 환자나 의뢰인에게 경험적으로 실증가능하고 효과가 가시적인 일을 하고 합당한 보수를 받는다. 그런데 개업교수가 하는 일은 거기에 비하면 모호하고 수상쩍다. 자기희화화(戱畵化)가 드러나는 자조적(自嘲的)인 투로 보이지만 한편으로는 반농담 반진담의 재미가 느껴지기도 한다. 필자가 이렇게 서두의 문장에 대해 부연해 보는 것은 이 첫대목에 책의 성격과 저자의 입장이 선명히 드러나 있어 우리의 이해를 용이하게 하기 때문이다. 솔직히 말해서 숙련된 독자라면 여기까지만 읽고서도 이 책의 성격이나 앞으로 전개될 논의의 80퍼센트 정도는 능히 예측할 수가 있을 것이다.

전복적인 사고는 우선 폭로의 모티프를 구사해서 정지작업을 하고 난 뒤에 본격적인 작업으로 돌입한다. 이 책의 제2장의 제목은 〈문학과 돈〉이다. 고급문학은 경제적 조건이나 물질적 고려를 초월해서 인간의 영원한 문제나 고매한 인간 정신의 향방을 추구하고 표현한다는 투의 속화된 관념이 널리 퍼져 있는 것도 사실이다. 고급문학 생산자나 독자들이 직접 간접으로 그런 생각을 유포시키는 것도 사실일 것이다. 이런 통념을 물구나무 세우기 위해 문학과 돈 사이의 끈끈하고 질긴 검정색 로맨스를 까발리자는 취지로 쓰인 것임을 예감케 한다. 폭로의 진정성을 확보하기 위해 레슬리 피들러는 우선 자기폭로에서 시작한다. 문인(文人) 되기를 간구한 순간부터 그는 적어도 미국 사회에서 그 과정이 돈 벌기와 불가분하게 얽혀 있다는 것을 의식하고 있었다. 그러면서 자기의 내면을 이렇게 토로한다.

내가 열망한 것은 내 글이 발표되고 읽히고 (내가 잊어버린 적이 없는 스티븐 스펜더의 시 대목을 빌린다면) "위대해지고 유명해지고" 독자와 소통하고 타인을 위해 존재하는 것이었다. 이때의 타인이란 가족이나 친구와는 달리 내 글을 읽고 난 후에야 나와 연이 닿은 전혀 남남인 타인이다.[02]

이른바 창조적 열망 안에 잠복해 있는 세속적 욕망을 실토하고 나서 저자는 모든 문인들이 공유하고 있는 인정과 독자와 금전에의 간구를 말한다. 그것은 결코 생소한 사항은 아니다. 프로이트는 모든 예술가가 사랑받고 유명해지고 부자가 되는 환상에 사로잡혀 있다고 말함으로써 현실원칙에 충실하였다. 영국 극작가 버나드 쇼가 사무엘 골드윈을 만났을 때 했다는 얘기를 들려준다. "골드윈 씨, 문제는 귀하가 예술밖엔 아무것도 생각하지 않는다는 점이요. 나는 돈 생각만 하거든요." 사무엘 존슨이 글쓰기의 동기 가운데서 돈이 가장 순수한 것이라고 말했다는 삽화도 빼놓지 않는다. 그러나 미국인 사이에서 예술보다 상업이 더 존대받기 때문인지 뛰어난 미국 작가들이 문학과 금전에 대해서 이렇듯 솔직하게 얘기하지 않는다고 지적한다. "달러가 나를 망친다. … 모든 내 작품은 실패작이다"라는 멜빌의 말을 인용하고 나서 이 탄식 속에는 진정한 작가는 부

02 *Ibid.*, p.23.

자가 되고 유명해지는 일에 끌리지도 결연해지지도 않으며 돈의 유혹을 받아 재능을 배신하거나 팔아버린다는 믿음이 내재해 있다고 지적한다.[03]

미국문화의 성숙이 출판문화 및 미국소설의 등장과 때를 같이하며 미국소설이 작가와 미국문화에 세계적인 명성을 안겨 주었다는 사실을 지적한다. 에드가 앨런 포, 내더니엘 호손, 멜빌이 글을 쓰기 이전에 벌써 미국엔 베스트셀러가 나왔고 이 베스트셀러의 작가들은 취향과 환상이 일반 독자의 그것과 일치하는 여류작가였다. 장기적으로 볼 때 미국인들이 가장 사랑한 것은 『모비 딕』, 『주홍글씨』, 『허클베리 핀의 모험』이 아니라 스잔나 로슨의 『샬롯 템플』, 해리엇 비처 스토의 『톰 아저씨의 오두막』, 마가렛 미첼의 『바람과 함께 사라지다』이다. 특히 『바람과 함께 사라지다』는 "진지한" 비평가들이 인정하지 않으며 "진지한" 문학 강좌에서 지정도서가 되는 일이 거의 없지만 페이퍼백이 꾸준히 팔리고 영화나 텔레비전으로 옮겨져 어떤 미국 소설보다 세계적으로 많은 독자를 얻고 있다. 한편으로 이러한 고급예술과 하급 사이의 싸움은 남성 대 여성 싸움으로 비치기도 한다. 호손은 잘 팔리는 여성작가들을 '빌어먹을 여류 삼문문사 패거리'라고 부르기도 했다. 그래서 "상업화되고 여성화된 문화에 의해서 냉대와 가난을 선고받은 소외된 '진지한' 남성

---

03 *Ibid.*, pp.27-28.

작가"라는 신화가 생겨나게 되었다. 돈 욕심 많은 사회에 의해 파멸한 진정한 예술가란 이미지는 에드가 앨런 포의 신비화에서 비롯되어 멜빌을 거쳐 피츠제럴드로 이어진다. 이러한 신화로 말미암아 포와 멜빌과 피츠제럴드가 돈을 멸시하고 시장을 외면해서 실패한 것이 아니라 성공이라는 미국의 꿈에 맹렬히 경도해서 실패했다는 사실은 떠오르지 않게 되었다. 20세기의 후반기에 와서 비평가들이 고평하는 가령 노먼 메일라 같은 작가들이 부와 명성을 얻고 샐린 저나 핀천처럼 공중을 피하는 작가들조차 비평가들이 거들떠보지도 않는 소위 대중문학 작가만큼 인세수입을 올리게 되었다.[04]

이러한 미국작가의 사회사를 통해서 피들러는 고급문학 작가에 대한 신화를 폭로하는 한편으로 비평가와 대학가의 냉대를 받고 있으나 독서대중의 사랑을 받는 베스트셀러 작가의 존재를 부각시킨다. 또 멜빌과 호손과 마크 트웨인보다 많은 독자를 얻고 있는 스토나 마가렛 미첼에 대해서 여성이자 베스트셀러 작가이기 때문에 받는 비평적 불이익의 가능성에 대해서도 시사한다. 이렇듯 사안별로 고급문학의 탈신비화를 하나하나 수행하고 나서 피들러는 대중문화 옹호에 나선다. 문학은 보다 폭넓게 정의해야 한다면서 『톰 아저씨의 오두막』, 『바람과 함께 사라지다』, 『뿌리』 등을 분석하고 있다. 이들 작품 분석이 『문학이란 무엇이었던가?』의 후반부를 이루고 있

04 *Ibid*., pp.29-30.

다. 저자는 이 작품들이 미국적 인물을 드러내는 원형을 포함하고 있어 신화적 울림과 의미로 차 있다고 말한다. 그의 정전 개방은 여성작가와 피억압 계층의 대중적 작품을 위해서 열려 있는 셈이다.

2. 반(反)엘리트 예술론

피들러의 『문학이란 무엇이었던가?』는 톨스토이의 『예술이란 무엇인가』를 상기시킨다. 저자의 그릇이나 책의 무게나 비교가 안 되는 것이지만 일종의 문학적 개종이라는 점에서 두 책 사이에는 어떤 공통점이 있다. 그들의 문학적 개종은 종래의 문필행위를 부정할 정도의 기세를 가진 전면적인 것이고 또 형식주의의 전면적 거부라는 점에서 통렬하다. 『예술이란 무엇인가』는 68세라는 나이에 출간되긴 했으나 톨스토이의 개종은 오십 전후에 이루어진 것이라고 한다. 20세기 영미비평의 출발점이 되어 있다고 한동안 고평을 받은 『문예비평의 원리』에서 리처즈는 "도덕적 편견을 가치판단의 영역에 도입하는 그릇된 방법을 보여주고 있는 가장 좋은 사례"라고 혹평하고 있다. 특유의 명쾌한 문장으로 전개되고 있는 『예술이란 무엇인가』는 크게 보아 세 가지 중요 논점을 개진하고 있다.[05]

---

05 I. A. Richards, *Principles of Literary Criticism* (London: Routledge & Kegan Paul, 1924), pp.63-66.

첫째, 이전에 경험한 바 있는 감정을 스스로에게 환기시키고 타인도 똑같은 감정을 경험할 수 있도록 이 감정을 전달하는 것, 그리하여 타인들이 이 감정에 감염(感染)되고 그것을 경험하도록 하는 것, 바로 이 점에 예술 활동이 성립된다는 이른바 예술 감염설이다. 둘째, 감염설의 부연으로 설명한 전달의 문제로 온당한 감수성을 가진 시골 농부는 진정한 예술작품을 쉽사리 또 실수 없이 알아차린다는 것으로 소박한 민중의 감수성에 남다른 신임을 두고 있다. 마지막으로 전달된 예술작품의 내용은 그 시대의 종교적 의식에 의해서 판단된다는 가치의 문제이다. 이 기준을 적용하여 그는 많은 사람을 놀라게 하는 대담한 결론을 내린다. 현대의 예술인 기독교적 예술은 보편적이어야 하며 모든 사람들을 결합시켜야 한다. 그리하여 인간이 신의 아들이라는 것, 그리고 인간은 서로 형제라는 것을 인정하는 데서 우러나온 감정과 기쁨이나 관용과 같은 기본적 감정을 주제로 한 예술작품만이 훌륭한 작품이라는 것이다. 그런 관점에서 긍정적 평가를 받은 문학작품은 『레미제라블』, 『두 도시 얘기』, 『아담 비드』, 『톰 아저씨의 오두막』 등등 열손가락을 넘지 않는다. 그의 특이한 관점이 잘 드러나는 대목을 눈에 뜨이는 대로 들어본다. 베토벤의 제9번 교향곡에 붙인 논평이다.

"뭐라구! 제9번 교향곡이 좋은 예술작품이 아니라구요!" 이런 분노에 찬 목소리가 들린다.

나는 대답한다. "좋은 예술작품이 아닌 게 분명하다." 내가 위에서 적은 것은 예술작품의 가치를 판단하는 명백하고 합당한 기준을 찾으려는 단 하나의 목적을 위해서다. 그런데 당연하고 건전한 생각과 일치하는 이 판단기준은 베토벤의 교향곡이 좋은 작품이 아닌 것을 보여준다. 물론 어느 작품이나 그 작자들을 숭배하도록 교육받은 사람들, 그러한 숭배를 겨냥하는 교육 탓으로 취향이 타락해버린 사람들에겐 이렇게 유명한 작품을 나쁘다고 인정하는 것은 놀랍고 또 이상할 것이다. 그러나 이성과 상식이 가리키는 바를 어떻게 피할 수 있을 것인가?

베토벤의 9번 교향곡은 위대한 예술작품이라 여겨지고 있다. 이러한 주장을 확인하기 위해 나는 이 작품이 높은 종교적 감정을 전하는가를 먼저 묻지 않을 수 없다. 그러나 음악 자체가 그러한 감정을 전하지 못하기 때문에 아니라고 나는 대답하겠다. 그러므로 나는 다음으로 이렇게 묻는다. 이 작품이 높은 종교적 예술의 부류에 속하지 않는다 하더라도 현대의 양질의 예술의 두 번째 특질, 모든 사람들을 하나의 공통 감정으로 결합시키는 성질을 가지고 있는가? 다시 말해서 기독교적 보편적 예술에 속해 있는가? 나는 다시 한 번 아니라고 대답할 수밖에 없다. 이 작품에 의해서 전해지는 감정이 그 복잡한 최면술에 굴복하도록 특별히 훈련된 바 없는 사람들을 어떻게 결합시킬 수 있단 말인가? 불가해한 것의 바다에 빠진 짤막한 소절을 별도로 친다면 이 길고 혼란스럽고 부자연스러운 작품을 많은 정상적인 사람들이 어떻게 이해할 수 있을 것인가? 그러므로 내가 좋아하고 않고를 떠나서 나는 이 작품이 나쁜 예술에 속한다고 결론짓지 않을 수 없다. 이러한 맥락에서 이 교향곡의 끝자락에 실러의 시가 곁들여져 있다는 것은 이상하다. 실러의 시는 얼마간 모호하게 감정이 사람들을 결합시키고 사랑을 환기한다는 생각(실러는 오직 기쁨의 감정을 말하고 있다)을 나타내고 있기 때문이다. 이 시가 교향곡 끝자락에서 노래되고 있지만 음악은 시 속에 표현된 생각과 맞지 않는다. 왜냐하면 음악은 끼리끼리만의 것이고 모든 사람들을 결합시키지 않으며 오직 소수만을 나머지 인류에게서 분리시킨 채 결합시키기 때문이다.[06]

다소 길고 장황한 위의 인용은 의도적인 것이다. 시나 소설 지문뿐 아니라 에세이나 논문도 꼼꼼한 정독이 필요한 대목이 있다. 특별히 훈련받지 않은 사람들을 결합시킬 수 없으니 좋은 예술이 아니라는 논지는 문제성이 많다. 베토벤의 9번 교향곡이 많은 정상적인 사람들을 결합시킬 수 없다고 할 때 "많은 정상적인 사람들"은 문학으로 치면 "보통 독자"인 셈이다. 즉 특별한 훈련을 받지 못한 사람이다. 여기 보이는 것은 특별히 교육받은 사람들, 즉 엘리트는 도리어 예외적인 부류이고 이들은 좋은 예술인가 아닌가를 판단

---

06 Leo N. Tolstoy, What is Art?, Almyer Maude (trans.) (New York: The Bobbs-Merril Company, 1960), pp.157-158.

할 때 고려대상에서 배제된다. 중요한 것은 "정상적인 보통 사람들"이 이해하고 부지중에 공감하여 결합되는 것이다. 또 베토벤 9번이 엘리트들만이 끼리끼리 즐기기 위한 것이며 이 소수를 인류 다수파로부터 분리시켜놓고 이들만을 결합시킨다는 것이다. 이러한 생각은 우리가 위에서 검토해본 피들러의 회화적 자기정의와 유사성이 많다. 교수로서 비평가로서 자기가 해온 일은 결국 고급문학과 하급문학으로 가르는 적정치 못한 일의 영속화에 기여했다는 자책감은 결국 소수를 다수로부터 떼어놓고 분리시키는 데 기여했다는 말과 크게 다르지 않다. 다수가 좋아하는 예술이나 문학의 격상과 소수가 좋아하는 문학예술에 대한 경원 내지는 하대의 함의를 가지고 있다. 톨스토이가 얼마 안 되는 좋은 문학작품으로 거론한 『톰 아저씨의 오두막』을 피들러가 『문학이란 무엇이었던가?』에서 세세히 분석하고 있는 것은 우연이 아니다.

톨스토이의 전면적 개종은 그의 열정적이고 철저한 성격과 연관될 것이다. 또 뛰어난 재능에게서 흔히 발견되는 독단적이고 전횡적인 경향과도 연관될 것이다. 자기 자신을 이성과 양식의 대표자 내지는 구현자로 보고 그러한 관점에서 문학과 예술을 판단한다고 생각되는 대목이 많다. 그의 윤리적 열정의 진지함에 대해 이의를 제기하기는 어렵다. 그러나 새로운 글쓰기의 모티프를 추구하는 과정에서 그의 개종이 이루어졌다는 형식주의적 의혹도 역설적이지만 아주 근거 없는 것은 아닐 것이다. 이를테면 종래의 입장에서 글을 계속 쓰다 보니 소재가 탕진되어 불가피하게 새 모티프를 추구하는 사이 개종을 하게 되고 그래서 『예술이란 무엇인가』 같은 논쟁적인 책이 나왔다는 것이다. 하기는 그 연장선상에서 우리는 가령 셰익스피어에 대한 대담하고 열정적인 비평문이 나왔다고 볼 수도 있을 것이다.[07]

그러한 반어적 해석이 피들러의 경우에도 아주 불가능한 것은 아니다. 그의 개종은 톨스토이의 그것처럼 과격하고 전면적인 것은 아니다. 그는 고급문학 자체를 부정하지는 않고 인위적으로 책정된 격차를 소거함으로써 하급문학에도 응분의 기회를 부여하자며 정전 개방을 실천하는 셈이다. 그러나 대학 밖의 많은 청중과 접하는 사이 『피네간의 밤샘』 얘기에 오만상을 찌푸리는 다수 청중의 반응에 영향 받은 바가 많다고 생각된다. 다수자의 흥미와 열정적 관심을 자아내는 작품을 배제하고 사회적 극소수파만이 관심을 갖는 작품을 교실에서 한정된 청중에게 가르치는 일에 대한 회의와 그 사

---

07 개종 이전에도 문학에 실망하고 교육실천과 교육문제에 몰두한 시기가 있었다. 아직 미혼이고 『전쟁과 평화』를 집필하기 이전이던 1859년에 그는 영지인 야스냐야 폴리아나에 농민 자녀를 위한 무료학교를 열었다. 자기 저택의 방 하나를 교실로 개방한 것이다. 7천만의 국민 가운데서 겨우 1%만이 문자 해독층으로 남아 있는 한 도로와 전보와 문학예술의 진보가 무슨 소용이 있느냐고 그 무렵 친구에게 보낸 편지에 적고 있다. 우선 문맹해소를 위한 노력이 절실하다고 생각하고 러시아 최초의 농민자녀를 위한 무료학교를 연 것이다. 충분한 지식이 없이 교육을 다루려 하는 자신을 발견한 그는 현장연구 목적으로 1860년 프랑스, 독일, 영국의 학교를 방문하고 교실 수업을 참관하였다. 많은 교과서를 수집하여 검토하고 외국의 교육이론을 독파하였다. 독일 키싱건 학교를 방문한 날 그는 이렇게 일기에 적었다. "끔찍하다! 국왕을 위한 기도, 매질, 암기 또 암기. 매를 맞고 겁에 질린 아이들 … 교육에서 가장 중요한 것은 평등과 자유이다." 1961년 귀국한 그는 영지에 교실 세 개를 신축하고 몇 사람의 교사를 채용하여 함께 아동교육에 임하였다. Ernst J. Simmons, *Introduction to Tolstoy's Writings* (Chicago: The University of Chicago Press, 1968) 참조.

회적 의미에 대한 의문이 그의 개종을 야기했고 그것은 또 그에게 글쓰기에서의 미개척지를 제공해 주었을 터이다. 금전에 대한 무관심을 내세우며 금전적 보수가 없는 학술지에만 글을 쓰지만 그 덕분에 테뉴어를 받고 학생들에게 가르친 것을 책으로 내어 보조금을 받고 다시 연구비를 받지만 록펠러계 회사, 구겐하임계 회사, 포드계 회사에서 나오는 돈은 미국에서도 가장 부정한 돈이라는 투로 대학 교수를 말하고 있는 데서 저간의 사정을 엿볼 수 있다.[08] 자본주의로 지칭되는 미국사회의 탈신비화가 고급문학 탈신비화로 직결되어 그의 개종이 이루어진 것이라 할 수 있다. 그것은 고독과 소외로부터의 도피라는 측면이 없지 않다.

이러한 다수파의 존중과 엘리트 소수파의 경원과 하대가 극단적으로 흐를 때 그것은 문화대혁명기의 중국에서 보게 되는 고급예술 부정으로 귀착되기 쉽다. 혹종의 예술은 사회정의의 완벽한 실현을 위해 혹은 평등주의 사회의 실현을 위해 장애가 되는 것으로 위험시된다. 당시의 중국에서는 베토벤이 금지된 것은 물론이고 유럽음악 중에서는 비제의 『카르멘』 정도의 공연만이 허용되었다. 주인공 카르멘이 담배공장 여직공으로 노동계층에 속한다는 이유에서였다. 사이먼 리즈의 『중국의 그늘』에 적혀 있는 삽화는 농담이 아니다. 10년간 중국의 지성계 예술계를 지배했던 강청은 지배엘리트

---

08 Fiedler, *op. cit.*, pp.25-26.

의 교양의 결여가 문제를 야기하고 있다는 것을 느꼈다. 내방한 일단의 문인들에게 그녀는 그들의 예술 수준을 끌어올리기 위해 세계의 문학 걸작들을 면밀히 연구할 것을 당부하였다. 그녀가 제안한 전범은 『몽테 크리스토 백작』 그리고 『바람과 함께 사라지다』 등이었다.[09] 강청의 문학적 안목도 수상쩍은 것이지만 그녀에게 충고를 들을 정도의 문인들의 수준은 또 어떠한 것인지 궁금하다. 공동의 수준 하락으로 이루어지는 감정과 지성의 민주화나 평등 실현은 참담한 것이라 하지 않을 수 없다.

이른바 일반 독자나 정상적인 사람들의 감식안이 얼마나 신용할 것이 못 되는가 하는 것은 프란츠 리스트가 전하는 공연장의 삽화에 잘 드러나 있다. 1837년에 리스트는 베토벤과 픽시(Pixis)의 피아노 삼중주 연주회를 파리에서 가졌다. 그런데 연주회 프로그램에서 작곡가의 이름이 바뀌어 버렸다. 음악애호가로 구성된 청중들은 픽시의 삼중주에 박수를 보냈고 베토벤 곡에는 무관심하게 귀를 기울였다. 이에 대해 리스트는 이렇게 적고 있다. "본래 픽시에게 마련된 차례에 베토벤 삼중주가 연주되었을 때, 그것은 너무나 맥빠지고 평범하고 지루한 것이어서 연주회장을 빠져나가는 사람들도 있었다. 베토벤의 걸작에 방금 귀를 기울였던 청중 앞에서 자기 작품을 선보인 픽시의 주제넘음은 아주 철면피하다고 말하면서 빠져나

---

09 Simon Leys, *Chinese Shadows*, (Harmondsworth : Penguin Books, 1978), p.211.

간 것이다."[10]

이에 반해서 실제 연주자들은 일반인이 도저히 따르지 못하는 빼어난 감식안을 가지고 있다. 베토벤 후기 피아노소나타의 음반을 내고 있는 피아니스트이자 음악학자인 찰스 로즌은 음악사의 사례를 통해 그것을 말해 주고 있다. 피아니스트 앨프레드 브렌델은 모차르트의 피아노 협주곡 9번을 가리켜 세계의 경이의 하나라고 말하고 있다. 21세에 작곡한 이 작품이 그의 최초의 걸작이라며 덧붙인 말인데 사실 그의 음악 전체가 세계의 경이일 것이다. 오늘날 이에 대해서는 어느 정도 비평적 일치가 이루어졌다고 볼 수 있는데 그러한 평가가 굳어지기까지의 과정은 단순하지만은 않다. 가령 파리에서 모차르트의 교향곡과 오페라는 1810년대만 하더라도 터놓고 배척받았다. 그럼에도 그의 음악은 연주 프로그램에는 으레 올라 있었다. 그러던 중 1820년경 스탕달은 "참다운 딜레탕트는 롯시니의 음악만큼이나 모차르트를 좋아한다"고 적게끔 되었다. 청중이 공공연히 배척하는데도 모차르트 음악이 연주 프로그램에 항상 오른 까닭은 무엇인가? 연주가들이 연주하기를 고집하는 음악에 포함되어 있었다는 것이 그 이유였다. 연주가의 삶은 고되고 단조하고 짜증나는 것이었다. 좋아하는 음악을 연주하지 못한다면 그들에게 삶은 견딜 수 없을 것이기 때문에 이들의 요구는

---

10 Stanley Edgar Hyman, *The Armed Vision* (Westport: Greenwood Press, 1978), pp.323-324.

연주프로그램에 반영되게 마련이었고 그것이 일반 청중들의 수용에 크게 기여하여 모차르트의 궁극적인 승리를 초래했다는 것이다. 이것은 엘리트의 선호문제가 아니라 직업적 이상의 문제인데 속류 음악사회사가 흔히 간과하는 국면이다. 음악사회사가 음악의 내재적 관심사를 소홀히 하기 때문이다. 음악의 수용사가 일반 청중의 태도와 반응 및 저널리즘의 시평(時評)에만 의존하게 될 때 음악에서의 변화의 주요 동력은 묵살하게 된다고 그는 지적한다. 루카치조차도 퇴폐의 흔적이 보이지 않는다고 한 모차르트 음악의 유럽에서의 전폭적 수용에서 가장 중요한 것은 연주가 및 전문가의 감식안과 판단이었다. 19세기의 음악 수용사는 프랑스의 경박성에 대하여 독일적인 심각성이, 성악에 대하여 기악이 승리하는 방향으로 나갔다. 이 과정에서 연주가와 엘리트 청중의 기여가 막대하였다는 것이 그의 지적이다.[11] 특정 계급이나 집단의 문화적 헤게모니의 표현으로 보는 정전 형성관과 떨어져 있는 이러한 관찰과 지적은 비단 음악 수용사에서만 발견되는 것은 아니다. 우리는 동일한 장르의 작품들에서 증명 가능한 질적 차이를 인지할 수 있다고 보아야 할 것이다.

---

11 Charles Rosen, *Freedom and the Arts* (Cambridge: Harvard Univ. Press, 2012), pp.74-76.

3. 제3의 이론

앞에서 살펴본 피들러의 고급문학과 하급문학의 범주 철폐론이
나 톨스토이의 정상적인 보통 사람을 위한 예술론과 궤를 같이하면
서 특히 고급예술 우월론의 탈신비화를 보다 이론적 차원에서 전개
하는 입장도 있다. 옥스퍼드 대학의 존 캐어리 같은 이가 그러하다.
엘리트예술 비판자인 존 캐어리가 그의 저서에서 제일 먼저 공격하
는 것은 교양이나 예술애호를 "현시소비"의 형태로 내세우는 속물
적 태도이다. 그는 가령 소설가 자넷 윈터슨의 고급문학 옹호에서
그녀의 속물적 태도를 지적한다. 그녀의 예술관은 클라이브 벨이나
블룸스베리파로부터 빌려온 것이며 그들처럼 리얼리즘을 경멸하
고 예술을 황홀경과 등식화하고 대중교육을 경멸한다. 엘리엇, 버
지니아 울프, 그녀 자신 같은 진정한 예술가가 있고 조셉 콘래드 같
은 비(非)예술가가 있다고 적는다. 콘래드는 하자 없는 영어 용법을
자랑하는 폴란드인이라고 깔본다. 진정한 예술가는 정신적으로 우
월하며 점원들이 쓰는 언어를 기피하며 예술은 마법이라고 생각한
다. 이런 우월감에 젖어 있는 그녀는 가난했고 낮은 취향을 가지고
있던 자기 모친을 몹시 유감스러워했다.[12] 사람들은 내재적 가치 때
문이 아니라 꼴 보기 싫은 사람들이 내세우는 것과 반대되기 때문

---

12 John Carey, *What Good are the Arts?* (Oxford : Oxford Univ. Press, 2006), pp.32-34.

에 특정 이념을 선택하는 경우가 드물지 않다. 캐어리의 고급예술 비판에서 그런 국면이 현저한 것은 고급예술주창자가 촉발하는 거부감이 만만치 않음을 보여 준다. 고급예술 비판이 무엇보다도 사람들을 분리시키고 차이를 만들어내는 고급예술의 속성에 향해 있음을 우리는 보게 된다.

존 캐어리의 고급예술 탈신비화는 우선 예술일반의 탈신비화로부터 시작한다. 그는 인간을 포함한 동물이 환경 속에서 어떻게 존속하는가 하는 문제에 관심을 가진 인류학자 디사나야크의 『무엇을 위한 예술인가?』를 인용하면서 예술이 자연선택에 기여한다는 점에 주목한다. 그녀가 말하는 예술은 인류의 초기단계에서의 피부 색칠하기나 무기장식을 포함한다. 원시적인 이런 예술은 집단의 융합과 존속에 도움이 되는 것으로서 근본적으로 공동체적인 것이라 한다. 이러한 예술실천에 공통적인 단일한 원리를 찾기란 어려운 일이다. 그러나 이들을 관통하고 있는 행동 성향은 "특수화"하는 것이라고 말한다. 여기서 어떤 것을 "특수화"한다는 것은 그것을 일상과 다른 영역에 배치하는 것을 뜻한다. 사물의 특수화를 한 공동체는 그러지 않은 공동체보도 더 잘 존속하였다. 왜냐하면 특수화를 위한 활동, 가령 연장 만들기의 수고는 그 활동이 보람 있는 것이라는 것을 자신에게도 타인에게도 확신시켜 주기 때문이다. 그리하여 예술의 기능은 사회적으로 중요한 활동을 육체적으로나 정신적으로나 만족스러운 것으로 만들고 그것은 자연선택에서 일정한 역할을 했다는 것이다. 그녀는 현대여성들이 자기 몸이나 자기 집을 장식하려는 것은 결코 경박한 허영의 산물이 아니라 시간과 문화를 넘어서 존재하는 예술실천의 일환이라고 말한다. 그런 맥락에선 정원 가꾸기도 예술이다. 일본의 다도(茶道)도 예술이다. 아프리카 어느 종족의 언어에서 예술과 놀이는 한 단어라는데 사실 양자의 경계는 겹쳐 있다. 축구경기 구경은 신체적 접촉, 자기정체성의 상실, 공동의 목적, 남성간의 유대감의 기회를 제공해주는데 그것은 석기시대 사냥패의 패턴과 동일하다. 축구 경기장에서의 경기는 부족의 춤이나 전쟁놀이와 다를 바 없고 성적 상징임이 분명한 골 득점은 응원자에게 자신들이 무엇인가를 성취했다는 환상과 만족감을 준다는 점을 들어 그것도 예술이라고 말한다.[13]

캐어리는 또 고급예술이 인류역사상 최근의 산물임을 강조하면서 대중예술이 사실은 "삶의 영원한 연속성"을 보여준다는 체코의 작가 차페크를 원용한다. 차페크는 추리소설이 본질적으로 사냥이라며 그 기원은 석기시대 동굴 벽화라고 말한다. 문학은 재미를 주는 것이고 그 진정한 사명은 권태와 불안과 삶의 단조함을 철폐하는 것이라고 말한다. 그러한 한에서 대중예술과 고급예술을 가르는 것은 무의미하며 고급예술이 보다 대중적으로 되는 것이 소망스럽다는 차페크의 희망을 동조적으로 인용하고 있다. 고급예술이 우월

---

13 *Ibid.*, pp.34-39.

하다는 주장은 전혀 비평적 합의에 이른 적이 없다면서 그는 또 세익스피어를 거론한다. 현대의 고급예술 주창자들이 그 대표적인 사례로 드는 것은 시공간을 초월해서 호소하는 세익스피어일 테지만 그에 관해서 모르는 사람이 아는 사람보다 많다고 지적한다. 볼테르, 톨스토이, 또 구역질이 난다고 혹평한 찰스 다윈이 그를 인정하지 않았다는 것, 18세기 후반 유럽에서는 우스꽝스러운 광대극 작자라는 것이 지배적인 견해였음을 엘리아스의 『문명화과정』을 인용해서 지적한다. 세익스피어 자신이 자기 작품을 출판하기 위해 힘쓴 일이 없고 그의 극단이 인쇄한 대본의 교정을 보려고도 하지 않았다는 사실도 첨가하고 있다. 그의 동시대 지식인들 가운데서 충분한 교육을 받지 못한 표절작가라고 조소했다는 몇몇 이름을 들고 있기도 하다.[14]

존 캐어리는 인류학자가 보고하는 예술실천의 다양한 사례를 열거해서 고급예술을 상대화한다. 그리고 대중예술이 다수파에게 호소하고 있음을 말하면서 고급예술의 상대적 주변성을 말한다. 고급예술이 우월하다는 주장은 비평적 합의가 이루어지지 않은 주관적 편견에 불과하다는 것이다. 가장 많이 알려지고 상연된 세익스피어와 같은 경우에도 의견은 갈라져 있지 않은가? 그가 거론하는 사례들은 구석진 것이 많아 흥미진진하고 또 예술 일반에 대한 통찰

---

14 *Ibid.,* pp.61-62.

을 안겨주는 게 사실이다. 그러나 과학적 가설을 제외하고서 이 세상에 만인이 동의하는 담론이 어디 있을 것인가? 보다 나은 대안이 없기 때문에 민주주의가 결함 많은 대로 구상 가능한 최상의 정치제도라는 주장이 있다. 이에 대해서 동서고금 저명인사의 반론이나 조롱 섞인 비판을 열거하자면 한량이 없을 것이다. 그렇다고 민주주의가 최상의 정치제도라는 생각은 타당성이 전혀 없는 편견에 불과한 것일까? 위에서 본 바와 같이 이른바 상부구조가 그 자신의 생명력을 가지고 있고 정신적 구조물은 그 기원에서 벗어나 제 길을 가려는 성향을 보인다. 석기시대의 예술실천으로부터 진화해온 예술의 질적 변화를 도외시하고 연속성만을 판단기준으로 삼는 것이 온당한 것인가? 유럽에서 셰익스피어 평가가 낮았던 것은 그의 희곡이 시극이고 그가 기본적으로 시인이었다는 사실과 연관되는 것은 아닐까? 저자가 "난해함"에 대해서 "이해할 수 없음"이란 범주를 대비시켜 혹종의 모더니즘 텍스트에 대한 의혹을 표시하는 것은 충분히 공명이 간다. 그러나 이런 문제는 구체적인 텍스트를 놓고 실증적으로 비교 검토해야 할 사안이라고 생각한다. "고급예술이 우월하다"가 아니라 텍스트 A와 B를 텍스트 Y와 Z와 비교해서 AB가 YZ보다 심각하고 진지하고 참신하고 진실해서 뛰어나다고 말해야 할 것이다. 블레이크의 "세세한 구체로 수행하라"는 대목은 문학담론에서도 금언이라 생각한다.

4. 개인적 경험

처음으로 서머싯 몸의 작품을 읽어본 것은 1952년 고3 때이다. 6·25 직전에 한성도서주식회사란 출판사에서 영문 대역(對譯)총서를 내었다. 왼쪽 페이지에 원문, 오른쪽엔 번역문이 있고 아래쪽엔 간단한 주석이 달린 얄팍한 책이다. 김기림이 번역한 몸의 「레드」란 한성도서 대역본을 우연히 서점에서 발견하고 사 보았다. 남태평양의 섬을 무대로 한 이 작품은 막판에 독자를 놀라게 하는 서프라이즈 엔딩(surprise ending) 흐름의 작품이다. 읽고 나서 깊은 충격을 받았다. 충격은 감동이기도 하였다. 교과서 바깥에서 읽은 영어 단편이라는 사실도 가세해서 오랫동안 잊히지 않는다. 해방 직후 읽은 김동인 단편 「붉은 산」, 중학생 때 을유문고(乙酉文庫)로 읽었던 김병규 역의 모파상의 「감람나무밭」과 함께 감동적인 단편으로 기억에 남아 있다. 이 「레드」의 독서경험에 고무되어 만용을 내어 토마스 하디의 단편집 읽기를 원문으로 시도하기도 했다.

휴전 후의 서울 거리에는 고서점이 많았다. 대부분 일본어 서적이었으나 청계천변의 판잣집 고서점에는 미군부대에서 흘러나온 포켓북도 쌓여 있었다. 대부분 추리소설이었으나 가끔 괜찮은 것도 끼어 있었고 그때 쉽게 구할 수 있는 것의 하나가 서머싯 몸이었다. 『남태평양 얘기』, 『크리스마스 휴가』, 작가 자신이 줄인 『인간의 굴레에서』를 그렇게 해서 접하게 되었다. 『과자와 맥주』는 학교 강독

시간에 읽기도 하였다. 이내 펭귄 문고로 『달과 6펜스』, 『채색된 베일』, 『면도날』 등을 보았고 몸의 작품은 닥치는 대로 모두 구해보았다. 우선 재미있고 또 상대적으로 영어가 읽기 편했기 때문이다. "당신의 작품을 읽을 때 사전을 찾아볼 필요가 없어 좋다"라고 어떤 병정이 적어 보낸 편지를 두고 자신이 받아본 최고의 찬사라고 작가는 말하고 있다. 쉽다는 건 원어민의 얘기고 우리로서는 상대적으로 쉽다는 것이지 도전적인 요소가 없다는 것은 아니다. 어쨌건 학생 시절 몸의 작품은 거의 다 읽었다. 『카타리나』란 그의 마지막 소설도 애써 빌려 읽어 보았고 『요약』, 『작가의 수첩』, 『세계의 십대소설』 같은 에세이도 보았다. 소설 바깥에서 토로하고 있는 생각이 소설 속에 그대로 나와 있어 작가의 동일성이나 한계에 대해 생각하게도 되었다.

그러나 얼마 안 있어 회의감이 생겼다. 영어로 본 가령 토마스 만의 「토니오 크뢰거」나 『부덴브로크 가의 사람들』에 깊은 감동을 받고 나서 몸과 비교하게 되었다. 몸은 거기에 비하면 어쩐지 얇다는 생각이 들었다. 또 제임스 조이스의 단편집 『더블린 사람들』에 나오는 「이블린」, 「가슴 아픈 사고」, 「사자(死者)들」과 비교할 때도 아주 격이 떨어진다는 생각을 했다. 조이스에서 보게 되는 "시"가 없다고 생각했다. 몸의 희곡도 펭귄 문고로 『희곡 선집』이 나와 있어 구해 보았다. 사교계의 허영이나 부박함이 냉소적으로 다루어져 있어 일단 재미있게 읽힌다. 그러나 등장인물들이 모두 경멸에 값하는 화상들 때문이겠지만 작가도 덩달아 천박하게 느껴졌다. 이러한 느낌은 체호프의 희곡 특히 『세 자매』, 『외숙 바냐』와 비교할 때 절실하였다.

60년대 초에 에드먼드 윌슨의 『고전과 팔리는 문학』에서 「서머싯 몸 숭배」라는 글을 보았다. 윌슨이 1940년대에 쓴 이 글은 몸을 2류 작가라고 단정하고 있다. 미국에서 몸의 성가가 올라가고 특히 몸의 『인간의 굴레에서』 원고가 의회도서관에 기증된 후의 일이라서 윌슨으로서는 분격까지 한 것 같다. 30년 전만 하더라고 미국에서는 적어도 H. G. 웰즈나 아널드 베넷이 읽혔는데 이제 몸을 숭배하고 있으니 한심하다는 투였다. 웰즈나 베넷은 1급은 아니지만 그래도 진정한 작가이고 몸은 아니라는 것이다. 발자크나 드라이저는 악문을 썼지만 그럼에도 진정한 작가이며 드라이저는 단어를 형편없이 다루지만 그의 산문은 거역할 수 없는 리듬이 있어 시적 의미를 내장한 스타일을 이루고 있다. 그러나 몸의 언어는 진부해서 흥미 있는 리듬이 없다는 것이다. 그러한 전제아래 신간인 몸의 『그제나 이제나』에 대한 소견을 적고 나서 몸이 토로한 여러 작가에 대한 논평을 공박하고 있다. 프루스트, 조이스, 헨리 제임스에 대해 일변 칭송하는 한편으로 깎아 내린다며 아주 비판적이다.[15]

에드먼드 윌슨은 미국 비평의 장로로서 『액슬의 성』은 모더니즘

---

15 Edmund Wilson, *Classics & Commercials* (New York : Vintage Books, 1962), pp.319-324.

문학에 대한 최초의 비평서로 비평의 고전이 되어 있고 사회주의 사상의 궤적을 다룬 『핀란드 역으로』도 명저로 평가받고 있다. 넓은 시야를 가진 박람강기의 문인으로 조지 슈타이너 같은 이는 20세기 최고의 영어 산문가라고까지 말하고 있다. 그러나 시를 보는 눈이 빈약하고 작품 평가에서 고르지 못하다는 비판은 듣고 있다. 대학 시절 몸 강독을 담당했던 권중휘 선생께 우연한 기회에 윌슨의 몸 혹평(酷評)에 대해서 얘기했더니 "조이스를 흥미진진하게 읽는 처지에서는 그렇게 말 하는 것이 당연하다"고 하셔서 의문이 풀렸던 기억이 있다. 그러나 마키아벨리를 주인공으로 한 역사소설 『그제나 이제나』는 몸에게서는 방계적인 안이한 작품인데 그것을 중심으로 얘기했으니 과격한 혹평이 나오는 것도 무리는 아니다.

윌슨이 고평한 드라이저 자신이 몸의 『인간의 굴레에서』를 고평했고 또 이 작품은 『영국소설 50선』 등의 해설서에도 들어 있다. 또 윌슨이 얘기한 베넷이나 H. G. 웰즈보다는 지금도 더 많은 독자를 가지고 있을 것이다. 가령 그레암 그린의 『사랑의 종말』에는 몸을 통속작가라고 작중인물이 말하는 장면도 있다. 그러나 뉴욕 유대인 지식인의 하나인 앨프레드 케이진의 회고록 『도시의 보행자』에는 소년 시절의 애독서로 『인간의 굴레에서』를 들고 있고 도날드 킨은 『일본의 문학』에서 일본작가 다니자키(谷崎潤一郎)의 『치인(痴人)의 사랑』의 플롯이 『인간의 굴레에서』를 연상케 하고 거기 등장하는 나오미란 여성이 밀드레드와 닮아 있다며 은연중 영향 관계를 시사하고 있다. 윌리엄 요크 틴달은 『현대 영문학의 힘들』에서 몸의 『인간의 굴레에서』가 영국의 사춘기소설 중 조이스의 『젊은 예술가의 초상』과 함께 최상의 작품이며 영국 리얼리즘의 가장 음산한 걸작이라고 말하고 있다.[16] 한때 구소련에서도 굉장히 많이 읽혔다 한다.

요즘 우리 대학에서 몸을 읽게 하는 일은 없다. 모두 고급이 되어 영미의 대학 실러버스를 따르기 때문일 것이다. 또 작가들도 그를 좋아한다고 말하는 사람은 없다. 상식적이고 강렬한 매력이 없다는 것이 중론인 것 같다. 크게 어긋나지 않은 말이다. 그러나 20세기 우리 작가 중 그의 비(非)소설인 『작가의 수첩』에 필적할 만한 책을 낸 이가 없다는 것도 사실이다. 20세기의 가장 위대한 소설은 프루스트의 『잃어버린 시절을 찾아서』이지만 분량 관계로 채택하지 못했다며 그가 출판사의 요청을 받고 선택한 세계 10대소설에 관한 해설은 뛰어난 에세이요 소설입문서이기도 하다. 세계에서 가장 위대한 소설가는 발자크이지만 가장 위대한 소설은 『전쟁과 평화』라고 말하는 몸이 선택한 10편은 스탕달의 『적과 흑』, 멜빌의 『모비 딕』, 도스토옙스키의 『카라마조프가의 형제』, 플로베르의 『마담 보바리』, 디킨스의 『데이비드 코퍼필드』, 제인 오스틴의 『오만과 편견』, 헨리 필딩의 『톰 존스』, 발자크의 『고리오 영감』, 톨스토이의

---

16 William York Tindal, *Forces in Modern British Literature 1885-1956* (New York: Vintage Books,1956), pp.148-149.

『전쟁과 평화』, 에밀리 브론테의 『폭풍의 언덕』이다. 1958년에 나온 『관점』에는 괴테의 소설, 르나르, 콩쿠르 형제, 폴 레오토 등 세 사람의 일기를 다룬 에세이가 수록되어 있다. 독만권서(讀萬卷書)하고 행만리로(行萬里路)한 뒤에 글을 쓰라 했다는데 몸은 그런 사람일 것이다. 전세계를 다 다녀보았고 한국의 서울에도 들러 뒷골목 고서점 얘기를 단편으로 적고 있다. 『인간의 굴레에서』는 스피노자에서 따온 인유(引喩)이지만 그의 에세이는 그의 독만권서를 증거하고 있다. 흥미삼아 덧붙인다면 그는 동성애자였고 의사였고 대부호였으며 단편 「비」 한 편이 벌어들인 인세가 100만 불이라고 최근에 나온 전기는 말해 주고 있다. 에드먼드 윌슨처럼 2류 이외의 아무것도 아니라고 처리하는 것이 참으로 아까운 작가이다.

모든 것에도 불구하고 그러나 그는 『율리시스』까지 가지 않더라도 『더블린 사람들』의 단편의 높이에 이르지 못하고 그의 재치 있고 재미있는 희곡도 체호프의 희곡에 사뭇 미치지 못한다. 영어 공부를 위해 읽어본 것도 사실이지만 고3때 감동을 받고 거의 모든 작품을 읽어본 처지에서도 그를 제1급의 작가라고 하기는 어렵다. 고어 비달(Gore Vidal)의 말처럼 몇몇 단편과 장편 두어 개는 걸작이라 하더라도 그는 기본적으로 미들 브라우의 작가라고 할 수밖에 없다.[17] 세계의 거장과 비교해서 그렇다는 것이다. 특정 이론에 매

---

17 Gore Vidal, "Maugham's Half and Half," New York Review of Books (1990.2.1), pp.21-24.

여서가 아니라 개인적 경험을 통해서 질적 차이의 인지가 가능하다는 것을 얘기해 본 것이다.

5. 잠정적 결어

아리스토텔레스는 희극론을 썼다지만 그것은 전해오지 않는다. 그러나 그의 『시학』에서는 비극과의 대비 속에서 희극이 더러 언급되는데 그것은 어디까지나 비극의 해명을 위한 방편이다. 가령 제2장에는 이런 대목이 보인다. "비극과 희극의 차이도 바로 여기에 있다. 희극은 보통 이하의 악인을 모방하려 하고 비극은 보통 이상의 선인을 모방하려 한다." 또 26장에는 "비극은 보통 이상의 인간의 모방이므로 우리는 훌륭한 초상화가를 본보기로 삼지 않으면 안 된다." 보통 이상의 선인이란 지적 도덕적 의미에서 평균 이상임을 가리키는 것이 분명하지만 동시에 지체 높은 신분의 인간이란 함의가 있다. 그것은 그리스 비극의 주인공을 생각해보면 알 수 있다. 이점에 관해서는 한 고전학자의 최근 연구가 좀 더 분명히 해명해주고 있다.

Spoudaios란 그리스말은 좋은(good) 혹은 진지한(serious) 으로 번역하는 것이 정상이다. 어떻게 이해하든 본질적 사항은 아리스토텔레스가 spoudaios를 phaulos와 대비해서 이해하고 있다는 것, 이 두 말이 고대 그리스 귀족사회의 계층을 반영하고 있다는 것이다. Spoudaios는 그리스의 영웅이나 전사나 귀족의 생활방식의 특징이요 phaulos는 보통 사람, 노예, 혹은 평민의 생활방식의 특징이다.[18]

이런 사실을 감안할 때 분명해지는 것은 아리스토텔레스에게서 취득한 유럽의 문학용어가 사회적 위치와 문학적 가치를 연결시키고 있다는 사실이다. 고급과 저급이나 양질과 저질 같은 비평용어는 사회적 성질과 미적 성질과 마침내는 윤리적 성질을 혼합하고 있다. 따라서 고급문학이나 하급문학이란 용어는 용어 자체가 평가를 함의할 뿐만 아니라 구시대의 차별적 계급관을 심층적으로 내장하고 있다. 그런 의미에서 적정한 용어는 아니라고 생각되며 필자는 본격문학 대 주변문학 정도의 용어가 더 합당하다고 생각하기는 한다. 가령 종래의 운전수를 운전사 또는 운전기사라 부른다면 일시적으로 함의의 정화가 이루어지기는 할 것이다. 그러나 운전사의 사회적 지위나 위세가 상승하지 않는 한 부수적 하대 함의는 완전히 일소되지 못할 것이다. 그것은 애초 자기비하 동기에서 쓰인 일인칭 대명사가 급기야는 오만의 함의를 갖게 된다든지, 경어이든 당신이란 말이 이인칭 대명사로 쓰일 때 경어임을 그치는 사정에서

18 Robert Scholes, *Paradoxy of Modernism* (New Haven : Yale University Press, 2006), p.26에서 재인용.

도 엿보인다. 그러니까 이분법적 수식어를 부치는 한 해당 문학에 특정 함의가 따라붙는 것은 불가피할 것이다.

모든 서사는 소금장수 민화에서 『홍길동전』에 이르기까지 재미의 속성이 있다. 이 재미는 사람을 울리고 웃기고 또 궁금증을 일으키는 데서 발생한다. 그러한 한에서는 모든 서사에는 오락의 요소가 들어 있다. 그러나 그렇다고 모든 서사가 동질적이라고 말할 수는 없다. 오락문학이란 말이 생긴 데는 다 까닭이 있을 것이요 상대적으로 오락본위로 된 허구소설이 있기 때문에 그리 된 것일 터이다. 소설에 오락적인 요소가 있다는 것과 그것이 전경화(前景化)되어 최대 성분이 되어 있다는 것은 다른 문제이다. 앞에서 보았듯이 서머싯 몸이 매우 뛰어난 재미있는 작가라는 사실을 부정할 필요는 없다. 그러나 난해한 두 장편을 제외하고서도 조이스의 초기 단편이나 『젊은 예술가의 초상』과 비교할 때 몸이 상대적으로 고급이 되지 못한다는 것은 부정할 수 없다. 문체, 세계를 보는 눈, 구성 등 여러 차원의 비교가 가능한데 필자는 한마디로 말해서 상대적 "시"의 결여라고 말하고 싶다. 또 번역으로 읽는 토마스 만과 비교하더라도 내면성의 깊이에서나 문화 전반에 대한 포괄적인 안목에서나 철저하게 치밀한 문체에서나 몸은 아주 약체임을 부정하지 못할 것이다. 즉 엄연히 질적인 차이가 있고 그것은 인지와 비교와 검토가 가능하다는 것이다.

20세기 한국문학에서도 작가에 대한 평가는 엇갈리게 마련이다. 그러나 구체적인 작품을 놓고 우리는 비교 분석을 통해 소속을 매기는 것은 가능하다. 지난날 시장에서 매상을 올리고 이름도 얻었지만 지금은 완벽하게 잊혀진 작가와 작품은 굉장히 많다. 가령 『선풍시대』, 『영원의 미소』, 『순애보』, 『승방비곡』, 『마도(魔都)의 향불』, 『밀림』, 『사랑의 수족관』, 『대도전(大盜傳)』, 『청춘산맥』 등의 소설 이름을 아는 사람들은 많지 않을 것이다. 알고 있는 소수파가 있다면 80대 이상의 고령자거나 대중문화 연구자 정도일 것이다. 그러나 위에 열거한 소설들은 신문이나 잡지의 연재소설로서 당대에는 서울의 종이 값을 올린 것들이고 그런 부류의 소설은 그 밖에도 얼마든지 있다. 그러니까 지금 정전이나 정전 후보작으로 거론되는 작품은 높은 경쟁률을 뚫고 살아남은 것이다. 이렇게 흘러간 하위 대중소설을 본격소설과 함께 우대한다는 것은 정신의 낭비일 뿐 아니라 평등주의 시각의 잘못된 적용이다. 시 분야에서도 잊혀진 이름은 헤아릴 수 없이 많다. 대중작가의 이름만큼 당대에도 알려지지 않았기 때문에 그 다수 됨을 우리가 의식하지 못할 뿐이다. 『진달래꽃』에 수록된 작품 중에는 미숙하고 허술한 작품도 더러 있다. 그렇다 하더라도 당대의 대중가요 가사와는 판이하게 다르고 윗길에 속한다. 그것을 부정하지 못하는 한 우리는 본격문학과 대중문학, 예술문학과 팝문학이란 범주는 타당성이 있다고 보아야 할 것이다.

문학에서와 마찬가지로 음악분야에서도 예술음악이 쇠퇴하고 팝음악이 많은 애호가를 끌어 모으고 있다고 한다. 악보로써 설계된 예술음악이 쇠퇴하는 것은 팝음악의 융성 때문만은 아니다. 과거 예술음악과 고전음악 애호가의 발생의 기초가 된 것은 종교음악이었다. 가족과 함께 교회에 가서 종교음악을 접한 것이 음악에 눈을 뜨게 된 중요한 계기가 되었다. 또 구미의 중산계급 소녀들이 피아노 연습을 하는 것은 신부(新婦)수업의 일환으로 혹은 현시소비의 한 형태로 당연시되었다. 그러나 교회 인구의 감소는 잠재적 음악 애호가의 수효를 감소시켰고 대학교육의 보급과 복제음악의 보급은 피아노 교습생을 감소시킴으로써 결과적으로 그만큼 잠재적 고전음악 애호가의 수효를 감소시켰다. 팝음악은 상대적으로 예술음악에 비해서 접근과 이해가 용이하다. 예술음악의 경우엔 필수적이요 장기적인 이니시에이션 기간이 짧고 단순하다. 작금의 상황은 예술음악의 상대적 퇴락과 팝음악의 번창을 고무하고 있는 것으로 보인다. 더구나 상업광고에 이용되면서 변주되고 속화되고 있는 예술음악의 선율은 예술음악 특유의 아우라를 소거 내지는 훼손시키면서 그것을 팝음악에 접근시킨다. 그러나 19세기 초 로시니에 대한 모차르트의 승리가 작곡가 개인의 승리가 아니고 음악의 질적 승리요 향수자의 승리라고 할 때 예술음악의 쇠태는 문화적 손실이 될 가능성이 높다. 문화와 예술이 자연의 삭막한 결여를 보완하는 것이라 할 때 예술경험은 원하기만 하면 손쉽게 취득할 수 있는 행복경험이다. 우리는 북한산이나 관악산에 올라가 도시의 혼탁한 거리에서 경험하지 못한 독특한 상쾌함을 느낀다. 그것은 일종의 근접 행복체험이다. 이 근접 행복체험은 설악산이나 지리산 같은 원격공간에서 더욱 고양되고 중국의 장자제(張家界)나 미국의 그랜드 캐니언이 촉발하는 숭고미를 접할 때 더욱 고양된다. 문학이나 예술에서도 사정은 같다. 북한산도 설악산도 보지 못한 채 어릴 적 뒷동산의 행복체험 수준에서 제자리걸음하는 정신이 있다면 답답한 일이다. 수용자의 취향에 영합하기보다 그것을 계도하여 관심의 확대와 수용의 높이를 이루도록 하는 것이 소망스럽다. 새 창조도 중요하지만 위대한 기존 유산을 지키고 알리는 것도 더 없이 소중하다. 고급문학은 지키고 널리 알려야 할 행복의 약속이다. 대중문학과의 동일시는 위대한 유산의 훼손행위가 될 것이다.

제 6 장

–

문학 교육을 위하여
– 몇몇 소견과 제언

1. 행복체험으로서의 예술 향수

넓은 의미의 예술 그리고 문학의 특성은 그것이 먼저 우리 쪽으로 다가온다는 것이다. 산을 불러 오지 않는다면 우리가 산으로 가야 한다는 것은 이슬람교주의 널리 알려진 명언이다. 우리 쪽에서 굳이 가지 않더라도 저쪽에서 다가오는 것이 예술의 거역할 길 없는 매력이요 매혹이다. 이것은 좋아했던 노래나 그림이나 혹은 시를 떠올리면 곧장 수긍이 될 것이다. 우연히 귀에 들어온 멜로디 한 소절에 혹해서 전부를 되풀이해 듣게 되고 그리하여 그 후 노래와 음악에 경도되는 것이 통상적인 경험일 것이다. 『우상의 박명』에 보이는 니체의 말에도 그런 예술의 특성이 드러나 있다.

행복을 위해서 필요한 것은 얼마나 군소한가! 백파이프의 소리…. 음악이 없는 삶은 하나의 과오일 것이다. 독일은 신조차도 노래하는 것으로 생각하고 있다.[01]

01 Friedrich Nietzsche, *Twilights of the Idols & The Anti-Christ*, R. J. Hollingdale (trans.) (Harmodsworth : Penguin Books, 1968), p.26.

음악에 대한 최고의 찬사를 포함하고 있는 이 대목이 의미하는 바는 많다. 우선 예술 향수가 우리의 행복체험이 된다고 일깨워 준다. 우리는 자신에게 찾아온 행운이나 소원 성취라는 연관 속에서만 행복을 생각하는 경향이 있다. 원하던 학교에 입학했다든가 주식 투자에 성공하여 일약 돈 걱정 없이 살게 되었다든가 하면 그것이 곧 행복이라고 여긴다. 그러나 좋아하는 음악을 듣거나 좋아하는 배우가 출연하는 영화를 구경하는 것도 분명한 행복체험이다. 그것은 단조하고 권태로운 일상생활에서 탈출하여 해방된 시공간을 누리는 여행이 행복체험이 되는 것과 마찬가지다. 비록 잠정적이고 임시적이긴 해도, 그러기 때문에 더욱, 우리는 한시적일 수밖에 없는 행복경험의 실체를 접하게 되는 것이다. 이러한 행복의 계기는 귀에 들려오는 백파이프의 소리만으로도 넉넉히 허여된다고 함으로써 예술이 우리 쪽으로 다가온다는 것을 실감시켜 준다.

모든 예술교육이 다 그렇지만 문학 교육도 우선 문학경험이 행복체험의 하나임을 실감시켜 주는 것으로 시작해야 할 것이다. 니체는 음악에 한정해서 얘기했지만 그림이나 문학에 대해서도 우리는 같은 말을 할 수 있을 것이다. 예술은 많은 인공이 그러하듯 자연을 보충하기 위한 인간노력이 빚어낸 즐김의 품목이다. 즐길 수 있는 능력의 계발은 우리의 삶을 고양시키는 행복으로 가는 지름길이기도 하다. 행복이 과하다면 행복의 순간이라고 고쳐도 좋다. 그러한 맥락에서 소설의 지문으로 나와 있는 다음과 같은 대목은 음미에 값한다.

시의 목적은 놀랄 만한 사고로 우리를 눈부시게 하는 것이 아니라 존재의 한 순간을 잊혀지지 않는 순간으로 또 견딜 수 없는 그리움에 값하는 순간으로 만드는 것이다.[02]

그러므로 문학 교육은 우선 좋은 작품 읽히기로 시작해야 할 것이다. 만남 자체가 매혹의 계기가 되어 그것이 잊히지 않는 경험으로 남아 있도록 해야 할 것이다. 저쪽에서 먼저 다가와서 전신적인 감동 경험으로 남아 있도록 해야 할 것이다. 매우 주관적인 문학경험의 감동의 실상을 말하기 위해서는 개인적 경험에 의존할 수밖에 없다. 사사로운 개인사를 말하는 것은 결코 자기과시나 에고티즘의 발로가 아니다. 개인적 경험을 횡적으로 연장할 때 그것이 보편적인 것으로 이어지게 마련이라고 생각하기 때문이다.

필자는 태평양전쟁이 나던 1941년 4월에 초등학교에 입학하였다. 그전까지는 초등학교에서 조선어란 이름으로 1주일에 한두 시간 정도 우리말을 가르쳤다. 그러나 1941년부터 총독부는 그것을 전폐하였다. 그리고 "국어상용(國語常用)"이란 구호 아래 학교에서 우리말 쓰기를 금지하였다. (그러기에 당시 1학년 담임교사는 모두 한국인이었다. 한국어로 일어 습득을 시켜야 했기 때문이다.) 따라서 해방 직후 미군정청에서 낸 『한글 첫걸음』이란 전학년용 얄팍한 간이 교과서로 한

---

02 Milan Kundera, *Immortality*, Peter Kussi (trans.) (New York : Harper Perennial, 1992), pp.26-27.

글을 배우기 시작했다. 제1언어의 글자인 만큼 그것은 누구에게나 손쉬운 과정이었다. 그 후 조잡한 가제본으로 된 교과서로 배웠는데 도무지 믿을 수 없는 것이었다. 당시 사회생활과 교과서랍시고 공동구입해서 배운 책에는 "백제사람들은 귀가 크다"는 황당한 내용이 적혀 있어 지금껏 기억하고 있다. 6학년으로 진급하면서 역시 미군정정에서 발행한 교과서로 배웠다. 내용은 모두 잊어버렸다. 그러나 "화락한 가정"이란 소제목이 달린 과는 기억이 난다. 저녁을 먹은 뒤 한 가족이 방에 모여 있는데 누군가가 얘기를 한다. 어떤 이가 가게에 들어서서 자기 옷을 가리키며 "이것이 무엇이오?" 하고 물었다. 그러자 주인이 "옷이오"라고 대답했다. 그러자 손님은 다시 가게에 놓인 잣을 가리키며 무엇이냐 물었다. 주인은 "잣이오"라고 대답했다. 그러자 손님은 잣을 마구 집어먹었다. 한참 그러고 나서 그는 자기가 쓴 갓을 가리키며 무엇이냐 물었다. 주인은 "갓이오"라 대답했다. 그러나 손님은 가게를 나섰다. 이 얘기가 끝나자 모두 하하하 하고 웃었다는 것이다. 말놀이 우스개 소리였다. 그러니 "화락한 가정"이 제목이었다. 교과서에는 또 시조가 실려 있었다.

바람이 서늘도 하여 뜰 앞에 나섰더니
서산머리에 하늘은 구름을 벗어나고
산듯한 초사흘달이 별과 함께 나오드라

달은 넘어 가고 별만 서로 반짝인다

저 별은 뉘 별이며 내 별 또한 어느 게요

잠자코 호올로 서서 별을 헤어 보노라

시조라는 설명을 들은 것 같지는 않다. 뒷날 이 작품이 가람 이병기의 소작임을 알았지만 당시 작자가 표시되지는 않았던 것 같다. "저 별은 뉘 별이며 내 별 또한 어느 게요"란 대목이 인상적이었으나 그렇다고 크게 감동받은 것 같지는 않다.

샛별 지자 종다리 떴다 호미 매고 사립 나니

긴 수풀 찬 이슬에 베잠방이 다 젖는다

아이야 시절이 좋을 손 옷이 젖다 관계하랴

조선조 후기 양반 관료였던 이재(李在)의 소작으로 알려져 있다. 당시 그런 설명을 들은 것 같지는 않고 그냥 뜻풀이만 한 것으로 알고 있다. 역시 별 감회는 없었다. 우리 시조 전체를 놓고 볼 때 위의 작품들은 대체로 무던한 작품이라 할 것이다. 그러나 시나 시조로서 독자를 유인하는 호소력은 약한 편이다. 이른바 문학적 감흥을 주지 못하는 무던함이 특징이다. 특히 이재 소작은 시골 어린이에게도 조금은 친근성이 결여되어 있다고 할 수 있다. 비슷한 시기에 박영종 동요집 『초록별』과 이원수 동요집 『종달새』를 읽었다. 그

동요집을 읽으면서 동요에 흥미를 갖게 되었다. 쉽게 말해서 동요
의 맛을 알게 된 것이다.

경경선(慶京線) 길 옆에
간이소학교(簡易小學校).
생도가 열둘
열을 지어 있었다.

아마 일 이학년
체조 시간이다.

뚜룩눈 뚜룩 뚜룩
똑바로 뜨고,
기차가 지내가도
안 돌아 본다.
기차가 윙 해도
안 돌아 본다.
　― 박목월 「뚜룩눈」 전문

다글다글
다글다글…

언니가 끌고 가는 구루마 앞에

누이는 등불 들고

나는 뒤에서 밀고,

이 밤에 우리는 이사를 간다.

가는 집이 어딘지

그건 몰라도

언니만 따라서

낯선 골목을

구루마 다글다글

이사를 간다…

다글다글 구루마

바퀴 돌아가듯이

어려운 세상 어서어서 지나가거라,

지나가거라.

— 이원수 「이삿길」 부분

이원수의 동요는 생활과 밀착된 경우가 많아 친근하게 느껴졌다. 그리고 감상적(感傷的)인 것이 많아 초심독자에게 호소력도 있었다. 가령 "봄이 오면 간다는 내 동무 순이/앉은뱅이 꽃을 따며 몰래 웁니다" 같은 대목이 지금도 기억에 남아 있는데 그의 동요선집에는 나오지 않아 어느 작품인지 확인할 길이 없다. 박목월의 동요에는 말놀이 요소가 있어서 재미있다. 또 그의 경우 동요와 시 사이의 경계가 뚜렷하지 않은 경우가 있다. 동요라지만 시로 읽힐 수 있는 경우도 있다. 그래서 동요에서 곧바로 시로 옮아갈 수 있는 계기가 되기도 했다. 중학 초년생 때 접한 『정지용시집』 III부에는 빼어난 동시 흐름의 작품이 보인다. 「말」, 「해바라기 씨」, 「산넘어 저쪽」, 「무서운 시계」 등이 그러하다. 이런 동시 흐름 작품의 매력에 무감한 사람은 대체로 시의 감식력이 없는 이로 치부해도 무방할 것이다. 아래에 전문을 적은 「종달새」도 그런 작품의 하나다.

三冬(삼동)내 얼었다 나온 나를
종달새 지리 지리 지리리…

왜 저리 놀려대누.

어머니 없이 자란 나를
종달새 지리 지리 지리리

왜 저리 놀려대누.

해바른 봄날 한종일 두고
모래톱에서 나 홀로 놀자.

서정과 감상(感傷)을 구별하는 것은 쉽지 않다. 서정적인 것을 일률적으로 감상적인 것으로 치부하는 것은 옳지 않다. 본시 서정시에는 애상적인 요소가 있는 법이다. 문제는 그 적정성의 문제이다. 상황이 촉발하는 것에 상응하지 않는 과도한 감정적 반응을 보이면 그것을 감상적이라 해도 좋을 것이다. 위의 작품은 어린 소년의 고독을 다루고 있다. 어머니 없이 자란 터여서 외로움을 타는 소년에게 봄날 종달새 소리는 자기를 놀려대는 것으로 들린다. 더구나 겨우내 얼어 지내다 나들이한 처지다. 오냐, 좋다, 너는 나를 실컷 놀려대라, 나는 모래톱에서 홀로 놀겠다. 누구나 쉽게 감정이입이 될 것이다. 누구나 외로움의 순간이 있고 그것은 인간의 공유경험이다.

이 소박한 동시에서 우선 "지리 지리 지리리"란 종달새의 의성음이 신선하게 다가온다. 전례 없는 것이기 때문이다. "겨우내"가 아니고 "삼동내"이기 때문에 또 신선함을 느낀다. 조금은 어려운 말이지만 낯설게 하기 효과 때문이다. 또 모래톱이란 토박이 말도 신선하다. 이렇게 좋은 시편 읽기는 어사에 대한 감각을 세련시켜 주고 많은 말을 새로 알게 한다. 위의 동시는 "종달새 지리 지리 지리리…왜 저리 놀려대누"의 되풀이도 한몫하지만 매우 음률적이다.

그래서 쉽게 외울 수 있다. 일부러 외우려 하지 않더라도 외워지는 시가 좋은 시임을 확인하게 된다. 이 작품이 일단 좋아지면 동시나 시에 대한 관심이 생기고 더 많은 작품을 읽고 싶게 될 것이다. 문학 교육은 되풀이하지만 말의 매혹을 감득하게 하고 다른 작품 읽기로 유도해야 할 것이다. 그것은 자연스레 "문학 읽기에의 권유"가 되어야 할 것이다. 그런 맥락에서 필자의 초등학교 시절 미군정청의 국어교과서 수록 시나 시조는 결코 지혜로운 선정이 아니었다고 생각한다. 가령 필자의 초등학교 시절에 다음과 같은 동요를 교과서에서 배웠다면 그 결과는 비교가 되지 않을 만큼 효과적이었을 것이다.

산 너머 저쪽엔
별똥이 많겠지
밤마다 서너 개씩
떨어졌으니.

산 너머 저쪽엔
바다가 있겠지
여름내 은하수가
흘러갔으니.
— 이문구 「산 너머 저쪽」 전문

산이 많은 우리나라에서 산 너머 저쪽은 미지의 세계로서 시골 어린이의 동경의 대상이었다. 교통과 정보통신의 발달이 뒤졌던 시절에는 더욱 그러하였다. 그러한 동심의 동향을 간결하나 명징하게 드러내고 있다. 다른 나라의 동요와 비교해 보더라도 압도적으로 뛰어난 걸작 동요이다. 독자의 상상력을 자극하면서 그 상상력에 점화(點火)를 한다고 할 수 있다. 상상력에 호소한다는 점에서는 우리가 유년기에 배웠던 교과서 작품은 취약했다고 할 수 있다.

초중등 수준의 어문교육 내지는 문학 교육에서는 시의 중요성이 강조되어야 한다고 생각한다. 문학은 언어예술이라고 정의되지만 언어예술 됨의 특징이 가장 현저하게 드러나는 것은 시이기 때문이다. 언어 자원의 여러 국면을 활용하기 때문에 또 극도의 응축성과 언어경제를 지향하기 때문에 말공부에 더할 나위 없이 적절하다. 프랑스의 교실에서 시 외우기가 과도하다시피 부과되고 중요시되는 것은 구체제 교육의 잔재이기 때문이 아니다. 그것이 곧 말 교육, 글 교육, 쓰기 교육, 사고능력 교육에서 핵심적이기 때문이다. 그런 의미에서 모범적인 글의 선정과 읽히기의 중요성은 아무리 강조해도 지나치지 않는다. 좋은 글에서는 말의 매혹이 잘 드러나게 마련이다. 말이 적정하게 제 자리에서 제 몫을 하는 것이 좋은 글의 정의가 될 것이다. 그런 맥락에서 말공부는 문학 교육의 기초이기도 하다. 문학 교육이 시인지망자를 양산하기 위한 것은 아니다. 그러나 모국어와의 사랑놀이를 평생 지속하는 사람이란 것은 가능한 시인의 정의의 하나가 될 것이다. 모범적인 말공부꾼으로서의 시인은 그러기에 문학 교육의 현장에서 참조해야 할 것이고 한 외국시인의 삽화는 참고에 값한다.

시인 "오든이 죽었을 때 그의 『옥스퍼드 영어사전』은 손길로 거의 조각이 나 있었다 한다. 이야말로 시인과 시인의 사전이 끝나는 방식이다." 『옥스퍼드 영어사전』의 광고에 곁들인 스티그말러(Steegmuller)의 말이다.[03] 시인이란 결국 말을 잘 다루고 말을 많이 알고 말공부를 많이 한 사람임을 뜻하는 말이다. 프랑스어 단어 하나하나를 습관적으로 음미했다는 말라르메를 연상케 하는 말인데 플로베르의 『보바리 부인』이나 편지를 번역했고 플로베르연구서를 낸 인사에게서 나올 수 있는 말이다. 오늘날 문학 추락의 한 면을 조명해 주는 말이라 생각한다. 사실 요즘 학생들이 우리말 사전을 찾아보는 일은 거의 없다. 어려서부터 자습서에 나와 있는 단어설명을 수동적으로 수용했고 또 어원이나 좋은 예문이 실려 있어 재미있게 참조할 수 있는 국어사전이 없는 것과도 연관되지만 기본적으로 말의 매혹에 대한 무관심 때문이라 생각한다. 문학과 학생들이나 창작 지망자들도 사정은 크게 다르지 않다. 언어자원의 수동적 수용에 만족할 뿐 능동적 적극적인 활용에는 무심한 편이다. 어려서부터 시청각매체에 중독되어 인쇄문화에서 핵심적인 글말의

03 New York Times, 26 March 1980. Retrieved 2007-01-29.

음영이나 매혹과 무연하기 때문이라 생각한다. 젊은 시인들도 모국어 위기 시대의 선행시인들에 비해서 어휘 탐색 열정은 희박한 것으로 보인다. 예술작품이 진정 혁명적으로 되는 것은 그 형식 때문이라며 마르크스주의 비평가의 오류를 지적한 것은 근접 마르크스주의자 마르쿠제이다. 성취된 내용이 곧 형식이고 언어 정련이 내용 성취에 필수적임에도 불구하고 그것을 단순한 표피적 기교문제라고 격하시키는 태도를 가진 시인치고 성공한 시인은 없다. 그럼에도 앞에 보이는 오든과 같은 태도가 보이지 않는 것은 징후적이며 디지털 혁명시대에 더욱 심화될 공산이 크다. 말의 매혹을 실감케 하는 동요나 시 교육이 초등학교에서부터 이루어져야 할 것이다. 시초가 항상 중요하기 때문에 초등학교 수준에서 좋은 텍스트를 선정해서 가르치는 것이 가장 중요하다.

2. 상상력의 교육

상상력에의 호소는 문학이 갖고 있는 막강한 힘이라고 생각한다. 당연히 문학 교육은 상상력의 교육이 돼야 할 것이다. 과학과 기술공학의 시대인 오늘날 막연히 인문적 상상력과 과학적 상상력을 구분하여 후자를 우선시하고 전자를 하대하려는 잠재적 경향이 퍼져 있는 것이 사실이다. 과연 그러할까? 인문적 상상력과 과학적 상상력은 명확히 구분되는 것이고 양자는 대립적인 개념일까? 그것은 대립적인 것이기보다는 상호보족적인 것이고 각각의 특징은 있을 지언정 별개의 뿌리에서 작동하는 것은 아닐 것이다. 노스롭 프라이가 "비행기를 마련해 낸 것은 날고 싶은 욕망이라기보다도 오히려 시간과 공간의 횡포에 대한 반역이다"[04]라고 말했을 때 그것은 한계를 모르는 인간의 상상력을 말하는 맥락에서였다. 상상력에 대한 성찰은 적정한 문학 교육을 위해서도 필요하다.

근대 물리학이 새로운 세계상과 우주상을 보여준 17세기 이후 진리와 현실의 뜻 깊은 영역이 언어진술의 영역으로부터 물러나기 시작한다는 것은 가령 조지 슈타이너와 같은 인문학자가 일찍부터 지적한 사실이다. 17세기까지 현실과 인간경험의 거의 전부를 포용했던 '어사적(語辭的) 언어(verbal language)'의 영역이 극히 한정된 영역만을 포용하게 되고 '비어사적(非語辭的) 언어(non-verbal language)'의 영역이 넓어졌다는 것이다. 쉽게 말해서 근대의 과학혁명 이후 전통적 인문학이 자연과학과의 경쟁, '비어사적 언어세계'에서의 지적 모험과의 경쟁에서 상대적으로 열세에 놓이게 되었다는 것이다.[05]

이러한 말의 세계의 후퇴가 인문학의 위세를 하락시키고 있다는 것은 사실이다. 이에 따라서 자연과학의 방법적 우월성이나 객관적 타당성이 당연한 것으로 간주되어온 혐의가 없지 않다. 그리고 인

04 Northrop Frye, *The Educated Imagination* (Bloomington: Indiana Univ. Press, 1964), p.30.
05 George Steiner, *Language and Silence* (Harmondsworth: Penguin Books, 1969), pp.34-35.

문학과 자연과학은 늘 대립적 개념으로 수용되어온 것도 사실이다. 자연과학 연구의 방법론을 인문과학이나 사회과학 연구의 방법론으로 차용한 실증주의의 한계가 지적되는 한편으로 인문학의 객관성에 대한 의문은 계속되고 있다. 이러한 추세는 자연과학의 응용과 기술공학이 세계를 바꾸는 규모와 정도가 증대함에 따라 가속되는 경향이 있다. 인문적 상상력은 나태하거나 사회일탈적인 국외자의 환상이나 몽상으로 간주되는 일도 비일비재하다.

그렇다면 인문학의 상상력과 자연과학의 상상력은 과연 전혀 이질적인 것인가? C. P. 스노가 말하는 '두 개의 문화', 즉 인문과학과 자연과학에 두루 통달한 브로노프스키는 그렇지 않다고 말하고 있는 것으로 생각된다. 그는 과학의 발견이나 예술작품은 모두 숨어 있는 유사성의 탐색이라고 말하면서 양자의 공통성을 강조한다. 코페르니쿠스가 지구가 태양 둘레를 돈다고 했을 때 그로 하여금 이러한 대담한 추측을 하게 한 것은 무엇인가? 그는 지구에서가 아니라 태양으로부터 바라본다면 유성들의 궤도 운행이 한결 단순해 보이리라는 것을 알아냈다. 그러나 계산에 의해서 그것을 알아낸 것이 아니고 자신을 지구에서 들어 올려 태양 속에 내려놓음으로써, 즉 상상력의 도약을 통해서 그것을 알아냈다는 것이다. [06]

뉴턴의 만유인력설에 대해서도 비슷한 설명을 가하고 있다.

---

06 J. Bronowski, *Science and Human Values* (New york: Harper & Row, 1965), pp.11-12.

1665년 역병 때문에 케임브리지 대학이 문을 닫았을 때 22세의 뉴턴은 과부 어머니의 정원에서 사과가 떨어지는 것을 보았다. 그 순간 젊은 뉴턴에게 떠오른 생각은 사과가 중력에 의해서 땅으로 끌렸다는 것이 아니었다. 그것은 뉴턴 이전에도 알려져 있던 생각이지 전혀 미지의 것이 아니었다. 그에게 떠오른 것은 나무 꼭대기까지 도달하는 것과 같은 중력이 지구와 공기를 넘어 무한히 공간으로 뻗어나간다는 추측이었다. 중력이 마침내 달에 도달하리라는 것이 뉴턴의 새로운 생각이었다. 그리고 그 중력이 달로 하여금 궤도를 돌게 하리라는 것이었다. 그리고 지구의 얼마만한 중력이 달을 떠받치는가를 계산하고 그것을 이미 알려진 나무높이의 중력과 비교하였다. 즉 그것은 사과와 달이라는 두 개의 서로 다른 외관에서 유사성을 포착한 것이다. 뉴턴은 중력이라는 한 개념의 두 표현을 사과와 달이라는 두 현상 사이에서 찾아냈고 그 개념은 그의 창조였다고 브로노프스키는 강조한다. 다시 말해서 자연과학적 발견의 계기는 다시 한 번 계산이 아니라 상상력의 문제라는 것이다.[07]

70회 탄생 기념 모임에서 프로이트는 '무의식의 발견자'라는 칭송을 받았다. 그러자 프로이트는 그 말을 정정해서 이렇게 말했다고 한다. "나 이전에 시인과 철학자가 무의식을 발견했습니다. 내가 발견한 것은 무의식을 연구하는 과학적 방법이었을 뿐입니다."

---

07 *Ibid.*, p.15.

정신분석을 과학이라고 할 수 있느냐에 대해서는 이론이 있을 것이다. 해럴드 블룸과 함께 셰익스피어야말로 정신분석의 발명자요 프로이트는 그것을 성문화(成文化)했을 뿐이라고 말할 수도 있을 것이고 프로이트의 저작을 하나의 문학 에세이로 볼 수도 있을 것이다.[08] 그러나 실험심리학 쪽에서 무슨 말을 하든 '무의식' 자체를 거부할 수는 없을 것이요 프로이트가 자임하는 '과학적 방법'을 완전히 부인하기도 어렵다. 그러한 맥락에서 프로이트를 가리키면서 우리는 문학적 상상력과 과학적 상상력이 그렇게 분리되어 있는 것이 아니라고 말할 수 있을 것이다.

한편 '지적 풍토'라 부르는 모호한 실체를 부인하기도 어렵다. 현실의 문제들을 풀기 위한 현실적 노력의 일환으로 실재하지 않는 상상의 세계를 설정해 보는 능력이 유토피아로 표현되었던 서구의 16세기가 한편 '가공의 수(fictitious number)'라고 당초에 불렸던 부수(負數)를 만들어낸 시기이기도 하다는 사실은 뜻 깊다. 가공적인 상황을 상상하는 능력이 문학 혹은 사상 분야와 수학의 분야에서 동시에 발현되었다는 것은 지적 풍토라는 매개를 통해서 인문적 상상력과 수학적 상상력이 동시적으로 작동했음을 뜻한다.[09] 다양성 가운데서 통일성을 찾아내고 숨어 있는 유사성을 발견하는 상상력

08 Harold Bloom, *The Western Canon* (New York: Harcourt Brace & Co., 1994), p.375.
09 J. Bronowski and Bruce Mazlish, *The Western Intellectual Tradition* (Harmondsworth: Penguin Books, 1963), pp.76-77.

은 인문 분야나 자연과학 분야에서나 동일하다고 할 수 있다. 우리는 인문학의 상상력과 자연과학의 상상력을 대척적, 대립적으로 파악하는 통념이 어디까지나 하나의 편의일 뿐 사실과 일치하지 않는 것이라고 말할 수 있을 것이다.

3. 매임 없는 상상력

논어의 '위정(爲政)'편에는 '군자는 불기니라'(君子不器)라는 대목이 보인다. 그 일함이 한정되지 않고 자유로워야 한다는 뜻으로 읽는 것이 보통이다. 주자(朱子) 이래의 전통적인 해석으로 여겨지고 있다. 펭귄판 영역본에도 The gentleman is no vessel이라 번역해 놓고 그릇이란 특정 목적을 위해 만들어 놓은 것이니 결국 전문가가 아니라는 뜻이라고 간단한 주석을 달고 있다.[10] 특정 분야에만 정통해 있는 좁은 사람이 아니고 두루 사물에 대해 이해를 가진 덕성스러운 인물이어야 한다는 것이라고 이해된다. 즉 실용적 기술이나 쓸모 있는 기능의 소유자가 아니라는 뜻이 된다.

군자를 오늘의 인문적 지식인이라 할 때 인문학적 상상력이란 불기의 상상력이라고 할 수 있을 것이다. 그것은 역지사지하는 감정

---

10   Confucius, *The Analects*, D.Ç. Lau (trans.) (London : Penguin books, 1979), p.64.

이입과 자기 입장으로부터의 초월, 그리고 편향에서 자유로운 유연성을 특징으로 하는 상상력이라 할 수 있을 것이요 공리적 목적으로부터 어느 정도 초연한 상상력이기도 할 것이다. 도구적 이성이 배타적으로 작동하고 있으며 모든 것이 조작(操作)의 대상이 되어 있는 오늘날의 관리사회에서 '불기의 상상력'이야말로 인간화된 사회를 위해 필수적인 것이 아닌가 생각된다. 매임 없는 '불기의 상상력'은 동시에 도덕적 상상력이기도 하다.

소연방이 붕괴한 직후 인문학자 조지 슈타이너는 "교정쇄"라는 중편소설을 발표했다. 이탈리아가 무대로 되어 있는 이 작품에서 골수 마르크스주의자이며 교수란 호칭을 듣고 있는 꼼꼼하고 틀림없기로 이름난 교정자(校訂子)와 공산당원인 신부 사이에 진지한 토론이 벌어지는데 교수는 말한다. 모세, 예수, 마르크스가 내비친 지상(地上)의 비전은 거대한 성급함이며 또 인간의 과대평가라고 그는 평가한다.[11] 인간에 대한 과대평가에서 현실 사회주의 실패의 한 원인을 찾고 있는 것이다. 그의 생각의 옳고 그름의 문제가 아니라 인간에 대한 정확한 성찰에 기초하지 않은 어떤 정치체제나 사회질서도 문제성이 있다는 지적이 중요하다. 유가의 덕치(德治)나 한비자(韓非子) 등의 법치(法治) 개념의 사례에서 보듯이 인간관과 정치체제는 밀접한 상관관계가 있다. 인간화된 사회를 구상하고 그 실현을

---

11   George Steiner, *The Deeps of the Sea* (London: Faber & Faber, 1996), p.343.

모색하기 위해서도 '불기의 도덕적 상상력'은 인간이해를 위한 소득 있는 탐구를 지속해야 할 것이다. 인문학적 상상력의 막강한 중요성이 여기에 있다.

4. 점화(點火)의 상상력

그러면 불기의 상상력을 인문학적 상상력이라 할 때 문학적 상상력의 특징은 무엇인가? 물론 현존하지 않는 것을 떠올리고 그것을 마음속에 그릴 수 있는 능력을 상상력이라 할 때, 그것을 굳이 유형화하고 구별하는 것은 부질없는 일이라 할 수도 있다. 그러나 인문학의 상상력이나 자연과학의 상상력이 숨은 유사성의 발견이라는 점에서 동일하다 하더라도 자연과학의 개념과 언어에 기초한 상상력의 세계가 있고 그것은 점차 전문화되어 가는 것도 사실이다. 전문화된 상상력에는 이미 비전문인이 넘보지 못하는 고유의 세계가 있는 법이다. 아무리 상상력을 비약시킨다 하더라도 비전문인이 상대성원리를 완전히 이해할 수는 없다. 그것이 엄연한 방정식인 이상 그 방정식을 이해하지 못한다면 일반 언어로 된 이해는 느슨한 근사치의 이해밖에 될 수가 없다. 그런 의미에서 본원적인 동일성을 인정한다 하더라도 일단 구분해서 높은 단계의 상상력을 검토해야 할 것이다. 가령 지금은 잊혀진 미국 사회학자 라이트 밀즈가 애기하는 "사회학적 상상력"은 분명히 자연과학적 상상력이나 문학적 상상력과는 구별되는 어떤 것일 터이다.

그러한 전제하에서 조심스럽게 접근해본다면 문학적 상상력, 즉 시적 상상력은 구체적 설득력이 풍부하고 상상력에 불을 지피는 점화(點火)의 상상력이라 할 수 있다. 그리고 우리가 문학에서 접하는 점화의 상상력은 모든 우수한 문학작품에 지천으로 깔려져 있기도 하다. 상상력을 얘기할 때 우리가 떠올리는 것은 시인, 연인, 광인이 모두 상상력으로 가득 차 있다는 셰익스피어의 대사이다. 즉 시적 상상력이야말로 상상력 중의 상상력이라 할 수 있다. 그러면 점화의 상상력이란 무엇일까?

> 먼 북쪽 스비초드란 곳에 산이 하나 있습니다. 높이가 100마일이고 너비도 100마일입니다. 천년마다 한 번씩 조그만 새 한 마리가 부리를 갈기 위해 이 산으로 날아옵니다. 이렇게 해서 그 산이 닳아 없어질 때 영원의 단 하루가 지나갈 것입니다.[12]

헨드릭 빌렘 반 룬이라는 이가 소년소녀를 위해 쓴 세계 역사책인 『인류 이야기』 첫머리에 보이는 대목이다. 영원이란 개념을 구체적인 이미지를 통해 설명하고 있는 이 대목을 어린 시절에 접한

---

12 Hendrik Willem van Loon, *The Story of Mankind* (New York : Liveright, 1921), p.2.

필자는 허구와 현실을 구분하지 못하고 사실진술인 것으로 착각했었다. 언젠가 그 산을 찾아가보리라는 엉뚱한 꿈을 키우기도 했다. 삽화와 함께 적혀 있는 이 대목은 오랫동안 뇌리에서 떠나지 않았다. 이 책은 20세기 내내 스테디셀러가 되어 요즘에도 판을 거듭하고 있는 것으로 알고 있다. 어린 독자들은 이 그림 설명에 매혹되어 책을 읽어나갔을 터이고 좀처럼 잊히지 않는 독서체험으로 남아 있게 되었을 것이다. 이렇게 우리의 상상력에 점화하는 것이 시적 상상력의 요체일 것이다.

밤마다 밤마다
온 하룻밤!
쌓았다 헐었다
긴 만리성!

김소월의 「만리성」이란 4행시다. 우리 현대시에서 같은 시인의 「엄마야 누나야」, 정현종의 「섬」, 유치환의 「그리움」과 함께 단시의 걸작 중의 하나일 것이다. 그럼에도 이 작품을 아는 이는 드물다. 아마 이해가 잘 안 되어서 그럴 것이다. 여기서의 만리성은 만리장성의 준말이요 긴 성이란 말이다. 우리의 속담에도 자주 나와 아주 친숙한 낱말이다. "하룻밤을 자도 만리성을 쌓으랬다"는 속담도 있다. 사람 사이의 정분을 말하는 것이다. 김소월 시에서 만리성은 공상이나 궁리나 생각을 말한다. "밤새 기와집을 지었다 헐었다 해서 한잠도 못 잤다"라는 말이 있는데 이것은 생각이나 걱정이 많아 이 궁리 저 궁리 하느라고 잠을 못 잤다는 뜻이다. 김소월은 기와집 대신 만리성이란 이미지를 씀으로써 불면의 밤을 불멸의 이미지로 만들었다. 이렇게 읽어보면 기막힌 시라는 것을 알게 되고 좀처럼 잊히지 않을 것이다. 불면의 밤의 시각화를 가능하게 한 것은 시인의 시적 상상력이다. 이것이 이를테면 점화 상상력의 사례요 구체적이고 설득력 있는 이미지를 가능하게 한 원천인 것이다. 이렇게 해서 문학적 상상력은 의표를 찌르는 구체성과 설득력으로 해서 우리 자신을 돌보게 하고 현실을 재발견하게 한다. 현재 형태의 문학이 쇠락한다 하더라도 시적 문학적 상상력은 어떠한 형태로든 인간의 자기이해와 세계이해에서 막중한 기능과 소임을 이행할 것이다.

5. 유관성을 찾아서

  문학입문 시간에 학생들에게 소포클레스의 테바이 삼부작을 읽고 그 가운데서 한 작중인물을 택해 자기변호를 시도하게 하는 과제를 과한 적이 있다. 예상과는 달리 『안티고네』를 선택한 경우가 가장 많았고 작품 선호도에서도 『안티고네』가 『오이디푸스 왕』을 훨씬 웃돌았다. 일 년 후에 동일한 과제를 부과했는데 결과는 동일하였다. 몇 가지 이유를 추정할 수 있을 것이다. '오이디푸스 콤플렉스' 때문에 소포클레스를 읽기 전에도 학생들은 오이디푸스 신화의 줄거리에 대해서 아주 친숙하다. 이러한 친숙성이 소포클레스를 읽었을 때의 충격적 감동에 대해 완충 장치로 작용할 수 있다. 이에 비해서 안티고네 신화에의 노출은 상대적으로 드물기 때문에 작품을 읽었을 때의 충격적 감동은 더 클 수가 있다. 또 여학생 비율의 상대적 증가도 참작해야 한다고 생각된다. 남녀 학생 비율이 엇비슷한데 여학생의 대부분이 안티고네 편에 서서 변호를 시도하고 있기 때문이다. 그러나 이러한 추정을 떠나서 우리의 현실 상황이나 정치적 경험이 학생들로 하여금 『안티고네』에서 유관성을 발견하고 공감하게 했을 가능성도 높다. 실상 많은 학생들이 이 고전 비극의 당대적 성격, 과거 속의 현재에 놀라움을 표시하면서 고전에 대해 새로운 시각을 갖게 되었음을 실토하기도 하였다.

앞에서도 언급했고 또 널리 알려져 있다시피 1790년 이후 19세기 내내 유럽의 대표적 시인, 철학자, 학자들이 『안티고네』를 그리스 비극 중 최고의 작품일 뿐 아니라 인간 정신이 마련해낸 어떤 작품보다도 완벽에 가까운 예술품이라고 칭송하였다. 이러한 『안티고네』 숭상은 흔히 프랑스 혁명과의 연관 속에서 설명된다. 개인과 역사의 만남을 체험한 인문적 지식인들에게 사사로운 삶과 공적인 삶 그리고 역사적 삶의 뒤엉킴을 극화하고 있는 『안티고네』가 선호와 숭상의 대상이 되었다는 것이다. 그런 과정에서 "인간 노력이 마련해 놓은 것 가운데서 가장 숭고하고 또 모든 면에서 가장 완벽한 예술작품의 하나"라는 헤겔의 『안티고네』 예찬이 나온다. 그리고 그는 거기에서 비극의 갈등 혹은 비극적 충돌의 전형을 본다. 그것은 선과 악의 갈등이 아니라 상호배제적인 두 부분적인 선 사이의 갈등이다.[13]

정치 공동체의 명령과 친족 윤리가 부과하는 의무 사이에서 혈족 의무와 죽음을 선택한 『안티고네』를 변호하는 학생들이 작품에서 읽어 내는 것은 헤겔 흐름의 갈등의 실체가 아니다. 그들은 대체로 크레온이란 권력자의 전횡적인 권력 행사에서 부정의와 오만을 읽어내고 안티고네의 죽음에서 정의와 인간 존엄의 순교를 본다. 반역자의 시체에게 통상적인 장례 절차를 거친 매장을 허용치 않는다는 당대의 관행과 같은 세목을 그들은 크게 개의하지 않는다. 따라서 약혼자의 관용을 호소하는 아들에게 건네는 "집안의 반역자를 눈감아 준다면 집 밖의 반역자를 어떻게 다스린단 말이냐"는 크레온의 발언도 정치공동체의 내적 논리라기보다는 권력자의 방자한 권위주의적 작태로 받아들인다. 그러한 맥락에서 '가망 없는 일에 나서는 것은 부질없는 일'이라며 당초 협력을 거절하는 이스메네는 비겁한 현실 추수주의자로 규정된다. 학생들은 또 '돈! 돈은 인간의 저주이다. 더한 것은 없다. 돈은 도시를 파괴하고 인간을 고향에

---

13 George Steiner, *Antigones* (Oxford: Clarendon Press, 1984), p.4.

서 추방시키고, 오명과 치욕에 이르는 길을 가리키며 지극한 선의의 영혼조차도 유혹하고 현혹시킨다'는 크레온의 대사를 인용하면서 그러한 통찰에 대한 공감을 표시한다. "생자를 즐겁게 할 이승의 시간은 짧지만 사자를 사랑할 시간은 영원하다"는 안티고네의 믿음도 수사적 장치라 생각하는 편이다. 그러기 때문에 "세상에 경이는 많지만 가장 놀라운 경이는 인간"이라는 코러스의 인류 찬가도 방백 정도로 받아들인다. "명예가 진정으로 귀속해 있는 것들을 존중하기 때문에 나는 간다"는 안티고네의 마지막 말도 학생들은 굽힐 줄 모르는 양심의 최후로 받아들인다. 요컨대 학생들은 고전 비극을 사회와 불화 관계에 있는 근대적 자아의 순교를 다룬 근대극으로 수용하고 있는 셈이다. 물론 학생들이 자신들의 수용 방식을 이렇게 명료한 언어로 자각하고 있는 것은 아니다. 그러나 그들의 수용 방식을 위와 같이 요약할 수 있다는 것은 부정하기 어렵다.

학생들의 일차적 수용을 보완하기 위한 정보 제공이 물론 교실에서 이루어진다. 그리스 비극의 발생과 소멸, 신화의 창의적 구성, 디오니소스 축제의 일환으로서의 비극 경연과 경연 과정, 비극과 희극의 차이, 비극의 장르적 특성, 아테나이 도시 국가에서의 극장의 의미 등에 관한 정보를 제공한다. 또 중요한 것은 하나도 빼놓지 않고 허술한 것은 하나도 들여놓지 않는 완벽한 구성, 번역을 통해서 사라진 숭고 문체의 울림 등도 작품의 전체적 이해를 위해서 소개된다. 그렇기는 하지만 중요한 것은 이러한 예비지식이나 주변적

정보 없이도 소박한 일반 독자로서 학생들이 『안티고네』를 흥미 있게 또 감동적으로 향수한다는 사실이다. 본래의 텍스트와는 거리가 먼 근대극으로 읽기 때문에 도리어 학생들은 이 작품에 열중할 수 있다고 말하는 편이 온당할지도 모른다. 작품을 접하고 나서 근래의 소설을 읽어보니 '시시콜콜한 잔소리'로 차 있는 것 같아 하찮게 여겨진다는 독후감을 첨가한 학생도 있었다. 파생 텍스트의 가능성이 커지고 해독의 다양성이 커지는 작품이야말로 고전의 이름에 합당한 것이라는 사실을 재확인하게 된다.

위에 적은 현장 경험으로 미루어 보아 독자들이 자기와의 관련성 속에서 유관성을 찾고 거기에 자기의 문제를 투사하고 사고하는 것이 일반적 관행인 것으로 생각된다. 그러므로 대학수준의 문학 교육 텍스트는 특히 유관성이란 관점에서 선정하는 것이 중요하다. 물론 인간의 문제를 다루는 모든 문학이 유관성을 가지고 있다. 그러나 흥미유발을 위해서는 농도 짙은 유관성이야말로 텍스트 선정 기준이 되어야 한다고 생각한다. 이 경우 유의할 것은 과도한 투사 때문에 열린 텍스트를 닫힌 텍스트로 바꿔버리는 위험성의 경계요 유념이다.

6. 부수적인 문제

　근자 대학교육의 확장에 따라서 많은 연구자가 배출되었다. 문학과의 경우 그것은 고전이나 문학작품에 대한 연구와 해석을 다룬 방대한 2차 문서를 낳게 했다. 그리고 이러한 2차 문서는 성질상 증가 일로에 있어 해마다 막대한 분량이 추가되고 있다. 가령 근대문학 분야에서만도 러시아와 서구에서 해마다 대략 3만 편의 박사논문이 등록되고 있다고 추정된다. 괴테의 『파우스트』에 관한 논문과 저서의 문헌목록은 방대한 책으로 4권이나 나왔지만 벌써 철지난 것이 되고 말았다. 1780년대 후반부터 지금까지 『햄릿』에 관해 씌어진 논문, 저서, 에세이 등은 2만 5천 개에 이른다고 계산되고 있다.[14] 1980년대 말에 나온 추계이니만큼 4반세기가 지난 오늘 위의 숫자는 가파른 상승곡선을 그리고 있을 것이다. 이것이 모두 문학 이해를 위해 얼마만큼의 기여를 하는 것은 사실일 것이다. 그러나 이런 연구자들이 모두 적정한 문학적 안목이나 감식력을 가지고 있느냐 하는 것은 전혀 별개의 문제다. 더구나 문학 교육을 위해 이들이 얼마나 도움이 되느냐 하는 것은 또 다른 검토가 필요한 사안이다. 전문가 양성을 위한 것이 아닌 의무교육 단계에서의 문학 교육이나 교양 획득 수준의 문학 교육은 어디까지나 문학향수가 즐거움

14　George Steiner, *Real Presence* (London: Faber & Faber, 1989), p.25.

이 되도록 하는 데 중점을 두어야 한다. 그런데 증가 일로에 있는 2차 문서는 문학향수의 즐거움에 장애가 되거나 훼손할 위험성을 안고 있다. 이 점에 대해서는 문학연구자 스스로가 인정하는 자성의 소리도 있다. 에드먼드 윌슨 이후의 박학이자 비평적 총기라는 평가를 받고 있는 프랭크 커모드는 말한다.

이론은 흥미진진한 몰두 사항이다. 시를 판단하고 시에 관해 얘기하고 시에 대한 감식력을 세련시켜 주는 것이 책임이나 운명이 되어 있는 사람들 사이에는 시를 별로 좋아하지 않으며 시의 필요성에 대한 이해가 부족한 이들이 많다고 발레리는 말한 적이 있다. 이런 부류의 사람들은 스스로 가지고 있지 못한 것을 나누어준다는 요상한 일에 종사하고 있다고 발레리는 말을 잇는다. 사태를 더욱 고약하게 하는 것은 이들이 있는 지혜와 열성을 다해서 맡은 일을 수행한다는 점이다. 이들은 여러 가지를 진지하고 깊게 생각하지만 발레리가 말하는 〈시〉는 정작 거기에 빠져 있는 것이다.[15]

15 Frank Kermode, *An Appetite for poetry* (Cambridge: Harvard Univ. Press, 1991), pp.26-27. 이와 관련하여 우리의 상황을 잘 드러내는 현상이 있다. 인터넷에서는 정지용 「향수」의 모작설이 오래전부터 돌고 있다고 한다. 필자는 「향수」가 미국시인 트럼불 스티크니의 「기억 (Mnemosyne)」의 모작이 아니라 「기억」의 우리말 번역이 정지용 「향수」의 어휘를 많이 채택했고 그런 의미에서 스티크니가 정지용을 모방한 셈이라고 실증적으로 조목조목 지적한 적이 있다. 우리말 번역에 보이는 정지용 「향수」의 어휘 때문에 착시 현상이 생겨 오해한 것이 분명하다. (졸저 『과거란 이름의 외국』, 현대문학, 2011, 196-229쪽 참조.) 이런 모작설을 주장하는 이가 원시를 검토하지 않고 우리말 번역본에 의지한 것도 문제다. 그 후 「향수」의 스티크니 모작설을 주장하는 글이 학술 논문의 형태로도 여러 편 나와 있는 것을 알고 놀랐다. 모두 대학 강단에 서있는 이들의 논문이다. 일정 분량의 논문을 발표해야 한다는 사정 때문에 주제를 찾다보니 이런 결과가 나온다는 고충은 이해가 간다. 그러나

인용된 발레리는 시에 관해서 말하고 있지만 널리 문학 일반에 해당하는 얘기라고 생각한다. 발레리는 시인이요 또 시인이나 작가는 대체로 비평이나 이론에 대해서 회의적이거나 부정적인 입장에 서는 경우가 많다. 자기 작품에 가해진 비판적 언설을 기준으로 해서 비평가나 학자가 작품을 제대로 판단하지 못한다는 생각을 갖게 되기 때문이다. 거기에는 유아론적 독단이 다소간 개입하게 마련이다. 그러나 위의 말은 시인 작가가 아닌 학자 비평가가 하는 소리이다. 따라서 시인작가의 유아론적 자기중심적 관점에서 해방되어 있고 비교적 객관적으로 사태를 보고 있다. 발레리가 개탄하고 커모드가 동조하는 사태는 우리 문학연구나 비평의 현장에서도 급속히 확산되고 있으며 대세가 되어 있다는 감개조차 안겨준다. 그만큼 별다른 통찰을 보여주지 못하는 2차 문서가 범람하고 있다. 본시 비평의 중요한 기능의 하나는 읽을 만한 가치가 있는 작품과 그렇지 못한 작품을 구별해서 가치 있는 작품의 성격과 의미를 규명하는 것이다. 거기에는 엄정한 비교 검토가 필수적이다. 분명한 판단 기준도 없이 편의나 필요에 따라 수많은 작품을 같은 차원에서 처리하는 것은 모든 작품의 평준화에 기여할 뿐이다. 성질상 진주잡이라야 할 비평가가 넝마주이로 자족하는 것은 비평의 자기부정으

요식행위로서의 논문 발표로 그치지 않고 학생들에게 장기간에 걸쳐 근거 없는 낭설을 퍼뜨린다는 사실이 중요하다. 구석에 처박혀 있는 으슥한 작품이 아니라 20세기 우리의 대표적인 고전 시편에 관한 터무니없는 오해라는 데 문제의 심각성이 있다. 가요로도 널리 불리는 시편인데 인구 대비 대학생 비율이 세계 제1위의 나라에서 보게 되는 문화적 해독 능력 결여와 연관된 희극적 사태이다.

로 보인다.

근대 문학에 관한 연구라는 개념 자체가 수천 수만 명의 젊은 남녀
가 셰익스피어, 키츠, 혹은 플로베르에 관해서 적정하고 새롭게 말
할 것이 있다는 분명히 거짓된 전제에 의해서 무효화되고 있다. 실
에 있어 박사 논문을 위한 또 박사 취득 후의 문학 〈연구〉의 대부분
그리고 〈연구〉가 양산하는 출판물은 음산한 늪 둠벙에 지나지 않
는다.[16]

그러나 제도화되어 체제의 일부가 되어 있는 대학과 학문의 관행
이 획기적으로 변혁되거나 폐지될 개연성은 없다. 연구결과의 불모
성 그리고 유용성이 없다는 인식이 광범위하게 퍼진다 하더라도 세
상에 미만해 있는 필요악의 하나로 간주되는 것으로 끝날 공산이
크다. 그러면 문학의 "이해"와 문학에 관한 "지식"은 불편한 동거 혹
은 공존을 계속하게 될 것이다. 〈연구〉 전문가의 배출이 아니라 적
정한 향수와 즐김에 필수적인 이해를 지향하는 문학 교육은 어디서
활력과 영감을 구할 것인가? 작품을 보는 안목을 기르는 데는 많이
읽는 것이 최선이다. 그러나 글쓰기를 많이 해보는 것도 중요하다
고 생각한다. 붓글씨 솜씨를 알아보는 안목을 기르기 위해서는 스

16 George Steiner, *Real Presence* (London: Faber & Faber, 1989), p.35.

스로 써보아야 한다는 말이 서도에 있다. 그러한 맥락에서 앞서 인용한 학자비평가의 조심스러운 자성은 매우 계시적이다. 대개 문학 교수들은 이른바 "창작 글쓰기 강좌"(creative writing course)를 수상쩍게 보고 거기서의 시 쓰기가 단순한 여가활동이라고 보아왔다.

> 근자에 대학원 문학 교실에서 중요한 공부의 일부로 시 쓰기를 배우는 학생들을 보게 되었다. 이것이야말로 문학공부가 시작되어 마땅한 지점이라는 것을 나는 뒤늦게 거의 확신하고 있다.[17]

전문적인 시인 양성이 아니라 문학 공부를 하는 대학원 학생이 시를 써보는 것으로 시작하는 게 좋겠다는 생각을 피력한 것이다. 문학의 이해를 위해서는 실제로 작품을 써볼 필요가 있다는 뜻이다. 구조주의를 위시해서 프랑스의 새 이론에 관한 정기적 세미나를 런던대학에서 주재한 것으로 유명한 그는 그러나 이렇게 적고 있기도 하다. "새로운 문학 이론은 그것이 아주 신나는 것으로 보일 때조차 내가 가서 살면서 편하지 못했던 타국이었다." 만년에 그는 새 이론이 문학 향수와 이해에 별 도움이 되지 않는다는 심경에 이른 것이다.[18,19]

---

17 Frank Kermode, *Not Entitled* (New York: Farrar, Straus & Giroux, 1995), p.197.
18 *Ibid.*, p.198.
19 "이론"에 열중하다가 문학이해에 도움이 안 된다며 전환을 선언하는 사람이 더러 생겨나고 있다. 그 대표적인 이가 프랭크 렌트리키아이다. 1983년에 『비평과 사회변화』 같은 정치 비평 흐름의 책

문학적 미적 감수성의 계발이 가능한 것인가 하는 근본적인 문제도 간단한 문제는 아니다. 도무지 감식력이 없고 빼어난 시행을 접하고서도 무감한 학생들은 의외로 많다. 반복적인 훈련과 교육을 통해서도 무감한 학생들의 미의식을 일깨우지 못한다고 주장하는 실제 현장 관찰자의 증언은 많다. 물론 약간의 진전은 있을 수 있지만 근본적인 개안(開眼)은 불가능하다는 것이다. "실제적으로 미적 가치는 인지되고 경험될 수 있으나 그 느낌과 지각을 파악하지 못하는 사람들에게 전달될 수는 없다"[20]는 해럴드 블룸의 의견에 동조하는 사람이 많은 것으로 생각된다. 그러나 이것은 어디까지나 정도와 수준의 문제라 생각된다. 해럴드 블룸 수준으로의 전수는 어렵겠지만 조금 낮은 수준에서의 전수는 가능할 것이고 그러한 전제가 모든 예술교육의 근저에 자리 잡고 있다 해도 과언이 아니다.

우리의 과제는 다수 대중의 현재 시야에 맞게 예술을 제약할 것이 아니라 대중의 시야를 될 수 있는 한 넓히는 일이다. 참된 예술이해의 길은 교육을 통한 길이다. 소수에 의한 항구적 예술독점을 방지하는 방법은 예술의 폭력적인 단순화가 아니라 예술적 판단능력을

을 냈으나 1996년에 "이론"이 책 읽기의 즐거움을 죽인다며 그 세뇌를 받은 대학원 학생에 끼친 악영향을 개탄하고 이젠 학부 학생에게 고전을 가르친다고 실토하는 글을 발표했다. 이런 전향자 가운데는 창작으로 돌아선 이도 있고 심리치료사가 되어 대학을 완전히 떠난 이도 있다. 앞에서 얘기했던 이글튼도 마르크스주의자의 입장은 고수하고 있으나 관심의 폭을 넓혀가고 있는데 『이론 이후』, 『악에 대하여』, 『시 읽기의 방법』 같은 책 이름이 그것을 시사하고 있다.

20 Harold Bloom, *The Western Canon* (New York : Harcourt Brace & Co., 1994), p.17.

기르고 훈련하는 데 있다.[21]

어느 특정사회의 문제로 제기된 예술 민주화의 길이란 맥락에서
토로하고 있는 말이다. 그러나 모든 사회에 적용되며 또 적용되어
야 할 명제라 할 수 있다. 교육을 통한 문학이해의 길을 우리는 꾸
준히 모색해야 할 것이다. 단시일 내에 가시적인 성과를 거두지 못
한다고 해서 포기할 수는 없다. 효과적인 문학 교육은 안목 있는 소
수를 확대하고 필경엔 풍요한 작품 생산에도 기여하게 될 것이다.

21   아르놀트 하우저, 백낙청·염무웅 역, 『문학과 예술의 사회사 4』 (창작과 비평사, 1999), 324쪽.

제 7 장

—

토론과 질의응답

1. 오생근 교수 질문

4주에 걸친 유종호 선생님의 「인문강좌」는 많은 것을 새롭게 알고 깨닫게 한 시간이었습니다. 선생님은 공들여 준비한 텍스트를 단조롭게 읽어 나가면서 설명하는 모범생 같은 강의가 아니라, 텍스트의 흐름을 따르면서도 적절한 예와 풍부한 유머를 통해 청중에게 어려운 문제를 알기 쉽게 이해시키려는 강의를 하셨다고 생각합니다. 특히 서양문학과 한국문학, 인문학과 사회과학, 고대 그리스 문학과 현대의 문학, 고급문화와 대중문화 등 모든 경계를 자유롭게 넘나드는 해박한 지식의 강의는 〈석학과 함께하는 인문강좌〉의 진면목을 보여주었습니다. 또한 '문학의 위기'라는 주제를 현재의 관점에서 표면적으로 진단하는 것이 아니라 역사적인 관점에서 심층적으로 분석하고 설명함으로써, 이 문제를 거시적이고 본질적으로 생각해 볼 수 있게 하셨습니다. 저는 두 가지 질문을 통해 토론자로서의 제 역할과 소임을 다하는 것으로 만족하겠습니다.

첫 번째는, 문학의 위기가 계속 심화되어가는 오늘의 현실을 돌아보면, 문학이 지난날의 영광을 되찾을 수 있다는 희망은 거의 불가능에 가까울 것으로 생각되는데, 이처럼 문학의 위기 혹은 문학의 죽음이 기정사실처럼 될 때, 가장 우려스럽게 생각되는 문제는 무엇일까요? 여러 해 전에, 선생님은 어떤 인터뷰에서 "문학은 언어예술이라는 점에서 그림이나 음악과 같은 예술 장르와는 다르게 인간에게 생각하는 능력, 인생을 통찰하는 안목을 갖게 하는 것이다. 만일 문학이 소멸한다면 인류에게 무엇보다 큰 손실이다. 문학을 대체할 수 있는 다른 장르는 없다"는 취지의 말씀을 하셨던 것으로 기억합니다. 저는 최근에 인터넷 세상이 생각하지 않는 사람들을 양산하게 만들었다는 내용의 *The Shallows*라는 책을 읽었는데, 이러한 현상도 문학의 위기와 관련이 있다고 생각합니다. 선생님은 지금도 문학의 소멸이 인간의 "생각하는 능력"의 소멸이라는 견해를 갖고 계신지요? 그리고 "문학을 대체할 수 있는 다른 장르는 없다"는 선생님의 생각을 다른 분야의 사람들이 지나치게 문학중심적이라고 반박한다면 어떻게 답변할 수 있을까요?

두 번째는 위기의 문학을 구원하기 위한 방법에 관한 것입니다. 선생님은 이러한 방법 중의 하나로 문학작품의 문학성을 제대로 인식하고 향유할 수 있게 하는 올바른 문학 교육이 필요하다는 것을 강조하셨습니다. 그런데 일부 비평가들은, 문학을 멀리하는 독자들을 다시 문학으로 이끌어 오기 위해서는 작가들이 새로운 기법을 만들어내야 한다는 주장을 펴기도 합니다. 그들 중의 한 비평가가 하는 말을 그대로 인용해 보겠습니다.

"작가들은 살아남기 위해 이제 전자·영상 매체와 경쟁해 독자들을 다시 한 번 문학으로 데려올 수 있는 새로운 형태의 소설, 즉 추리소설 기법을 차용한 재미있는 소설을 써야 한다. … 살아남고 흥성하기 위해서 문학은 순수문학과 대중문학의 관습적인 경계를 허물어야 하고 문학의 저급화가 아닌 문학의 대중화를 시도해야 한다."

문학이 살아남기 위해서는 이런 식의 "문학의 대중화" 노력이 과연 필요한 것일까요?

요즈음 대학생들이 선호하는 작가 중에서 발간되는 작품마다 베스트셀러가 되고 있는 일본의 무라카미 하루키라는 작가가 있습니다. 무라카미는 위의 비평가가 지지하는 '문학의 대중화'의 예시가 되는데, 그러한 작가를 어떻게 평가할 수 있을까요?

답변 1 :
변변치 못하고 또 정연하지 못한 저의 얘기를 너그럽게 보아주셔서 감사합니다. 저로서는 빼놓지 않고 참석하셔서 경청하신 점에 대해서 충심으로 고맙게 또 한편으로는 송구스럽게 생각하고 있습니다. 강좌를 총괄하시는 서지문 교수님을 위시해서 토론에 참여하신 오생근 교수님, 신경숙 교수님, 유성호 교수님, 그리고 사회로 수고해주신 김미현 교수님께 이 자리를 빌려 감사의 뜻을 표하는 바입니다.

한참 전에 드러커라는 경영학자가 TV에 나와서 강연하는 것을 시청한 적이 있습니다. 90대인데도 정정하게 얘기를 해서 놀랐는데 그는 1929년 뉴욕증권거래소에서 시작된 경제 공황이 단시일 내에 끝나리라고 생각했다는 것입니다. 그런데 그것이 오래 가서 놀라기도 하고 또 자기가 앞으로 섣부른 예측이나 예단을 삼가고 신중해야겠다는 작심을 했다는 것입니다. 1929년이란 시기는 지금 생각하면 한가한 시대였습니다. 아우슈비츠도, 초음속 비행기도, 핵무기도, 휴대폰이나 인터넷도 없던 상대적으로 안정된 시대였습니다. 현기증이 날 정도로 변화가 심한 오늘날 비록 가까운 미래라 하더라도 섣부른 전망이나 예측은 위험한 일이라 생각하면서도 오 선생님의 질문에 대답하도록 하겠습니다.

문학의 소멸이 인간의 "생각하는 능력"의 소멸로 이어진다는 생각을 여전히 가지고 있느냐는 문제입니다. 문학이 소멸하더라도 자연과학이 있고 철학이 있고 정치경제가 있을 터인데 생각하는 능력이 소멸하지는 않겠지요. 그러나 과거의 문학이 담당해온 고유의 문학적 사고능력은 분명 쇠퇴하리라 생각합니다. 문학적 사고를 편의상 상상력에 매개되어 더욱 절실해지는 구체적, 직접적인 사고나 통찰력이라고 말해보겠습니다. 유명한 얘기지만 마르크스는 발자크의 소설을 통해 자본주의의 작동에 대해 많은 것을 배웠다면서 언젠가 발자크론을 써보고 싶다고 했으나 그럴 기회가 없었습니다. 발자크가 추상적인 담론으로 자본주의의 작동을 기술한 것이 아니라 사회에서 벌어지는 현상을 상상력을 매개로 해서 구상적, 전형적으로 보여줌으로써 그 요체를 인지하게 했을 것입니다. 자본주의 현상은 모든 사람이 경험한 현실의 사안이지만 그것을 자신도 모르게 명백히 인지하고 묘사한 것은 일단 문학적 사고와 통찰의 결과라 해도 될 것이고 문학의 쇠퇴와 함께 그런 능력의 쇠퇴도 불가피할 것이라 생각됩니다. 또 프로이트가 "내가 무의식을 발견한 것이 아니다. 내 앞의 시인이나 철학자가 그것을 발견했고 내가 보여준 것은 무의식을 연구하는 방법일 뿐"이라고 했다는 것도 유명한 얘기입니다.

문학적 사고의 특색은 항상 구체적이면서 구체를 넘는 보편에 이른다는 것입니다. 가령 윌리엄 블레이크는 이렇게 「순수의 전조」에 적고 있습니다.

새장에 갇힌 붉은 가슴 울새는
천국을 온통 분노케 하고
주인집 문 앞에서 굶주리는 개는
한 나라의 멸망을 예고한다.

여기 보이는 것은 사고의 파토스이며 그 강렬성입니다. 이런 강렬한 직접성은 문학적 사고에서나 가능하다고 봅니다. 여기서 사고와 표현은 분리될 수 없습니다. 표현으로 완결되지 않은 사고는 사고가 아니며 그 전조일 뿐일 것입니다. 다음은 쿤데라의 『참을 수 없는 존재의 가벼움』에 보이는 지문입니다.

테레사는 마을 주민들에 대해 나무랄 데 없는 처신을 했다. 그렇지 않을 경우 그녀는 마을에서 살 수 없을 것이기 때문이다. 뿐만 아니라 토마스에 대해서도 그녀는 그를 필요로 하기 때문에 다정하게 굴지 않을 수 없었다. 다른 사람들에 대한 우리들의 관계라는 것이 어느 정도가 우리들의 감정 … 사랑, 반감, 호의 혹은 악의 … 의 결과인가, 그리고 그것이 어느 정도 개인 간의 항상적 권력 놀음에 의해서 결정되는가 하는 것을 우리는 결코 확실하게 확증할 수 없다.

소설의 구체적인 장면에서만 이러한 사고가 가능할 것이고 그것을 문학적 사고라 할 때 문학의 소멸은 큰 손실이라 생각됩니다. 물론 영화나 방송극에서 이런 사고가 불가능한 것은 아닐지 모르나 그것은 어디까지나 부수적 부록적인 기능에 머물 것입니다. 문학을 대체할 다른 장르가 없다는 생각에 대해 "문학중심적"이라 비판한다면 "언어중심적"이란 말로 바꾸어서 수용하겠습니다. 헬레니즘에서나 헤브라이즘에서나 인간은 언어동물(language animal)로 파악되고 있습니다. 근래의 과학 발달과 더불어 이른바 "어사적 언어(語辭的 言語, verbal language)"의 영역이 좁아져가고 인간경험의 많은 영역을 수학, 화학방정식, 음악, 도상(圖像)과 같은 "비(非)어사적 언어(non-verbal language)"가 관장하고 있다는 것은 부정할 수 없습니다. 그러나 그러한 특수 전문 언어의 확장은 더욱 일상적이고 비근하고 보편적인 "어사적 언어"의 중요성을 확인시켜 준다고 할 수 있습니다. 이런 생각은 일종의 직종 이기주의 및 자기중심주의의 소산일 것입니다. 그러나 사람은 자기가 하는 일이 매우 중요한 것이라 믿게 되고 그러한 믿음 없이는 자기 하는 일을 제대로 수행하지 못할 것입니다. 그렇게 이해해 주시기 바랍니다.

두 번째 질문에 관해서 말씀드립니다. 문학의 대중화를 통한 문학의 독자 획득에 대해서는 제가 지난 주일에 소개한 옥스퍼드 대학의 존 캐어리가 "고급예술이 보다 대중적이 되어야 한다"고 주장할 때 체코의 작가 차페크를 원용하고 있음을 말한 바 있습니다. 차페크는 벌써 1920년 말부터 그런 말을 하고 있습니다. (1930년대 말 나치스 독일이 체코를 무단점령하기 직전에 세상을 뜬 그가 오늘 살아 있어도 이렇게 생각할지는 의문입니다. 그는 오늘의 대중사회 출현과 대중문화의 사회적 제패를 보지 못했기 때문입니다.) 사실 무라카미 같은 작가는 보다 대중적이 되어서 세계적인 베스트셀러 작가가 된 것이라 볼 수 있습니다. 그러나 그것은 제가 말하는 "팝문학"이라 생각합니다. 선행 걸작과의 경쟁을 통해서 본격문학이 활력을 얻고 소중한 전통을 계승하는 것이라 할 때 문학의 대중화는 사실상 저자세적인 호객행위에 지나지 못할 것입니다. 대중문화의 기고만장한 위세를 누르기 위해서는 본격문학이 보다 압도적인 위엄을 보여주어야지 그렇지 않으면 거기 흡수되고 말 것이라 생각합니다.

무라카미는 굉장한 다작인데 저는 『노르웨이의 숲』, 『국경의 남쪽, 태양의 서쪽』, 『바람의 노래 소리를 들어라』 정도를 읽었을 뿐입니다. 그러나 더 읽고 싶지 않아요. 이 세상에 읽을 만한 책이 얼마나 많습니까? 그의 소설제목이 팝송 제목을 딴 것이라는 것도 상징적입니다. 그냥 오다가다 한번 읽어보는 거야 좋지만 탐독자가 되는 것은 청춘의 낭비라 생각합니다. 또 저로서는 일본작가 중에서도 가와바타(川端)나 엔도 슈사쿠(遠藤周作)나 오에(大江)만큼 재미도 없어요. 어느 자리에서 "보들레르의 14행시 몇 구절을 위해서는 위고의 전부를 주어도 좋다"는 『좁은 문』의 대목에 기대어 오에의 단편 「인간의 양」, 「싸움의 오늘」을 위해서는 『노르웨이의 숲』 전부를 주어도 좋다고 소감을 말한 적이 있습니다. 문학 교육을 통해서 문학위상이 회복된다고는 생각지 않습니다. 문학위상의 하락에 잘못된 문학 교육이 한몫 단단히 하고 있다는 사태를 관여자의 한 사람으로 개탄하는 것일 뿐입니다.

2. 신경숙 교수 질문

먼저 이렇게 좋은 자리를 마련해주신 연구재단과 이 강좌시리즈의 운영을 맡고 계신 서지문 교수님께 깊이 감사드립니다. 그리고 매주 토요일마다, 강의를 듣고 또 다시 자양분을 섭취할 수 있게 해주신 유종호 교수님께 감사드립니다. 이 토론문은 토론자로서 작성했다기보다는 후학이며 청중으로 강의를 듣다가 떠오른 생각들을 정리한 글이라는 편이 더 적절하겠습니다. 토론이나 문제제기보다는 풀리지 않는 의문과 고민을 적어봅니다.

저는 여기서 크게 세 가지를 질문 드리려고 합니다. 문학의 옹호라는 과제의 역사성, 이유 있는 정전에 대한 의문, 진리와 미에 대한 인문학의 사명에 관한 질문이 그것입니다.

(1) 문학의 옹호, 그 역사성에 관한 질문입니다.

첫 강의에서, 영문학사에서 "시의 옹호"를 시도한 두 명의 작가를 예로 드셨습니다. 한 사람은 영국 르네상스문학의 대표적인 문사였던 시드니 경(Sir Philip Sidney)이고, 다른 한 사람은 영국 낭만주의 문학의 대표적인 시인이었던 셸리(Percy Bysshe Shelley, 1792~1822)였습니다. 그로부터 또 약 200년의 시간이 흐른 지금, 다시 유종호 교수님이 문학의 옹호를 시도하신 배경에는 문학이 아닌 다른 학문이나 인간의 (정신)행위에 비하여 문학이 상대적으로 간과되고, 전통적으로 본격문학으로 추종되었던 작가와 작품들이 더 이상 과거의 특권적인 위치를 확보하지 못하며, 본격문학보다 대중문학 ―영화, 드라마, 그 밖의 수많은 팝아트장르―이 사회 전반적으로 더 향수되고 있는 소위 포스트 모던한 시대, 포스트 계몽주의, 그리고 전지구적인 상업주의에 빠진 정신의 무기력에 대한 반성이 존재하는 것 같습니다. 그런데 적어도 영문학사를 통해서 보면, 문학에 대한 혹은 문학에 종사하는 사람들이 느끼는 위기의식은 새로운 것이 아니지 않을까요? 이런 위기의식이 있었음에도 불구하고 문학은 문학교육이라는 제도를 통해서 지속적으로 영향력을 행해왔으며, 앞으로도 행하게 되지 않을까요?

시드니의 글은 1595년 출판되었고, 스티븐 고슨(Stephen Gosson, 1555-1624)의 The School of Abuse(1579)에 대한 반론으로 쓰여졌습니다. 고슨은 원래 『파우스트 박사의 비극』을 쓴 크리스토퍼 말로(Christopher Marlowe)와 동시대 작가였고, 극의 대본도 시도했으나 그가 썼던 어떤 극보다 The School of Abuse에서 부도덕을 조장한다는 이유로 당대의 연극과 문학전반에 대한 공격적인 비판을 했던 것으로 기억되는 사람입니다. 특히 고슨이 불평하는 대목 중 하나는 당대의 극이 진리를 그대로 보여주기보다는 오히려 진리에 가면을 씌우고 있다는 것인데, 이는 "달콤한" 장치에 해당하는, 다른 말로 바꾸면 문학의 "당의정" 같은 성격에 대한 비판을 담고 있습니다. 이에 대한 반론을 통해 시드니는 문학이 축자적으로 진리를 전달하는 것이 아님을 강조합니다. 시드니의 입장은 아리스토텔레스의 그것과 같아, 문학은 있을 법한 것을 모방한다는 것입니다. 즉, 시(또는 문학일반)는 분명 모방하는 것이지만, 그 모방은 바로 눈앞에 있는 것을 모방하는 것이 아니라, "있을 법한 것이나 있어야 마땅한 것을 영험하게 생각해내는 것"이라는 말입니다. 시드니가 시를 옹호한 뒤 약 200여년 후 태어난 셸리는 「시의 옹호」(1821-1822)라는 유사한 제목에서 피콕(Thomas Love Peacock)의 「시의 네 세대」에 대한 반론을 시도합니다. 피콕의 글은 이성적이지 못한 시가, 당대의 기준으로 볼 때 얼마나 뒤처진 것인가를 주장하는 글입니다. "우리 시대 시인이란 문명사회에 사는 준야만인이어서 지나간 시대에 살고 있다. 시인의 사상이나 생각, 감정이나 연상은 모두 야만적 양식, 못쓰게 된 관습, 무효한 미신과 한 통속이다. … 공평한 눈으로 사물을 둘러보고, 여러 사상을 집합하여 그 상대적 가치를 분별해내고, 그에 따라 각 사상에 걸맞은 위치를 부여하고, 이렇게 모아들이고 가치를 인정하여 잘 배열한 자료를 통해 유용한 지식을 창출하고 그를 결합 … 하는 것은 시가 불러일으키는 효과나 시심의 근원과는 근본적으로 다르다"라는 피콕의 주장은 비록 그것이 과장된 풍자를 의도하고 있다고 할지라도, 일견 오늘날 문학을 폄훼하는 입장과 크게 다르지 않은 듯 들립니다. [예컨대, 자식들이 경영대나 사회과학대학을 지원할 만한 성적이 되고도 남는 학생들이 (인)문학을 전공하겠다고 하면, 말리지 않고 그 결정을 지지할 부모가 얼마나 많을까요? 돈이 되지 않는 인문학을 전격 지원하는 대학이 많지 않다는 사실도 이를 입증합니다.] 셸리는, 당대 문학의 위상을 침식하는 다른 글쓰기, 특히 이성적인 글쓰기의 추동력인 이성과 시(문학)의 동인이 되는 상상력을 비교하면서 상상력의 우위를 강조합니다. 셸리에 따르면 이성이 멜로디라면 상상력은 화음이어서, 본래의 사고에서 다른 사고를 창출할 수 있는 원동력이고, 이성이 도구라면 상상력은 행위주체(agent)이고, 이성이 그림자라면 상상력은 사물 그 자체로서 이성이 분석적 능력이라면 상상력은 통합을 해내고 서로 다른 것 사이에서도 유사성을 발견하며, 일시적으로 지나가 버리는 것에서도 영속성을 발견하는 힘이라는 것입니다. 셸리의 이러한 견해는 문학이, 오늘날 우리가 알고 있는 "문학"의 의미와 특권적인 위상을 가장 적절하게 드러내는 견해라고도 할 수 있습니다. 그렇다면 이 시대, 예컨대 애플의 창업자인 스티브 잡스가 아이폰은 기술과 인문학의 결합이라고 주장했고, "상상력" 혹은 "창의성"이 21세기 기업의 화두가 되었으며, 컴퓨터 게임개발이 엄청난 부가가치를 창출하는 우리 시대에 다시 "콘텐츠" 특히 내러티브 콘텐츠의 중요성이 심지어는 소프트웨어산업이나 상업에서도 강조되는 현상 속에서도, 우리는 정말 문학의 위상에 대해 걱정해야 할까요?

(1)-1. 문학의 위상이 옹호된 앞의 두 시대, 즉 영국의 르네상스 시기는 중세시대의 교회나 신분의 권위에 인간이 종속되어 있다가, 개인주의가 싹트기 시작하는 근대의 맹아였고, 영국의 낭만주의 시기는, 유럽에서 오랜 세월 왕정과 신분제의 엄격함 속에서 인간의 보편성이 무시되었던 구체제를 뒤엎고 각 개인이 갖고 있는 근본적인 존엄성이 천명되었던 근대(계몽주의)정신이 꽃피었던 시기였습니다. 그러나 이 같은 개인주의적 세계관에도 불구하고, 이 시기들은 (적어도 이론상으로는) 인간이 갖고 있는 보편적인 동질성이 이상으로 자리 잡고 있던 시기였기도 했습니다. 어쩌면 시드니나 셸리의 문학옹호론을 직접적으로 촉발한 것은 고슨이나 피콕의 문학폄하 에세이지만, 문학을 옹호한 두 작가가 궁극적으로 이야기한 것은 바로 이런 점, 즉 개인주의적인 세계관과 공동체적 가치의 길항작용, 혹은 은둔과 사유의 삶(life of contemplation)과 실천의 삶(life of action) 사이에서 절묘하게 균형을 취해야 하는 작가들, 이들이 탄생시킨 문학의 가치와 역할에 대한 강조가 아닐는지요? 그렇다면 선생님께서는 젊은이들이 비전통적인 방식으로 더 잘 소통하는 우리 시대, 즉 트위터나 페이스북 같은 방식으로는 소통을 잘 하지만, 그 밖의 오프라인 접촉을 통한 소통에는 이전시대보다 서툴고, 그러면서 개인적으로는 고립된 상황에서 살아가는 이 시대에 소통과 고립의 어떤 길항작용을 문학종사자에게 요구하시는지요?

(2) 정전에 관한 질문입니다.

정전의 타당성, 보편성에 대한 의문을 제기한 사람들은 주로 그 정전에 의해 추앙받은 작가들과는 성적으로, 인종적으로 동떨어진 집단의 일원이었습니다. 페미니스트 비평가들이 그랬고, 미국의 경우 소수민족 비평가들이 그랬습니다. 그러나 정전에 대한 도전이 반드시 정전의 폐기나 정전의 확산을 요구하는 것이라고만 등치시키는 것은 일견 논의를 단순화시키는 것일 수도 있다는 생각이 들었습니다. 예컨대, 페미니즘 비평이 오히려 정전으로 여겨지는 많은 훌륭한 텍스트를 새롭게 읽음으로써, 이미 정전으로 추앙받고 있는 작품들의 경우 해석의 지평을 더 열어준 공헌을 하지는 않았는지요? 혹 정전의 확장을 주장한다 할지라도, 유럽중심의 세계관에서 간과되었던 가치들이 새롭게 인류의 자랑스러운 유산으로 자리 잡는다면, 오히려 그것이야말로 인류 문화유산에 대한 후손들의 예의가 아닐까요?

『페미니즘 이후의 문학(*Literature after Feminism*)』이라는 저서에서 리타 펠스키(Rita Felski)는 독자, 작가, 플롯, 미학적 판단의 영역에서 페미니즘 비평에 쏟아지는 비판에 대한 반론을 펼치고 있습니다. 페미니즘을 공격하는 비평가들은 페미니스트들이 여성작가의 작품에만 관심을 갖고 있다고 하지만, 사실 페미니스트들이 관심을 갖고 있는 것은 남성, 여성과 같은 젠더(성)의 구분이 우리의 일상생활을 지배하는 이상, 독서의 경험에서도 이러한 성의 구분이 특정한 역할을 수행한다는 그 사실입니다. 즉 보바리부인이 독서를 통한 환상에 빠지는 것, 상상 속의 로맨스를 추구하다가 비극으로 치닫는 것은 그가 여성이라는 것과 밀접하게 관계가 있다는 것이지요. 실제로 플로베르는 당대 중산층 이상의 여성들이 무료함을 달래면서 로맨스소설에 푹 빠져 있는 것을 날카롭게 간파했고, 그러한 여성을 비판하고자 한 것인지, 아니면 여성에게 로맨스중독의 기회 이상을 제공하지 않는 사회에 대한 비판을 하고자 한 것인지는 모르겠으나, 이를 기막히게 형상화했다는 것입니다. 플롯의 경우, 여성들은 문학작품에 항상 등장했지만, 실제 영웅적이거나 주인공에 합당한 행위나 고민을 할 기회가 거의 주어지지 않았다고 할 수 있습니다. 해럴드 블룸이 "영향력의 불안"이라는 말을 썼던 것처럼, 작가들은 한편으로는 선배작가의 성취를 뛰어넘고자 하지만, 동시에 거의 항상 선배작가들의 성취에 구속을 받는다고 할 수 있습니다. 제롬 매간(Jerome McGann)이 적절하게 인용하고 있는 바이런(George Gordon Lord Byron, 1788-1824)의 시극, 『만프레드(Manfred)』에서 만프레드의 대사는 작가의 딜레마를 잘 요약합니다. "죽은 이들, 그러나 왕홀을 지닌 통치자들, 그 / 유골단지로부터 지금도 우리 영혼을 지배하는"(『만프레드』 3.4. 39-40; McGann 132쪽에서 재인용). 프랑코 모레티(Franko Moretti)도 "[물려받은 양식]을 안 쓸 수도 없고, 또 전적으로 의지할 수도 없다"고 표현한 것에서도 알 수 있듯이(Felski 97쪽에서 재인용), 작가들이나 예술가들은 늘 새로운 것에 대한 갈망을 실현시키려 합니다. 이 새로운 길, 새로운 플롯, 새로운 독자의 창출을 페미니스트적인 시각이나 열어 줄 수는 없을까요?

대중문학의 경우도 비슷한 고민을 던져줍니다. 위대한 비평가들에게 칭찬을 받지도 못하고, 교과서에 수록되는 일도 별로 없지만, 그럼에도 불구하고 대중문학은 늘 만들어지고 읽히고 소비될 뿐 아니라, 특정 시대의 유행을 만들어내기도 합니다. 영국문학사에서 보면 고딕소설이 그 예가 될 듯합니다. 고딕소설이나 탐정소설은 적당한 공식에 맞춰 내러티브가 구성되지만, 그럼에도 불구하고 18세기 말, 19세기 초에 고딕 소설은 많은 독자를 확보했습니다. 제가 수업 때 학생들과 함께 읽었더니 학생들은 고딕소설을 오늘날의 막장드라마에 비유해서 우회적으로 상상하였습니다. 사실 고딕소설 같은 부류의 대중문화장르는 손쉽게 여성들이 소비할 수 있는 장르로 이해되었고, 안드레아스 후이센(Andreas Huyssen) 같은 이론가는 20세기에 들어오면서 본격 모더니즘은 남성과, 대중문화는 여성과 동일시되었다고 말하고 있습니다. 이런 동일시가 가능할 만큼, 고딕이나 로맨스 장르의 주소비자는 여성이었고, 오늘날 막장드라마의 주 시청자도 여성이라고 일반적으로 생각됩니다. 그런데 낭만주의 시대를 보면 콜리지(Samuel Taylor Coleridge, 1772-1834) 같은 시인들도 겉으로는 무시하면서도 사실은 고딕 같은 장르에 굉장한 흥미를 보였던 사실을 찾아볼 수 있습니다. 「크리스타벨(Christabel)」이나 「노수부의 노래(The Rime of the Ancient Mariner)」 같은 콜리지의 대표작도 고딕의 요소들을 갖고 있습니다. 어떤 점에서는 본격 문학의 추앙받는 작가들도 대중적인 민요나 고딕 같은 장르에서 영감을 얻었다고도 볼 수 있지 않을까요? 대중문학이 항상 즉각적으로 대중의 인기를 얻는 것은, 쉽게 사람들 사이의 동정적 교감(sympathetic exchange)을 얻을 수 있기 때문일 것입니다. 그렇다면, 페미니즘의 경우와 비슷하게 대중문화의 어떤 코드들이 작가들에게 새로운 창작가능성을 열어주는 것은 불가능할까요?

(3) 마지막 질문은 진리(truth)와 미(beauty)에 관한 것입니다. 문학에서 이 둘의 관계는 어떤 것이어야 하는지, 선생님의 고견을 듣고 싶습니다.

오늘날, 문학과 문학 교육을 둘러싼 치열한 공방은 어떤 면에서 정치(politics)와 미학(aesthetics)에 대한 상호폄하와도 관련이 있을 것 같습니다. 물론 이 두 요소가 공존불가능하지 않음에도 불구하고, 또 아리스토텔레스 이후, 문학이 즐거움을 주면서 교화시키는 기능을 하는 것이란 견해는 지배적인 것이었음에도 불구하고, 이 둘의 사이는 별로 좋지 않았던 것 같습니다. 존 키츠(John Keats, 1795~1821)의 시, 「레이미아(Lamia)」에서 아름다움은 뱀의 형상으로 나타나고, 진리의 눈앞에서 환영처럼 사그러들기도 하지요.

특정 문학작품이 추구하는 진리는 어떤 것인지 글을 읽다보면 판별할 수 있을 것 같은데, 미적인 것은 무엇을 근거로 판별할 수 있는지, 특히 문학 교육을 받지 않은 일반 독서대중들은 무엇에 기대어 작품의 아름다움을 찾을 수 있을까요?[01]

답변 2:

신경숙 교수님은 단순한 질문이 아니라 그 자체가 심도 있고 중층적인 사유의 소산인 하나의 논문을 보여주셨습니다. 진지하고 다각적인 노고에 사의를 표합니다. 첫 번째 문학의 옹호에 관해서 제가 소략하게 다룬 부분을 소상하게 말씀을 해주셔서 저뿐만 아니라 청중들에게도 많은 도움이 되리라 믿습니다. 필립 시드니 경이나 셸리의 "시의 옹호"를 얘기한 것은 오늘의 문제를 역사적인 맥락에 놓고 보자는 취지에서였습니다. 단순화해서 말해본다면 종교의 문학관에 대해서 혹은 과학의 시대를 빙자해서 전개한 공리주의적 문학관에 대해 문학을 옹호할 필요가 있었다면 오늘날에는 이론 혁명 이후의 '문학' 개념의 해체 시도, 또 '의심의 해석학'과 정치적 이데올로기에 의한 문학 탈신비화, 거기서 말미암은 문학위상의 하락

---

01 인용문헌
  • Felski, Rita. *Literature After Feminism*. Chicago: The University of Chicago Press, 2003.
  • Huyssen, Andreas. *After the Great Divide: Modernism, Mass Culture, Postmodernism*. Bloomington: Indiana University Press, 1986.
  • McGann, Jerome. *The Scholar's Art: Literary Studies in a Managed World*. Chicago: The University of Chicago Press, 2006.

에 임하여 문학을 옹호할 필요가 있다고 생각한 것입니다. 따지고 보면 문학의 옹호는 더 오랜 계보를 가지고 있습니다. 아리스토텔레스의 『시학』도 플라톤의 『국가』에서의 시인 추방론[사실은 지배엘리트인 "수호자(guardian)"의 교육과정에서의 시인 배제이고 또 이때의 시인은 구비(口碑)시인이지만 편의상 이렇게 약칭합니다]에 대해서 문학을 옹호한 것이라 할 수 있지요. 종교의 쇠퇴가 현저한 사회에서 사회적 구심력이자 결집력으로서의 종교의 대용품으로 문학을 상정한 매슈 아널드의 『교양과 무질서』나 그 연장선상에 있는 리처즈의 『시와 과학』도 모두 근대 혹은 현대판 문학옹호라 할 것입니다.

그런데 가령 셸리의 상상력론이 아무리 정교하고 진실성을 가지고 있다 하더라고 셸리에 기대어 오늘의 문학을 옹호하는 것이 얼마나 설득력을 가지는지에 대해선 회의적입니다. 문학인이 느끼는 위기감은 새로운 것이 아니라 하더라도 위기감의 원인과 이유는 뿌리가 다르리라 생각합니다. 위기의식이 있었지만 문학은 문학 교육이라는 제도를 통해서 영향력을 행사해 왔으며 앞으로 그럴 것이란 말씀에는 대범하게는 동의합니다. 그러나 그것은 크게 약화되리라 생각합니다. 벌써 구미에서도 문학전공 학생이 현저하게 줄어들고 문과에서도 "문화연구"가 문학 연구를 대체해 가는 풍조가 있습니다. 자기가 고등학교 학생이었을 때 셰익스피어의 『줄리어스 시저』가 교과과정에 들어 있었지만 오늘날 학교에서 그것을 독파하지 못한다고 해럴드 블룸은 적고 있습니다. 문제는 영향력이 아니라 문학이 가지고 있는 형성력의 쇠퇴입니다. "상상력" 혹은 "창의성"이 21세기에 화두가 되었다지만 셸리가 말하는 상상력과 상업적 응용적 상상력이 같은 것일까요? 문학적 창의성과 벤처기업가의 창의성이 같은 것일까요? 이것이 첫 번째 질문에 대한 저의 답변입니다.

두 번째, 정전(正典) 문제입니다. 정전 형성이 문화적 헤게모니의 소산이고 권력 담론과 결탁해서 이루어진 지배층의 모의의 소산이라는 과격 논리에 대해서 "즐거움과 변화" 같은 내재적 가치에 의해서 형성된 것이라는 점을 강조하였습니다. 모든 장르에서 양질과 저질을 구별할 수 있음을 얘기하면서 정전 비판이 정전 개방이나 수정에 기여했음도 지적했습니다. 페미니스트적인 시각뿐 아니라 반(反)오리엔탈리즘과 같은 약소민족이나 제3세계의 시각, 즉 과거 억압되어 소리를 내지 못한 집단의 시각이 두루 존중받아야 하리라고 생각합니다. 또 그런 추세가 오늘날의 대세일 것입니다. 그러나 레슬리 피들러가 하듯이 『톰 아저씨의 오두막』, 『바람과 함께 사라지다』를 교실에서 가르치고 분석하면 그것은 결국 "문화연구"로 가게 되리라 생각합니다.

셋째, 고딕소설이나 추리소설 등 대중문학의 문제입니다. 러시아 형식주의에서는 문학사에서의 변두리형식의 주류화(主流化)를 말합니다. 근대소설의 융성도 운문 로맨스를 젖히고 산문 얘기가 주류가 된 것이지요. 우리의 경우도 근대시는 주류인 한시(漢詩)를 젖히고 변두리 형식인 풍월이나 가사가 주류로 부상한 것이라 할 수 있어요. 문학사가 크게 보아 이러한 부상과 하락의 교체극(交替劇)이라 할 때 고딕소설이나 추리소설이 본격문학 속으로 들어오는 것은 그런 큰 흐름 속의 조그만 삽화라 할 수 있지요. 『제인 에어』의 경우 아주 진하게, 『폭풍의 언덕』 경우 엷게 고딕소설의 요소가 들어 있지요. 또 도스토옙스키의 『백치』의 경우 아주 진하게, 『카라마조프 가의 형제들』의 경우 엷게 추리소설의 요소가 들어와 있어요. 작가들이 하위 장르를 활용한 것인데 그렇다고 하위 장르가 올라가는 것은 아니라 생각해요. 그레암 그린의 『사랑의 종말』에도 추리소설 요소가 있지요. 1960년대 시사주간지 타임지의 베스트셀러 10위 안에 꽤 오래 머물러 우리 국민을 흥분시켰던 김은국의 『순교자』는 75프로가 추리소설인데 그래서 베스트셀러의 벼슬자리에 올랐지만 또 그렇기 때문에 지금 완전히 잊혀진 것이라 볼 수 있습니다.

예술음악의 경우 하이든, 모차르트, 베토벤, 슈베르트 등이 변주를 위한 주제로 민속음악의 멜로디를 활용했습니다. 가령 드보르자크의 현악사중주 등에서는 아메리칸 인디언의 민속음악 멜로디가 활용되고 있어요. 그런데 애초 작곡된 예술가곡이 침전해서 민요가 돼버린 것도 많지요. 이런 음악에서의 오르내림 현상의 평행현상이 하위 장르의 활용이라 생각됩니다. 소설에서의 영화적 기법 활용도 그런 것이지만 그것은 어디까지나 부록적 보조역할에 지나지 않는다고 봅니다.

세 번째는 정말로 어려운 질문이라 생각합니다. 고전고대의 그리스 라틴말에서 한 단어가 선과 미를 동시에 의미하는 경우가 많다고 들었습니다. 플라톤에서도 선과 미가 등식화되어 있다고 하지요. 저 자신은 "미는 도덕적 선의 상징이다"라는 칸트의 명제에 끌리는 편입니다. 그러나 현대로 내려올수록 미와 선을 구별하려는 추세가 보입니다. 보들레르의 『악의 꽃』이 상징적입니다. 향기롭지 못한 질료로 아름다움을 빚어낼 수 있다는 생각이 내재해 있지요. 우리의 경우 미당의 『화사집(花蛇集)』도 사실은 『악의 꽃』의 자유역이지요. 뱀은 수록 시편에도 나오지만 기독교에서 악의 상징 아닙니까? 언급하신 키츠는 또 「그리스 항아리 노래」에서 "미가 진리요 진리는 미"라 해서 유명하지 않습니까? 『서구의 지적전통』의 저자인 <u>브로노프스키</u>는 코페르니쿠스의 지동설의 체계는 천동설이 가지고 있지 못한 단순한 통일성을 가지고 있어서 미적 감정을 경험케 한다면서 미와 진이 동일한 것이라는 게 경험적 사실과 일치한다고 말하고 있어요. 그는 『윌리엄 블레이크와 혁명의 시대』란 저서가 있는 인문학자이자 수학자입니다. 계몽주의 시대 미의 정의에 "다양성 속의 통일성"이란 것이 있는데 수학을 모형으로 한 것입니다. <u>브로노프스키</u>는 여기 의존해서 "진리는 미"라는 명제를 설명하고 있는 것 같아요. 향기롭지 못하고 추악한 현실을 진실 되게 묘사한 문학은 미의 경지에 이른 것이고 이른바 리얼리즘의 매력도 거기 있는 것 아닐까요? 영어에 적절한 표현을 나타내는 felicity란 말이 있지요. 이러한 "필리서티"가 언어에서의 미가 아닌가 생각합니다. 시에서는 시로서의 요구를 갖춘 형식적 준수함이 미로 감득되는 것이 아닌가 합니다.

3. 유성호 교수의 질문

선생님의 네 차례 강연 잘 들었습니다. '반(反)시대적'이라고 명명하신 '시의 옹호' 강연에서 저는 오히려 가장 '시대적'인 선생님의 진단과 제언을 들었다고 생각합니다. 그야말로 16세기(필립 시드니 경)와 19세기(셸리)의 '시의 옹호'에 이은 21세기판 '시의 옹호'였던 셈입니다. 물론 여기서 '시'는 좁은 의미의 서정시가 아니라 넓은 의미의 문학예술을 함의합니다. 문학을 위시한 예술의 향수가 우리에게 남은 얼마 안 되는 자율과 선택의 주체적 영역이라는 선생님의 말씀에 깊이 공명합니다.

더불어 저는 '책 문화', '정전(正典)', '예술문학' 등의 개념과 관련하여, 선생님의 깊이 있는 문헌 섭렵을 통해 매우 중요한 전(前)시대 혹은 동시대의 비평적 전거들을 접할 수 있었습니다. 그 점에서 선생님 강연은, 선행 문헌들의 역사적 맥락을 일일이 탐침하시면서, 최근 문학 현상에 대한 엄정한 해석과 평가로 이월되어 왔다고 할 수 있습니다. 그리고 기억의 정확성과 상호 텍스트성의 활력으로 이어진 선생님의 강연은, 문학 작품 자체와 그것을 둘러싼 사회적 맥락 등을 종합적으로 검토하는 시각에서 발원하는 것이었습니다.

또한 선생님의 강연은, 일찍이 선생님께서 경험하신 문학에 대한 고전적 매혹과 그 매혹을 통한 인지적, 감각적 충격을 실감 있게 전달한 실존적 고백의 장(場)이기도 했습니다. 장르와 시대와 국적을 가리지 않고 성실하게 문학작품들을 찾아 읽고 해석하고 판단하고 평가해 오신 선생님의 비평적 고백의 어떤 결론 같은 것을 이번 강연에서 느낀 것도 그 점에서 매우 자연스러웠습니다. 선생님의 강연 대요(大要)와 세목에 새삼 공감하면서, 몇 가지 보충 질의를 드리는 것으로 토론자로서의 소임을 감당해볼까 합니다. 크게 네 가지입니다.

1. 최근 '문학의 위기'라는 검증되지 않은 과장된 풍문이 우리 문학을 위축시키고 있다는 진단이 여기저기서 들립니다. 선생님께서는 최근 우리 문학에 심각하게 결여된 혹은 과잉된 부분에 대하여 비판하시면서, 오히려 인접 예술이나 장르에 기웃거리지 말고, 또는 그들을 경쟁상대로 생각하지 말고, 문학만의 고전적 매혹을 유지하고 심화해야 한다고 제언하고 계십니다. 이는 선생의 경험과 안목에 기대어 나온 것으로서, 우리 문학이 지향해야 할 이정표에 대한 충분한 암시적 지표가 되리라 생각합니다. 그런 면에서 우리나라는 물론 세계 각국에서 최근 펼쳐지고 있는 문학적 흐름에 대해 선생님이 파악하고 계신 현황과 그에 대한

진단에 대해 보충적으로 듣고 싶습니다. 가령 문학의 위기를 운운하면서 문학을 다른 인접 양식과 접합한다든지, 대중예술로 몸을 바꾸려고 한다든지 하는 것은 우리만의 현상인지요?

2. 최근 선생님께서는 주로 시 비평에 많은 관심과 정성을 할애하고 계십니다. 새삼 선생님의 지론인 '뜻과 소리의 조화로운 통일'과 함께, 토착어나 기층 어휘로 이루어진 시를 '좋은 시'로 적극 평가하시는 비평적 전언이 떠오릅니다. 저는 이 역시 선험적이고 추상적인 차원에서 말씀하시는 것이 아니라, 철저하게 작품을 읽어 오신 경험적 과정에서 귀납된 실감들이라고 생각합니다. 매혹적 언어 조직의 반복은 한결 내구성이 크다는 선생님의 말씀과도 연관되지 않을까 합니다. 이번 강연의 취지와 연관하여 '좋은 시'와 '실감'에 대해 다시 한 번 선생님의 지론을 들려주시면 어떨까요? 선생님 답변을 통해, 시를 애호하는 많은 분들이 좋은 실감을 얻을 수 있을 것 같습니다.

3. 선생님께서는 문학 교육의 위기를 지적하시면서, 배우는 것이 고통이 되어 있는 현실에 우리 문학 교육의 위기가 있다고 말씀하셨습니다. 예술은 향수자에게 즐거움을 안겨주는 것이 가장 커다란 존재 이유인데, 그 점에서 우리 문학 교육은 이른바 '향수의 능력'을 기르지 못했다고 판단됩니다. 이러한 현상이 최근 일고 있는 반(反)엘리트주의 혹은 정전 해체라는 비평적 분위기와도 관련되는지요?

4. 발표문 바깥쪽 질문이기는 합니다만, 선생님께서 국내에서 초역(初譯)하신 골딩(W. Golding)의 『파리대왕(Lord of The Flies)』의 제목은, 선생님의 저작권이라고 할 만한 영향력을 가지고 있습니다. 탁월하게 번역(거의 '명명'에 가까운)한 '파리대왕'은, 이후 다른 번역본이 나오더라도 제목만은 선생님의 '파리대왕'을 따르게끔 강한 영향력을 발휘하고 있습니다. 그 밖에도 브론테(C. Bronte)의 『제인 에어』를 비롯한 영문학 작품들, 아우얼바하(E. Auerbach)의 『미메시스』를 비롯한 문학의 고전적 저작들 번역을 통해 선생님께서는 서양 문학과 국내 독자들을 소통하게 하셨습니다. 그쪽 책을 원서로 접하기 어려운 일반 독자들에게, 좋은 번역서를 찾아 읽는 방법을 알려주시면 감사하겠습니다. 이 또한 문학의 위엄을 지키는 중요한 방법이 되겠기 때문입니다. 거듭 선생님께 감사합니다.

답변 3:

두서없는 얘기를 너그럽게 대해주셔서 다신 한 번 송구하게 생각합니다.

1. 첫 번째 질문에 대해선 저도 사정이 밝지 못합니다. 대중문화의 제패와 함께 국민의 문화적 해독능력(cultural literacy)이 갈수록 저하된다는 것이 가령 미국 쪽의 소식입니다. 또 대화나 전화에서

사용 어휘수가 현저하게 적어져 간다는 얘기도 있습니다. TV중독증 탓이다, 교육의 질적 저하 탓이다, 하는 진단이 있습니다만 그쪽이라고 뾰족한 수가 있겠습니까?

대학가에서 문과 선호도는 현저히 줄어 가고 있고 장학금 면에서도 아주 불리하다고 합니다. 학생들이 고전 기피현상이 있어서 가령 영화 「람보: 최초의 피 2부」가 사실은 호메로스의 『일리아스』의 현대판이요 트로이전쟁 대신 월남 전쟁이 무대가 되어 있다면서 양자를 함께 가르치면 효과적이라고 주장하는 교수와 책도 나와 있어요. 대중문화의 흡수를 통한 호객행위라고 생각됩니다. 예술음악도 팝음악과 비교하면 이니세이션 기간이 길고 본격문학도 마찬가지지요. 요즘 청년들이 안이하게 몰입할 수 있는 것에 끌리는 것 같고 고독을 견디는 능력이 부족한 것 같아요. 그럼에도 위안이 되는 것은 딴 자리에서 얘기한 것이어서 송구하지만 작년에 미국에서 『보바리 부인』의 새 번역본이 나왔는데 영어번역으로 20번째라 합니다. 그런 책이 꾸준히 새로 번역되고 또 독자수가 13만 되는 고급서평지에 언급되고 하는 것을 보면 위로가 되지요. 미국에 비하면 일본은 훨씬 취약하다고 봅니다.

2. 지난번에 영국의 프랭크 커모드가 대학원에서 시나 소설 쓰기 훈련을 시키는 것을 보고 문학 교육이 이렇게 시작돼야 한다고 뒤늦게 깨우쳤다고 적은 것을 말한 바 있습니다. 대학에서 시인

이나 작가를 양성하자는 것이 아니라 시나 소설 쓰기를 과함으로써 시나 소설을 더 잘 이해할 수 있다고 생각했기 때문에 한 소리입니다. 문학을 즐김의 대상으로 여기지 않고 공부의 대상으로 생각하기 때문에 재미없어지는 게 아닌가 생각합니다. 학생들이 흔히 최근의 시가 난해하다고 하는데 그렇다면 김소월은 이해하느냐 하면 그렇지 않습니다. 흔히 동요 같은 사행시 「만리성(萬里城)」을 보이며 물어보면 뜻도 모르고 재미도 몰라요.

밤마다 밤마다
온 하룻밤 !
쌓았다 헐었다
긴 만리성!

잠이 오지 않아 하루 밤 이 궁리 저 궁리하며 잠을 설쳤다는, 단적으로 말하면, 불면증을 노래한 것입니다. 그렇게 알고 읽으면 아무나 못 쓰는 좋은 시라는 것을 알게 됩니다. 이런 단순 소박한 시를 모르면 가령 "돼지우리의 밥찌기 같은 서울의 등불" 같은 기막힌 시행에도 무감할 것입니다. "별들이 창을 내던지고 / 그들의 눈물로 천국을 적실 때" 같은 외국시의 대목은 말할 것도 없고요. 이런 것이 아름다움이라 생각하는데 문학에서 어떤 메시지만을 찾으려는 경향이 많은 것 같습니다.

3. 거기까지 안 가고 우리 유교 전통에서도 가령 시조에서 교훈적인 것을 내세우고 그것을 찾으려고 하지 않습니까? 황진이 시조는 방계에 속하잖아요? 유교 전통에다 개화 이후 문학의 계몽적 기능의 중요시해 온 것과 관계가 있을 것 같아요. 최근에는 참여가 강조되었고요. 우리에겐 쏠림현상이 있어서 편향성이 있지요. 위대한 문학인가 아닌가 하는 것은 문학적 기준만으로는 판단할 수 없지만 문학이 되었느냐 아니냐는 문학적 기준으로 판단해야 한다고 어떤 시인이 말했지요. 좋은 작품을 많이 읽어보아야 감식력도 늘어나고 안목이 생긴다고 생각합니다.

4. 일률적으로 말할 수 없고 작품이나 번역자나 출판사를 보아서 선택할 수밖에 없지요. 저는 대학생의 경우 영어번역으로 명작소설을 읽으면 영어도 늘고 일거양득이라 늘 말했어요. 가령 원어민이 쓴 영어소설은 어렵지요. 이에 비해서 가령 톨스토이의 영어 번역은 상대적으로 쉬워요. 영국의 콘스탄트 가넷이라는 여성 번역가는 19세기 러시아 소설 거의 전부를 영어로 번역했어요. 그의 영어는 고3 정도의 영어 구문 파악능력만 있으면 어렵지 않게 읽을 수 있어요. 도스토옙스키도 좋고 체호프도 좋고. 존 베일리 옥스퍼드 교수는 가넷의 러시아말 실력이 약하다며 몇몇 단어를 들어 비판한 바 있어요. 그러나 산문에서 그것은 큰 문제가 안 된다고 봐요. 그렇게 30권만 읽으면 영어 읽기에도 자신이 생기고 문학의 재미도 체험하고 하지요. 그런데 이런 조언

을 따르는 학생이 없어요. 어떤 서양사 전공의 박사후보생이 우연히 학부 청강을 했다가 그 말을 듣고 한 30권 영어번역을 읽었더니 정말 읽기에 자신이 생기더라고 내게 와서 얘기한 사람이 유일한 케이스였어요. 이것은 개인적인 체험에서 나온 것이어서 듣든 말든 지금도 얘기하곤 합니다.

청중질의

[질문 1] 우리나라 보수 성향 신문이 포퓰리즘을 비난하면서도 문화적으로는 포퓰리즘을 옹호하는 자가당착에 빠진다고 말씀하셨는데, 기업중심의 자본 중심 성향은 곧 문화적으로 이윤이 남는 대중문화를 옹호하는 건 당연하다고 봅니다. 반면 정치적 포퓰리즘, 또는 사회주의 성향의 문화인들이 오히려 대중과 유리되는 추상적이고 지적으로 난해한 고급문화 경향이 강합니다(이론상으로나 작품적으로나). 이와 같은 "모순"에 대해선 어떻게 생각하십니까? 특히 난해한 불란서 이론가, 작가, 지식인들이 마오이즘에 경도된 것에 대해선 어떻게 생각하십니까?

답변: 아주 중요한 문제를 제기해 주셨습니다. 사회주의를 생산수단의 사회적 소유를 토대로 하는 사회체제 혹은 그 실현을 지향

하는 사상 혹은 운동이라고 이해할 때 이른바 고급문화의 생산이나 유통에 종사하는 사람들이 사회주의를 신봉하는 것은 그들의 자유에 속하는 일일 뿐 모순이라고 생각되지는 않습니다. 마르크스의 이론이 반드시 이해하기 쉬운 것은 아닐 것입니다.

그다음 난해한 프랑스의 이론가나 지식인들이 마오이즘에 경도한 사실은 개별적으로 제각기의 이유가 있었을 것이란 전제하에 일반론으로 저의 소견을 말해 보겠습니다. 난해한 이론은 대체로 특정 분야에서 고도의 전문적인 이론입니다. 한 분야의 전문가라고 해서 정치를 비롯한 다른 모든 분야에 대해 전문가적인 지식이나 이해를 갖지는 못할 것입니다. 자본주의 체제의 모순을 분석하고 나서 마르크스주의가 구상하는 미래상(未來像), 즉 계급과 소외 없는 자유의 왕국은 추상적인 그만큼 매력적인 것입니다. 그러한 매력적인 이미지를 그대로 사회주의 실험사회에 투사(投射)하여 미화한 면이 있을 것입니다. 닫혀 있는 중국이 머나먼 원격지(遠隔地)라는 것도 작용했을 테고 또 중국 쪽의 공식선전을 곧이곧대로 과신한 탓도 있을 것입니다. 가령 에드가 스노의 『강 건너 저편』, 케임브리지의 경제학자 조안 로빈슨의 문화혁명에 관한 책들이 중국의 공식견해를 그대로 따라서 결과적으로 역사왜곡을 했는데 그런 영향이 많았다 생각합니다. 만년의 루카치는 "최악의 사회주의가 최상의 자본주의보다 낫다"는 말을 했습니다. 프랑스의 마오이스트도 교조주의적 망상에 빠진 것이라 봅니다. 그만큼 당대 프랑스 사회에 대한 불만과 적대감이 컸던 것이라 생각합니다. 마오이즘을 1960년 대나 70년대에 찬양 고무한 지식인들의 역사적 과오는 이제 분명해 보입니다. 중국공산당은 1981년 6월에 이른바 "역사결의"를 통해 문화대혁명이 당과 국가와 인민에게 커다란 재난을 야기했다고 전면 부정하고 있습니다.

[질문 2] 과학기술의 발달이 국력과 같기 때문에 과학의 발전은 매우 중요하다고 생각되고 있습니다. 인간이 과학의 발전으로 인하여 어떻게 변하여 갈 것으로 생각하시는지요? 인간소외, 물질만능주의로 인하여 인간의 존엄함이 앞으로 점점 사라질 것으로 생각됩니다. 그럴 때 문학의 위상을 어떻게 생각하십니까? 인간의 모습에 대한 새로운 해석이 필요한지요?

답변: 지동설, 다윈의 진화론, 최근의 우주과학으로 이어지는 과학의 발달은 인간존재의 우연성과 하찮음을 강조하는 쪽으로 진행되어 왔습니다. 프로이트는 『환상의 미래』에서 종교가 일종의 집단 신경증이라는 견해를 밝혔습니다. 그래서 가령 로맹 롤랑을 위시한 많은 서구 지식인들은 프로이트의 종교이해가 피상적이란 비판을 가했습니다. 최근 영국의 호킹 박사가 신이나 종교가 죽음의 공포가 만들어낸 동화란 말을 했는데 사실은 비슷한 생각이라 봅니다. 광대한 우주공간에서 하찮은 미세먼지에 지나지 않는다는 자의

식은 우리를 허무주의로 내몰 수 있지만 그러기에 더욱 지상의 삶을 보람 있는 것으로 만들어보자는 적극적인 삶의 철학으로 이끌 수도 있을 것입니다. 19세기의 인문주의자를 비롯해 문학이 종교의 대용품이 돼야 한다고 생각한 사람들이 있었습니다. 과도한 기대요 문학 숭상이었다 할 수 있지요. "작가가 하는 일은 문제의 제기이지 해답의 제출이 아니다"라고 러시아의 체호프는 말했습니다. 맞는 말이라고 생각합니다.

[질문 3] 문학(시, 소설…)이 과연 인간의 삶을 좋게(善), 행복하게 할 수 있는지요?

답변: 문학이나 예술 향수가 행복체험이 될 수 있다고 생각합니다. 좋아하는 음악 듣기, 영화 보기, 혹은 때로 권태로운 일상생활을 벗어나 보려는 여행 같은 것은 우리의 행복경험임을 우리는 알고 있습니다. 원하는 대학에 입학하는 것만은 못하겠지만요. 그러나 이러한 행복체험이 한시적인 것이고 항상적인 것은 아니라는 것도 알고 있지요. 행복은 주관적인 것이지만 또 어느 정도 객관적인 조건이 필요하겠지요. 먹을 것 제대로 못 먹고 비 새는 오두막에 살면서 행복을 기대하기는 어렵지 않을까요? 또 문학을 통해서 얻게 되는 삶의 지혜가 우리의 욕망이나 충동을 조정해서 우리의 행복에 기여할 수도 있을 것입니다. 스탕달은 예술작품을 "행복의 약속"이

라 했는데 잘 음미해 보시기 바랍니다.

[질문 4] "다시 태어나면 그리스 비극을 공부(연구)하고 싶다"고 하셨는데, 수입학이 아니라 창조학으로서, 그리스 비극 연구가 우리 학문에 도움이 되기 위해서는 어떻게 해야 할까요? 영문학 연구 경험에 비추어 말씀해 주셨으면 좋겠습니다.

답변: 그 정도로 흥미진진한 대상으로 알고 있다는 것이고 또 고전연구가 진정한 학문이라는 생각 때문에 한 말입니다. 또 그리스 말로 읽으면 많은 것이 더 분명해지리라 생각하기 때문입니다. 수입학과 창조학이라는 이분법적 범주의 함의에 대해선 의문을 갖게 됩니다. 타자의 대한 관심 속에는 그대로 자아에 대한 관심이 있고 타자라는 거울 속에서 자기의 모습을 확인해 보자는 의지가 담겨져 있습니다. 영어로 된 문학작품을 읽거나 우리말로 된 작품을 읽을 때 문학작품을 읽는다고 생각하지 꼭 영문학을 혹은 우리 문학을 읽는다고 생각하지 않습니다. 여태껏 그래왔습니다. 타자의 눈이 전혀 배제된 학문이 창조학이라면 글로벌 시대인 오늘 그것은 불가능하다고 생각합니다. 타자의 눈에 의해서 연마되고 비교 검토되고 엄밀해진 눈에서만 개성적인 학문도 가능하다고 생각합니다. 창조학도 보편적인 언어로 되어야지 우리만의 특수 언어로 빚어져선 공감을 받기 어렵다고 생각합니다.

[질문 5] 기독교 경전이 인문학에 끼친 영향은 어떠한지요? 성경이 사회에 끼치는 영향으로 법전의 기초가 성경에서 나왔다는 말이 사실입니까?

답변: 서구문화의 두 원류가 헬레니즘과 헤브라이즘이라 하듯이 기독교를 빼고 서구사회와 문화를 얘기할 수 없겠지요. 서구에서 근대적인 의미의 개인과 인격은 기독교의 고해(告解)제도에서 나왔다는 견해도 있습니다. 인문학에 한정시켜 본다면 "해석학"은 성서해석학에서 나왔지요. 성서해석학을 세속적으로 적용한 것입니다. 법전의 기초가 성경에서 나왔다는 것은 저로서는 잘 모르겠습니다. 다만 근대의 인권사상이 개인의 존엄성이란 사상에 근거해 있지만 그 핵심에 기독교의 세계관이 있는 것만은 사실입니다. 인간이 현세에서 한 번뿐인 생명을 갖고 죽어서 영원한 구원을 얻는다는 교의가 세속화되어 인권사상으로 연결된 것으로 생명의 일회성(一回性)이 그 기초에 있다는 것으로 알고 있습니다. 또 신 앞에서의 평등이란 생각의 세속화가 법 앞에서의 평등이란 생각으로 귀결되었다고 알고 있습니다.

[질문 6] 우리 젊은 시인들의 난해시(難解詩) 편향과 판타지 소설 독서 경향에 대한 교수님의 견해를 듣고 싶습니다. 환상적이거나 적나라한 이야깃거리도 문학적 의미가 있는지요?

답변: 젊은 시인들의 작품을 일률적으로 난해시라 할 수는 없겠지요. 그렇게 분류할 수 없는 경우도 많습니다. 제 경험으로 말씀드린다면 1950년대의 난해시는 대부분은 흘러가버리고 말았어요. 가령 대표적으로 김수영이 살아남았는데 그것도 그의 비교적 난해하지 않은 시 때문에 살아남았습니다. 판타지소설이 재미있게 읽힌다면 오락문학으로 가능성이 있겠지요. 그러나 어디까지나 주변 문학이라 생각합니다. 가령 추리소설이란 장르가 있습니다. 세계 도처에 탐독자가 있고 그 분야의 베스트셀러는 다른 장르의 작품을 훨씬 웃도는 게 사실입니다. 아이젠하워 미 대통령이나 버트런드 러셀 같은 이도 추리소설 애독자였지요. 미메시스 기능과 별 연관이 없는 이러한 장르는 어디까지나 변두리 장르이지 문학의 주류가 될 수 없다고 생각합니다. 정전은 대체로 미메시스, 즉 현실묘사에 충실한 편임을 유의해야 할 것입니다.

[질문 7] 문학작품의 정전 형성을 위한 성취도와 내구성에 대한 검증을 어떻게 하는지 설명해 주시기 바랍니다.

답변: 가령 영국의 경우 1820년대에서 1860년대 사이에 연간 신간 서적 발행고는 580종에서 2600종으로 늘어났고 증가된 몫의 주종은 소설이었다고 합니다. 엄청난 소설이 나왔다가 사라지고 그중 몇 권이 살아남은 것입니다. 가령 『폭풍의 언덕』, 『돔비와 아들』,

『허영의 저자』, 『제인 에어』, 『메어리 버튼』 등을 들 수 있습니다. 이렇게 독자에게 읽히고 또 여론 주도층의 호평을 받고 그것이 세대를 이어 계속되는 동안 정전의 반열에 오르는 것이지요. 물론 그 과정에 홀대받다가 시간이 지난 뒤 재발견되는 사례가 없지 않습니다. 그러나 당대에 완전히 묵살된 작품이 정전으로 부상하는 경우는 없다 해도 과언이 아닙니다. 가령 프랑스의 스탕달은 살아생전에 많은 독자를 모으지는 못했습니다. 작가 자신도 1930년대에 가서나 합당한 평가를 받게 될 것이라고 말했고 사실 그리 되었습니다. 그렇긴 하지만 살아생전에 발자크 같은 선배가 고평을 했고 안목 있는 소수에게 인정을 받고 있었습니다. 동서에 그런 사례는 많습니다.

[질문 8] 포스트모더니즘이 2000년대 이후의 우리 소설에 끼친 영향에 대하여 말씀해 주시고, 이 시대(2000년대 이후)의 문학사조와 대표되는 작품을 소개하여 주십시오.

답변: 포스트모더니즘이 21세기의 우리 소설에 끼친 영향이라는 명제 자체가 너무 추상적이어서 적정한 답변을 드리기 어려울 것 같습니다. 우선 포스터모더니즘을 어떻게 정의할 것인가도 작은 문제가 아니지요. 또 21세기의 문학사조라고 꼬집어서 적시할 것이 과연 있는지도 의문입니다. 다만 "객관적인 사회현실묘사"란 대범

한 정의가 우리가 흔히 말하는 리얼리즘 문학이라고 할 때 본격적인 리얼리즘 흐름의 장편소설이 드물어지고 있다는 것은 지적할 수 있지 않을까 생각합니다. 작가들이 보다 단편적이고 세부적인 사항에 관심을 쏟고 있는 것으로 보입니다.

[질문 9] 전쟁이나 시대적 격변기(물론 주관적인 구분입니다만) 등을 비교적 겪지 않고 살아온 요즘의 젊은 (문학) 평론가들이 문학을 논함에 있어 간과하고 있거나 편향되어 있다고 생각되는 부분이나 요즈음의 평론계에 있는 사람들에게 아쉬운 부분이 있다면 어떤 부분들인지요? 그리고 문학을 바라봄에 있어서 가장 중요한 자세, 혹은 문학을 진정으로 받아들이기 위하여 저희들이 가져야 할 삶의 자세란 무엇인지요?

답변: 젊은 평론가라고 하더라도 각각 다른 시각과 관점과 사고의 스타일을 갖고 있습니다. 수다한 평론가들을 일괄 처리하는 형식으로 말하는 것도 적정하진 않습니다. 뿐만 아니라 신체적 한계도 있고 해서 젊은이들의 글을 일일이 추적하지 못하고 있습니다. 다만 최근의 비평이 어려워지고 있어 독자들이 따라가기 힘들다는 소리는 많이 들립니다. 그만큼 전문화되어 간다는 말이 되겠습니다. 대학 같은 데서 요구하는 학술 논문 같은 흐름의 비평도 많다고 생각합니다. 삶 경험도 중요하지만 문학경험이 더 중요하다고 생각

합니다. 그런 의미에서 호소력이 강한 비평이 많이 나와서 독자층을 넓히도록 하는 것이 평단의 과제의 하나가 아닌가 생각합니다.

[질문 10]

(1) 문학을 모르는 교사가 문학 교육을 하는 것은 문제라고 하셨습니다. 문필활동만으로는 생계가 어려운 문인들이 많다고 들었는데, 이들을 문학교사로 특채하는 방안은 어떨까요?

(2) 선생님께서는 객관식 수능시험의 문제점을 지적하시고, 교토대학의 주관식 출제를 예로 드셨습니다. 논술고사실시로 논술학원이 생겼듯이, 문학문제를 주관으로 내면 "문학학원"만 돈벌이 시키지 않을까요?

(3) 선생님의 권장도서목록에는 〈서정주 시집〉도 있는데, 작품은 작가의 사상이나 행적은 무시하고 오로지 작품의 성취도(가치)만을 보아야 하나요? 이완용은 명필가인데 그의 글씨는 대접을 못 받는 듯합니다. 그 이유는 무엇일까요? 서예사에 우뚝 솟을 만한 존재가 아니라서인가요? 아니면 매국노라는 소리를 듣기 때문인가요?

답변:

(1) 문학 담당 교사 중에 문학이해가 부실한 이들이 있다고 해서 문인들이 곧바로 대체될 수는 없겠지요. 문인들이 좋은 교사가 된다는 보증도 없고요. 다만 온전한 문학수용능력이 있으며 문학을

온전히 즐길 수 있는 사람이 교사가 된다면 자연스럽게 그러한 능력을 전수할 수 있다는 생각은 합니다.

(2) 적어도 현행 객관식 시험문제로는 문학 이해 능력이 측정될 수 없고 그래서 억지 차이를 내기 위해 "꽈배기" 문제가 나온다는 점을 지적했습니다. 그것을 넘어서는 보기를 들었을 뿐이지 꼭 그런 출제를 해야 한다는 것이 아닙니다. 주관식문제는 채점문제가 있어 더욱 많은 문제점을 낳게 되겠지요. 철저히 연구 검토해서 개선책을 강구해야 하리라 생각합니다. 그런 조짐이 보이지 않아 유감입니다.

(3) 서정주 시집의 문제는 단시간 내에 대답할 수 있는 성질의 것이 아닙니다. 그러나 매우 중요한 문제라는 것은 사실입니다. 이완용의 글씨를 두고 명필이라고 한다면 그것으로 족합니다. 매국노이기 때문에 명필이 아니라고 한다면 문제겠지요. 집에 걸어두느냐 않느냐는 별개의 문제입니다. 저라면 굳이 걸어두지 않겠습니다. 우리나라엔 명필이 많습니다. 옛날 선비들은 모두 서도에서 일가를 이루었고 조선조의 역대 암군(暗君)들도 글씨에선 비범했습니다. 이것은 서도에 일가견이 있는 애호가들이 지적하는 사항입니다.

〈서정주 시집〉을 추천도서로 선정한 것은 그 시집이 우리 시를 공부하는 사람이 꼭 읽어야 할 만한 현대의 고전이라고 생각하기 때문입니다. 우리말로 된 시를 그만큼 다량으로 또 높은 수준으로 보여준 시인은 별로 없습니다. 시인작가의 인간행적을 참작해서 작품을 평가해야 한다면 세계의 많은 걸작들이 배제될 것입니다. 엄격히 말해서 일제 말기 국내 거주자치고 친일에서 완전히 자유로운 사람은 없습니다. 일제 말기를 경험해본 세대이기 때문에 이런 말을 할 수 있다고 생각합니다. 막연히 오늘의 시점에서 상상만 해가지고는 당대를 이해할 수 없습니다.

에즈라 파운드라는 미국시인은 2차 대전 중 이탈리아에서 무솔리니 파시스트 정권의 방송에 나가서 반미(反美)선전을 정규적으로 했습니다. 종전 후 그는 반역죄로 기소되었으나 정신병자라 해서 석방되고 나중에 상도 받았습니다. 영어로 된 훌륭한 시를 쓴 행위가 반역행위보다 더 중요하다고 생각한 동시대인들이 정신병을 빙자해서 석방운동을 한 것이지 진짜배기 정신병자는 아니었지요. 그의 반역행위에 비한다면 미당의 "친일시"는 세상 모르는 20대 청년이 쓴 것으로 독자들도 극히 희소했고 또 영향력이나 그런 것은 전혀 없었지요. 80여 세를 산 장수 시인의 젊은 날의 조그만 삽화에 지나지 않습니다. 미당시를 읽는 것은 우리 자신의 시간 선용이나 문학향수를 위해서 읽는 것이지 시인을 위해 읽는 것이 아닙니다. 비행의 크기에서나 그들 작품의 높이에서나 미당과 이완용의 비교는 전혀 적정성이 없습니다. 극단적인 사례로 들었다는 점은 이해합니다.

[질문 11] 한국의 소설가 중 누가 가장 쉬운 내용으로 글을 쓰는

작가이며, 또 그 작가의 소설을 어떤 것입니까? 선생님께서 고급소설이라고 생각하는 것은 어느 분의 무슨 소설입니까? 그리고 동서고금을 통하여 단 한 편의 소설을 추천해 주신다면?

답변: 적정히 제기된 질문에는 이미 대답이 들어 있다는 말이 있습니다. "가장 쉬운 내용으로 글을 쓴다"는 말은 모호하고 불분명한 말입니다. 쉽게 읽힌다는 뜻인지 어려운 생각을 쉽게 쓴다는 뜻인지 분명치 않습니다. 고급소설이라기보다 본격적인 소설이란 말을 많이 썼는데 한 작가의 한 작품을 대라면 저도 그 답을 모르겠어요. 동서고금을 통해 단 한 편의 소설을 추천해보라는 것도 적정한 대답을 할 수 있는 질문이 아닌 것 같습니다. 서양에서는 가령 무인도에 가서 얼마동안 혼자 생활을 하게 된다면 어떤 소설 한 권을 가지고 가겠느냐고 물어보는 것이 보통입니다. 저의 경우 이런 질문을 받는다면 잘 모르겠다고, 우선 두터운 고전을 가지고 가겠다고 밖에 말할 수 없겠습니다. 도스토옙스키의 『악령』, 『카라마조프 가의 형제』 같은 책을 가지고 가서 다시 한 번 정독해보겠습니다. 시집으로는 『당시선』 같은 것을 고르겠고요.

[질문 12] 톨스토이 문학사상이 21세기 현재의 우리에게 주는 교훈과 지향할 부분은 어떠한 사상이라고 생각하시는지요?

답변: 톨스토이는 그릇이 큰 작가입니다. 『전쟁과 평화』나 『안나 카레니나』 같은 장편소설이 너무 무겁다면 『이반 일리치의 죽음』, 『크로이처 소나타』 같은 중편소설은 꼭 읽어 볼 만한 걸작입니다. 어떻게 살 것인가 하는 문제에 대해서 많은 것을 생각하게 하는 작품입니다. 혹 일본의 영화감독 구로자와 아키라(黑澤明)의 『이키루 (To live)』란 영화를 보셨는지요? 영화로서도 수작이지만 이 영화는 사실상 『이반 일리치의 죽음』에서 영향을 받은 것입니다. 영향 받았다는 말이 어폐가 있다면 모티프를 따온 것이지요. 죽음을 앞둔 노인이 그때껏 살아온 삶을 반성하면서 삶의 의미를 찾아 나섭니다. 시청인가 구청에서 일해 온 노인이었지요. 의미 찾기에 실패해서 절망에 빠지지만 죽기 전에 무엇인가 가치 있는 일을 하겠다고 생각해서 결국 사소하지만 보람 있는 일을 하고 갑니다. 어린이 놀이터가 딸린 조그만 공원을 마련한 것입니다. 교훈적인 것 같지만 실감나고 감동적인 영화입니다. 사소한 예에서도 볼 수 있듯이 톨스토이는 삶의 중요한 문제에 대해 정면으로 대결하는 작품을 남겨 놓은 거장입니다. 우리가 본받을 만한 태도요 경지라 생각합니다. 간단히 말해서 대작가로서의 톨스토이는 지금도 전범이 돼야 한다고 생각합니다.

60대의 그는 『예술이란 무엇인가』에서 자기의 모든 작품을 부정하고 자기 작품 중에서는 「신은 아시나 기다리신다」, 「코카서스의 죄수」 두 편만을 자천하였습니다. 인간 상호간의 사랑의 정신을 환기하고 감염시키는 예술만이 진정한 예술이라는 관점은 지나치게 윤리적이요 도덕적이란 측면이 있지요. 그러나 윤리와 등진 미의 추구는 파멸의 미학으로 가는 수가 있습니다. 그런 의미에서 톨스토이가 제기하는 문제는 우리가 외면할 수 없는 참조사항이라 생각합니다.

[질문 13] '반(反)시대적'이란 '본질적 문학 활동'보다 '정치적 활동'으로 인해 '문학'은 사라지고 '정치적 구호 제작자들'만이 남는 것을 우려하시는 것인지요? 러시아 공산혁명 과정에서 정치적인 문학자들이 정권을 장악한 세력에 의해 사라진 것같이 말입니다.

답변: 문학의 위상 하락이 세계적인 현상이 되어 가는 것 같습니다. 그러한 때에 시대에 거슬러서 시도하는 문학옹호라는 뜻으로 반시대적이라 한 것이지요. 뭐 정치적 함의를 가진 것은 아닙니다.

[질문 14] 3주차 강연에서 국어 교과서에 들어갈 시인들을 추천하셨는데요, 어떤 기준으로 추천하셨는지요?

답변: 시가 좋기 때문에 추천했지요. 기준은 문학적 기준입니다. 서툴고 빈약한 시는 어떤 공통점을 가지고 있습니다. 남의 흉내가 있다든지, 상투적인 생각이나 표현이 많다든지, 군소리가 많고 절

제가 없다든지, 어휘 구사의 적정성이 없다든지, 개성적인 면이 안 보인다든지 하는 공통성이 있습니다. 이에 반해서 좋은 시는 저마다의 방식으로 빛나고 있습니다. 그런 관점에서 고른 것인데 워낙 우리 시인들 작품량이 많지 않습니다. 영국의 존 키츠는 만 26세에 죽었지만 그가 남긴 작품은 우리말 번역이면 1천 페이지가 넘을 겁니다. 그 점을 감안해서 많은 시인을 추천했지요. 우리 시인들은 작품량이 많지 않아요. 요절한 경우가 많고 가난에 쪼들려 문학적 야망을 키울 물질적 토대를 갖지 못했기 때문에 그리 된 것입니다.

[질문 15] 고전(캐논)에 여류작가들이 배제된 시대적 상황에는 100% 동감합니다. 그러나 지금도 사실 기득권적인 환경으로 인하여 남성중심, 또는 주도국 중심의 선택이 많이 있다고 생각되는데 어떻게 생각하시는지요?

답변: 경제적, 문화적 대국의 문학이 많이 읽히는 측면이 있지요. 그러나 그것은 그들이 강제해서가 아닐 겁니다. 여성작가이기 때문에 비평적 조명을 못 받는다든지 불이익을 받는다는 일은 없을 것 같습니다. 오히려 희소가치 때문에 조명을 받는 수도 있을 겁니다. 우리 경우에도 가령 1920년대에는 여성이기 때문에 불이익을 받았을 겁니다. 지속적으로 문필활동을 하지도 못했습니다. 그러나 오늘날 그런 일은 없을 것으로 생각합니다. 소설의 경우엔 여성작가

들이 독자도 많고 비평적 조명도 많이 받는 편이지요. 20세기 한국은 평등의 실현에서도 획기적이었습니다. 물론 경제적으로 평등해졌다는 것은 아닙니다. 가령 미당은 인촌선생을 존경한 이유로 그 집안에서 모두 반말을 쓰는데 인촌만은 자기 부친에게 존댓말을 썼기 때문이라고 적고 있어요. 또 1930년대만 하더라도 푸줏간에 가서 아이가 어른에게 반말을 하는 것이 예사였습니다. 과거는 외국이란 말이 그래서 생겨난 것입니다.

[질문 16] 문학이 앞으로 어떻게 될 것인지, 문학의 미래에 대한 전망을 말씀에 주십시오.

답변: 참으로 어려운 질문입니다. 그것을 암시하는 말이 저의 강연에 많이 나왔을 것입니다.

제트기가 등장하고 경구 피임약이 나온 1950년대에 사람들은 인터넷이 초래한 전자민주주의 시대를 상상하지 못했습니다. 그러니 어떻게 압니까? 위상이나 위세의 부침은 있어도 문학은 계속 존속하리라 생각합니다. 거기 대비해서 안목 있는 소수가 건재하도록 문학 교육을 계속해야지요. 그러나 그것도 가까운 장래의 얘기지요. 먼 미래는 상상을 초월하는 세계일 테니까요. 답변다운 답변을 못 해드려 미안합니다. 감사합니다.

_찾아보기